Willy Purucker
DIE GRANDAUERS
UND IHRE ZEIT

Den Schauspielern
und allen Mitwirkenden der Sendereihe des
Bayerischen Rundfunks gewidmet

WILLY PURUCKER

DIE GRANDAUERS UND IHRE ZEIT

Bayrische Szenen zwischen 1893 und 1914

Illustrationen
von Hans Fischach

Verlagsanstalt »Bayerland« Dachau

Herausgeber:
Druckerei und Verlagsanstalt »Bayerland« Anton Steigenberger,
8060 Dachau, Konrad-Adenauer-Straße 19,
in Zusammenarbeit mit der TR-Verlagsunion GmbH, München

Gesamtherstellung:
Druckerei und Verlagsanstalt »Bayerland« Anton Steigenberger,
8060 Dachau, Konrad-Adenauer-Straße 19

Titelgestaltung und Illustrationen: Hans Fischach

Alle Rechte der Verbreitung (einschl. Film, Funk und Fernsehen) sowie
der fotomechanischen Wiedergabe und des auszugsweisen Nachdrucks
vorbehalten.

© Druckerei und Verlagsanstalt »Bayerland« Anton Steigenberger,
8060 Dachau, 1984

Printed in Germany · ISBN 3-922394-49-3

Inhaltsverzeichnis

Vorwort	7
Einquartierung	9
Haberfeldtreiben	30
Hochzeit	48
München	70
Schneebälle	89
Krise	111
Abgründe	140
Abschied	165
Todestage	193

Vorwort

von Hellmuth Kirchammer

Familiengeschichten sind seit je beliebte Themen der Erzähler und Dramatiker. Vom Altertum bis in unsere Tage finden wir sie in allen literarischen Bereichen – von der Weltliteratur bis zur Trivialliteratur: die »Orestie«, das »Nibelungenlied«, »Das Haus der Erde« (Pearl S. Buck), »Buddenbrooks« (Thomas Mann). »Die Trapp-Familie«, »Familie Hesselbach«, »Familie Brandl«, »Familie Loibl«, »Dallas« und »Denver-Clan« – alles Familiengeschichten aus verschiedenen Zeiten, gesellschaftlichen und geographischen Bereichen und von sehr unterschiedlichem literarischen Niveau.
Die Heldensagen und Göttergeschichten der Völker sind phantastische Familiendramen, Mythen genannt, – in ihrer Gesamtheit gesammelt, verglichen und kommentiert durch die Mythologie.
Das Interesse an ihnen scheint durch die Jahrhunderte hindurch immer gleich stark, die Freude der Autoren an dieser Gattung unerschöpflich. Die Gründe dafür im einzelnen zu untersuchen, wäre hochinteressant und würde wohl zu ganz bemerkenswerten Erkenntnissen führen; vor allem dürften dabei der Drang nach Selbsterkenntnis, die Schadenfreude und das Selbstmitleid eine erhebliche Rolle spielen.
Wie dem auch sei, ich freue mich, eine Familiengeschichte vorstellen zu können, die die übliche Reihenfolge in der Behandlung solcher Stoffe umgekehrt hat: zuerst war die dramatische Form, und nach ihr liegt jetzt das Buch vor. Ich wünsche diesem Buch denselben Erfolg, denn die 23 Folgen beim Bayerischen Rundfunk erkläre ich mir so: Willy Purucker ist die Milieuschilderung einerseits und die Charakterzeichnung der agierenden und reagierenden Personen andererseits so vollendet gelungen, daß sich der Suggestivkraft dieser letztendlich hochkünstlerischen Leistung kaum jemand entziehen konnte. Natürlich kamen bei unserer Hörspielfolge zu dem geschriebenen Wort die schauspielerische Qualität des Ensembles und die Fähigkeit des Autors, seine Vorstellungen in der Regie hundertprozentig umzusetzen. Fehlt hier beim Buch auch die darstellende Kraft der Schauspieler und des Regisseurs, so kann man dafür doch das gesamte Geschehen schwarz auf weiß vor sich haben, ist in der Lage, nachzublättern, noch einmal zu lesen, sich die ganze Geschichte intensiver einzuverleiben.
Die historischen Daten und Details sind authentisch. Die Schicksale der Familie Grandauer sind zwar erfunden, aber ebenso authentisch, denn was die handelnden Personen denken, fühlen, erleiden, erleben und worüber sie

sich freuen, haben so Hunderttausende, ja Millionen erlebt – und leider oft genug nicht überlebt.

Der Erfolg der Hörspielreihe ist wohl nicht zuletzt auch darauf zurückzuführen, daß eben rund fünfzig Prozent der Zuhörer das Gehörte vergleichen konnten mit eigenem Erleben. In der Familienserie »Die Grandauers und ihre Zeit« hat Willy Purucker gezeigt, wie der Alltag zwar bestimmt wird durch die später einmal historisch genannten Ereignisse, diese Ereignisse aber doch meistens in den Hintergrund gedrängt werden durch die vordergründigen persönlichen Erlebnisse, die kleinen und großen Freuden oder Schmerzen des Alltags und die Sehnsucht des Menschen nach Harmonie, Geborgenheit, Liebe und Verständnis. Wo allerdings die politischen Ereignisse schicksalsbestimmend, ja lebensbedrohend den Einzelnen treffen, überwiegen Sorgen, Aufregungen und Leid, aus denen aber oft ungeahnte Kräfte wachsen: Mut, Kaltblütigkeit, ungebrochene geistige Widerstandskraft und bewundernswerte, selbstbewußte Haltung – auch im Untergang.

Die Hörspielreihe umfaßt bislang 23 Kapitel und reicht bis 1936 (Winterolympiade). Das vorliegende Buch umfaßt den Zeitraum von 1893 bis 1914. Ich wünsche, daß auch die Buchreihe so fortgeführt werden kann, wie es bei der Hörspielreihe durch das Echo des Publikums notwendig wurde.

Einquartierung

Im Dienstbuch des Bezirkskommandos der Königlich Bayerischen Gendarmerie von Griesbach findet sich unter dem Datum des 9. Oktober 1893 der folgende Eintrag:
»Die Gendarmen Mayerl Johann und Grandauer Ludwig sind an dem Heutigen 6 Uhr früh von hier aus in Marsch gesetzt worden, wobei sie sich per Eisenbahn bis Aubling und von dann zu Fuß auf der Distriktstraße nach dem Pfarrdorfe Bergham zu begeben haben, woselbst sie nach Einweisung durch den dortigen Bürgermeister, welcher über die Polizeimaßnahme unterrichtet wurde, Quartier nehmen werden.«

Den Oktober hatte man schon oft sommerlich warm erlebt. Und nur selten so unfreundlich wie in dem Jahr. Auch der 9. war ein Tag, an dem man keinen Hund hinausjagen wollte. Da fegte ein eiskalter Wind über die Stoppelfelder und bolzengrad auf die zwei königlich bayerischen Gendarmen zu, daß sie sich mächtig dagegen anstemmen mußten, um vorwärtszukommen. Und dabei goß es auch noch in Strömen auf ihre Pickelhauben herunter. Das Regenwasser war ihnen auf halbem Weg schon durch die Mäntel und grünen Uniformröcke hindurch bis auf die Haut gesickert, und von unten, von der aufgeweichten Distriktstraße, lief es ihnen in die Stiefel hinein. Aber Gendarmen waren ja auch in dieser Hinsicht einiges gewöhnt und ließen sich von so einem Kittelwascher nicht gleich verstimmen.

Viel Unterhaltung kommt nicht auf zwischen den beiden. Hie und da ein Satz. Jetzt sagt Grandauer etwas, aber der Wind verbläst es:
    »Ludwig is heit!«
    »Was sagscht?«
    »Ludwig is heit! Im Kalender!«
    »Na hascht ja du heut Namenstag!«
Dann stiefeln sie wieder schweigend nebeneinander her, bis Gendarm Grandauer einen neuen Gedanken gefaßt hat:
    »Vorigs Jahr, um die Zeit . . . bin i auf der Gendarmerieschui gwen. Z' Minga drin. In der Arcisstraß.«
München kennt der Mayerl auch:
    »Da war i oinaneunzig. Auf der Gendarmerieschul. Hama a schöne Zeit ghabt, da. Mir hat des gfalle in der Stadt.«

»Für an Gendarm . . . is besser in der Stodt. Herauß' schaungs di überalln schiaf o.«

»Das isch gwesn, wie der Kaiser Wilhelm in München war. Oinaneunzig. Zum Prinzregent seim Siebzigschte. Da hond mir Spalier gstande, vor der Residenz.«

»Ko sei, Mayerl, wann i meine fünf Jahr um hab, daß i mi bewirb . . . auf Minga, zur Stadtpolizei.«

Indessen hat sie ein Fuhrwerk eingeholt und Grandauer hebt schon den Arm, um es anzuhalten:

»Bal der auf Bergham fahrt, kunnt er uns leicht aufsitzen lassen!«

»Noi, um Gottes wille! Des goht nit, Grandauer! In der Dienschtvorschrift staht, daß mir koine Fahrgelegenheiten in Anspruch nehmen dürfen! Ohne ausdrückliche Genehmigung!«

Aber der Bursche auf dem Kutschbock schert sich auch seinerseits nicht um sie und peitscht seine Rösser im Galopp an ihnen vorbei:

»Hö, hö, hö! Hamme, gscherter! Muaß der jetzt seine Rösser olassen, daß glei der Dreck spritzt!«

»Wann nämlich, saget mir, oiner das weiß und macht a Meldung . . . daß mir bei so oim mitgfahre sind . . . da hama na hernach die Kalamitäten!«

»Aber da siehgst as wieder, wia daß mir ogschriem san bei die Bauernfünfer da heraußen! Da, moan i, derf ma uns auf wos gfaßt macha!«

*

Bergham – mit seinen zirka sechshundert mehr oder weniger guten Seelen – lag ziemlich weit hinten in einem Tal, dessen Bewohner sich insgesamt als sehr widerstandsfähig erwiesen gegen den allgemeinen Fortschritt, wie er sich am Ende des 19. Jahrhunderts ja auch schon da und dort im bayerischen Alpenraum auszubreiten begann. So belämmerten diese Leute auch niemals (wie andere) den Bayerischen Landtag mit Eingaben und Petitionen um eine Stich- oder Vizinalbahn, die sie mit dem Rest der Welt bequem und verhältnismäßig schnell verbunden hätte. Weil es ihnen gerade recht war, wenn sich Fremde, die es oft nach nichts anderem als den Schönheiten der Natur verlangte, von den Strapazen des damaligen Straßenverkehrs hatten abhalten lassen.

Nicht so jedoch die beiden Hüter des Gesetzes, deren Eintreffen am 9. Oktober 1893 man dem Bürgermeister und Gemeinderat von Bergham bezirksamtlicherseits angezeigt hatte.

Die Bauern haben sich mißmutig in der Amtsstube versammelt.
Auch der Herr Pfarrer ist dabei. Und der Thalhäuslwirt:
»Wenigschtens wernds hibsch noß, bis' da san, de zwoa Grearöck!«
»Wia lang soin nacha die da bei ins eiquartiert wern, Bürgermoaschter?«
»Vo dem steht nix drin in dem Schrieb. – Bis auf Weiteres . . . hoaßt's.«
»Wer zahlt na des?«
»Mir! Wer sinscht?!«
»Und des miassen mir ins gfalln lassen?«
Der Pfarrer hat das Amtsschreiben sorgfältig durchgelesen und meint:
»Tja, da wern mir nit viel dagegen ausrichten können, meine liaben Leut. Und ich muß euchs offen sagen: gar so unbegründet ist das nicht, was uns die Herren da schreiben.«
»I woaß nix. I han's nit glesen, des Schreiberts.«
»Kost as ins ja amoi vorlesn, Herr Pfarrer.«
»Das is eigentlich mehr an Herrn Bürgermeister sei Sach.«
»Nana, dua na du, Herr Pfarrer! Du hascht den schenan Vortrag!«
»Also, Anrede usw. usw. . . . ist uns der Hinweis gemacht worden, daß in der Gemeinde Bergham demnächst wieder mit einem Haberfeldtreiben gerechnet werden muß.
Dieser Unfug nimmt in jüngster Zeit derart überhand und hat an so verschiedenen und von einander abgelegenen Orten des Landgerichtsbezirks stattgefunden, daß man ganz billig annehmen muß, es könne kaum mehr eine Gemeinde bestehen, aus welcher nicht Personen daran teilgenommen hätten. So ist bei dem letzten Treiben in der Nacht vom 29. auf den 30. September hujus anni ein Gendarm des hiesigen Bezirkskommandos angeschossen und schwer verletzt worden.
Der königliche Bezirksuntersuchungsrichter hat in dieser Angelegenheit recherchiert und dabei den Hut und die Büchse eines Haberers sichergestellt.«
Der junge Rauscher feixt schon die ganze Zeit:
»Des wissert i scho, wem daß der Huat ghört! Balst mi fragst!«
Und der alte Matheis sagt aufgebracht:
»Aber i han enks oiwai prophezeit! De Bluatsakramentierer, de rebellischen! De wernd ins no allesamt in' Abgrund stürzn!«
Der Bürgermeister ist nicht dafür und nicht dagegen:
»Mir hams net bstellt, und mir haltens aa net auf!«
Und der Wirt schließt sich ihm an:
»Oide Bräuch hand halt net so leicht zum ausrottn!«
»Hand schene Bräuch! Auf d' Leut schiaßn!«
»Es is hinum und herum gschossn worn.«
»Und vo di Haberer soi's aa oan derwischt ham. Hoaßt's.«

»Brauchst grad amoi an Ametshuaba nach sein Fuhrknecht fragn! Nach'n Martl!«

»I wissert net zu wos! Hodn neamd net ozoagt, an Martl. Na geht's ins aa nix o!«

Der Pfarrer weist noch einmal mahnend auf das Schreiben hin:

»Wär scho recht, Leut, ihr tät's euch den nächsten Satz auch noch anhorchen! Der gfällt mir nämlich besonders: ‚Wenn man den hohen Grad der Sittenlosigkeit des bayerischen Landvolkes in jeder Hinsicht betrachtet, wie sie sich auch aus der zunehmenden Zahl der ledigen Geburten kundgibt! In der bloßen religiösen Förmlichkeit! Den leichtsinnigen Eidesleistungen! So kann man gewiß nicht annehmen, daß diese Haberer aus Empörung ihres moralischen Gefühls bei Nacht und Nebel stundenweit laufen . . . um den Verächtern der Sittlichkeit in ordinären Versen darüber Vorhaltungen zu machen . . . sondern im Gegenteil: man kann nicht daran zweifeln, daß dabei keine anderen Motive sind, als sich ihrem ungezügelten Mutwillen zu überlassen, indem sie heute Haberfeld treiben und morgen in Rotten wildern'.«

»Des gfallt dene freili net, daß ma mia koane soichn Wuislzwerg aus ins macha lassen, wia sie's in da Stodt drinat herziang!«

»Recht hod er, da Bürgamoaschta! A bißl a Freiheit muaß sei!«

Der Pfarrer hebt warnend den Finger:

»Aber nicht eine, wo sich der Mensch drin verläuft!«

»Sel moan i aa! Oiso . . . i han a Arbat dahoam. Wos gschicht na jetzt mit die Schandarm?

»Eiquartiern müaß mas!«

»Bei wem?«

»Bein Thalhäuslwirt, sagert i.«

»Freili, daß ma d' Gäscht ausbleim! Bal de bei mir in der Stubn hocka!«

»Steht ja nix drin in dem Briaf, daß sie's recht guat ham müassn bei ins! Oder?! Deats es halt ehnder a bissei vernachlässigen, de zwoa Hannackn!«

Bevor die Straße nach Bergham zur Distriktstraße erhoben und von dem Ingenieur Kunzelmann entsprechend ausgebaut wurde, war sie ein einziges, acht Meilen langes Hindernis, und das hätte sie nach Meinung etlicher Einödbauern aus dem Tal auch bleiben können.

Sie hatten sich dieserhalben sogar an einen Münchner Advokaten gewandt und der sich wiederum an die bayerische Staatsregierung mit der Begründung, daß »eine solche Straße nutzlos« sei, da sie »nur Interesse für Eierverkäufer, Kälberführer, Wirte und den Herrn Landgerichtsdiener« habe, »wertvolle Weidegründe durchschneide und auf Schupfen, Tennenauffahrten und Backöfen keinerlei Rücksicht« nehme.

Die Jurisprudenz war eben schon immer jeglichem Standpunkte nutzbar zu machen.
Für den Thalhäuslwirt war die Straße zweifellos ein Gewinn. Etwas außerhalb der Ortschaft hatte man das behäbige Wirtshaus dergestalt in ein Straßenknie gebaut, daß jeder Ankömmling unbedingt meinen mußte, es gäbe keinen anderen oder gar besseren Weg als jenen durch die Gaststube.
Und den ging auch der Brandner Martl an diesem 9. Oktober 1893, nachdem er zuvor mit seinem Stellwagen an den beiden Gendarmen vorbeigeprescht war.

Im düsteren Hausgang trifft er mit einem Burschen vom Dorf zusammen. Der weiß offenbar, warum er den Arm in der Schlinge trägt, und ist erstaunt, ihn schon wieder hier zu sehen:
»Der Martl!«
»Grüaß di, Sixt!«
»Hod a di wieda zammagflickt, der Roshoama Bader?!«
»Guat is' ganga! Feit si gar nixn mehr. I muaßn halt jetzt no an acht bis vierzehn Dog in da Schlinga tragn, an Arm.«
»Kimmst mit eina in d' Stubn?«
Martl holt ihn nah heran und flüstert augenzwinkernd:
»Aber . . . woaßt as scho, gell! A Roß hod mi tretn!«
»Des hand mir di andern scho eistudiert.«
»D' Schandi sand nämli scho unterwegs. I hobs grod a bissei mit Dreck ogschpritzt!«
Wie sie noch recht kraftmeierisch darüber lachen, kommt die Kellnerin Agnes aus der Küche. Auch sie ist überrascht. Der Martl läßt den Sixt stehen, geht auf die Agnes zu und stellt gleich seine Federn auf:
»Holla! Grüaß di God, Herzbinkerl!«
Aber die Agnes ist weniger von ihm angetan:
»Laßt di du aa wieder amoi bei uns blicka?! Bist aber lang ausbliem!«
»Hast mi scho vermißt, Gschmacherl?«
»Wos is'n los mit deim Arm?«
»A Roß hod mi tretn.«
»A geh! Daß aber dir so was gschicht?! Möcht ma net glaubn!«
»Vor die Mistviecher is halt koans net sicher. – Und wia schaugt's na mit ins zwoa aus?«
»Da is koa Gfahr. Balst net z' nah hergehst!«
»A geh weida! Sog ma, wannst heit auf d' Nacht firti bist . . . na kimm i!«
»Host du des allerweil no net gspannt, daß i auf di nimmer neigierig bin?«
»Die stoize Agnes!«
Und plötzlich reißt er sie an sich und hält sie mit einem Arm umklammert, daß sie nicht aus kann.

»Laß aus, Martl!«
»I pack di mit oan Arm aa, gell!«
»Herrschaftseitn! Laß aus, sag i!«
»Und aus laß i di erscht, bal i mag!«
Aber er muß sie schon vorher auslassen, weil der Wirt dazukommt:
»Wos deatsn da? Host du koa Arbat, Agnes?«
»Es gibt halt oiwei oa, wo moanan, a Kellnerin is im Bierpreis mit drina!«

Indessen waren die zwei Gendarmen aller Herausforderung zum Trotz in militärisch einwandfreier Haltung um den Thalhäuslwirt herummarschiert und hatten sich sodann befehlsgemäß beim Bürgermeister von Bergham eingefunden.

Der Bürgermeister zeigt sich unbeeindruckt von den beiden Abgeordneten des Bezirksamtes und fährt sie derb an:
»Der Herr Bezirksamtmann, jawoi! Der werd halt vo der Bauernarbat net gar sovui wissen! Der hohe Herr! Jetzt hams alle Händ voi z' doa mit'm Dreschn, d' Leit. Da Haber muaß in' Bodn nei, bevor daß eiwintert. Und da soins na bei der Nacht aa no auf Patrouilln geh!«
Gendarm Mayerl stemmt sich wichtigtuerisch dagegen:
»Auf des hand mir keinen Einfluß, Herr Bürgermoischta. Sondern müassen uns an unsernen Befehl halten, wo lautet: daß die Gemeinde bis auf Widerruf und von Einbruch der Dunkelheit bis zum Tagwerden eine Patrouille zu stellen hat. Mit jedesmal vier Mann. Wo bewaffnet sein müssen. Und vor der jeweiligen Ablösung ihrene besonderen Vorkommnisse an uns zu melden haben . . . müssen.«
»So . . . jawoi! Und wia lang soi na des so geh, mit dera Patrouilln?«
Grandauer mag sich mit ihm nicht anlegen und sagt eher bescheiden:
»Des wissen mir auch nicht. Mir bleibn halt so lang da, bis' uns zurückbeordern.«
»Werd enk wurscht sei, bal i des a bißl beschleunig, ha?!«
»Ja, ja, des is uns wurscht.«
Nur der Mayerl bleibt unbeirrt amtlich:
»Und ferner haben mir mit Unterstützung der Gemeinde ein obachtsames Auge auf alle ledigen Burschen zu richten, wo möglicherweise in Frage kommen, daß sie an dem Treiben an Michaeli in Göggering teilgenommen haben.«
»Da woaß i nix . . . daß da vo ins oaner dabei gwen waar.«
»Daß oiner vielleicht verletzt isch, is ihnen nicht aufgefallen?«
»Dessell fallt bei ins net extrig auf . . . indem daß si bei der Bauernarbat oft amoi oaner was duat.«

»Eine Telefonstelle ham sie no koane da, gell?«
»Na. Hod aa no koans bei ins vermißt.«
»Und ihre Poscht?«
»Is im oidn Schulhäusl drent. Zwoamoi in der Woch werds mit'm Postwagen gholt und bracht.«
»Dann tun wir jetzt vielleicht Quartier nehmen.«
»Des deats. Bein Thalhäuslwirt frein se si scho auf euch.«

Hierzulande die Obrigkeit zu verkörpern, das war schon kein leichtes Amt, zumal, wenn man sich diesen steinharten Bauernschädeln gegenüber so aussichtslos in der Minderzahl befand. Denn die, sobald sie sich im Recht glaubten, ließen sich weder von einem Uniformrock noch von einem geladenen Karabiner sonderlich beeindrucken. Gegen solche Bedrohungen war ihnen in ihrer Abgeschiedenheit ein zäher Stolz gediehen, der nur selten mit der Staatsräson in Berührung kam.

Die beiden Gendarmen nehmen Quartier beim Thalhäuslwirt, wo ihnen kein freundlicher Empfang bereitet wird.
Agnes führt sie die Stiegen hinauf in das Stockwerk mit den Gesindekammern und sagt ein wenig verächtlich:
»Es kriagts ja so unser Fürschtenzimmer! Is aber bloß oa Bettstatt drin. Der ander müaßt halt derweil am Fuaßbodn schlafa. Strohsäck hand eh zwoa da.«
Grandauer kommt nur mit eingezogenem Kopf durch den niederen Türstock und antwortet eher belustigt:
»Groß kennan die aber net gwen sei, eire Fürschtn!«
»Nana, lauter kloane. Sinscht hättens da net einipaßt!«
Dem Mayerl drückt die Kammer schon etwas auf die Amtsehre:
»Hond ihr koa größeres Zimmer mehr, Fräulein?«
»I woaß nix. Da Wirt hat gsagt, i soi enk des herrichten.«
Während der Mayerl den Strohsack prüft, schaut die Agnes immerzu den Grandauer an. Und nach einer Weile sagt sie:
»Du bist der Grandauer Wig vo Riad, gell?«
»Ja, ... und du die Stegleitner Agnes. – I hab di glei kennt.«
»I di scho aa.«
»Mir san aus derselben Ortschaft, woaßt, Mayerl. – Des is der Mayerl Hans.«
Jetzt drückt den Mayerl aber etwas anderes, und er fragt verlegen:
»I müssert amal naus, Fräulein. Wo gohts'n da na?«
»Obi und oiwai der Nasn nach. Da kost gar net fehln.«
Mayerl hängt seinen Karabiner um und verläßt die Kammer. Agnes ruft ihm lachend nach:

»Aber as Gwahr brauchst da net! Da lassens di aa so eini.«
»Ah so . . . des hab i gar net gmerkt.«
Jetzt ist Grandauer allein mit ihr in der Kammer und weiß nicht, was er sagen soll. Da macht sie den Anfang:
»Er is a bißl gspaßig, der Mayerl, gell?«
»A Allgäuer.«
»Ah so . . . – – Bist scho lang furt vo dahoam?«
»Vierahalb Jahr. – Zerscht beim Militär. Bei de Schwaarn Reiter. Und dann danach z' Minga, in da Gendarmerieschui. –
Jetzt bin i in Griasbach stationiert.«
»Leben deine Leut no?«
»Na. Han oi zwoa gstorbn. – Da Bruader hat übernomma. Da große.«
»Da Maurus?«
»Kennstn ja eh. – – As Elternguat is a ma oiwai no schuidig. – – Und bei dir?«
»Sans aa alle dahi.«
»Ah geh! – Dei Schwester aa, d' Leni?«
»De aa. Hot zerscht no schnell oan gheirat, so an Loder. Der wo ihra bißl Sach versuffa hat. Na hat se si higlegt und is gstorbn. – An da Lunga!«
»Und is a so a sauberne gwen! Fesch beinander, d' Leni.«
»Mei . . .«
»Aber dir geht's scho guat da bei dem Wirt?«
»A moi so und a moi so. Aber scho mehra guat. – –
Gell, bal enk d' Strohsäck z' woach san, sagts mas. Na deama no was eini.«
Er nickt und sagt eine Weile nichts. Schaut sie auch nicht an. Auf einmal fragt er unvermittelt:
»Verheirat bist aber no net?«
Sie lacht und tut so, als ob sie ihn nicht versteht:
»I?! – Wia kimmstn auf des?«
»So halt . . .«
»Und du?«
Er versucht erst auch, sich herauszulachen. Dann, fast wie eine Entschuldigung:
»I?! Derfert i ja no gar net. Erscht bal i fünf Jahr dabei bin. Bei die Gendarm.«
»Da bist fein raus, gell?«
»Wia moanst jetzt des?«
»Kost di oiwai auf des nausredn! Bal di amoi oane möcht!«

*

In der Nacht hatte dann der starke Wind die Wolkenwand mit einem Male aufgerissen, und jetzt konnte man im Mondlicht erkennen, daß es schon auf die Thanneralm herunter geschneit hatte. Aber um das zu sehen, wäre hier keiner so lange aufgeblieben; sie hatten schon allesamt andere Gründe, die in dieser Nacht, anstatt zu schlafen, im Bergahmer Sprengel unterwegs waren. Stockzwider und wortlos, mit geschulterter Büchse, waren das zuvorderst vier Mann der Nachtwache, die der Bürgermeister auf Amtsgeheiß ausgehoben hatte. Mit Abstand dahinter die zwei Gendarmen, denen es oblag, die Wirksamkeit dieser polizeilichen Maßnahme zu kontrollieren. Und, von beiden Patrouillen unbemerkt, noch etliche vermummte Burschen. Die allerdings bewegten sich keineswegs so, daß man ihnen ein öffentliches Amt hätte ansehen können.
Sie schlichen ins Drachental hinunter, wo (wie so oft) kein Drache war, sondern nur ein Bach, eine Ach, und enthalb der Ach stand dort das alte Mühlhäusl, in dem schon lang nicht mehr gemahlen wurde. Aber als Treffpunkt für den hiesigen Habererbund lag es ausnehmend günstig.

Unter den Männern, die dort versammelt sind, ist auch der Martl, der die Stimmung kräftig anheizt:
»... um die Patrouilln müaß ma ins nix scheißn! Die insern Leit schaugn eh weg. Und die zwoa Schandi sperr ma solang ins Spritzenhaus eini!«
Aber es sind auch ein paar bedächtige Alte dabei:
»Nix! Des hod a so koan Taug net! Des Haberfeldtreiben werd aufgschoben, sag i! Seids gscheit, Buam! Mir schadn bloß inserner Sach!«
»Hand aber scho überalln drauf eigricht. De vo Osterfing und Höglbach ... bis drent vom Ramerberg woins kema.«
»Am Gallimarkt treffa si d' Haberermoasta. Na is oiwai no Zeit zum eisagn.«
»Leicht laßt si epps über die Schandi rausbringa, was' im Bezirksamt gega ins im Sinn ham. Bal der Martl mit der Agnes redt ...«
»Der soi si ganz raushalten! Solang er an Arm in da Schlinga tragt! Hamdn so scho auf der Lattn!«
»Der Hund packt halt am liabern den, wo si vor eahm fürcht.«
»Sagert i aa, Martl. Und a bißl a Angst mecht ma eahna na do scho eijagn derfa, dene zwoa Glätzn. Bal scho sinst nix zammageht!«
»Da wissert i glei was! Mit dem kunnt mas dratzn. Paßts auf, Leit: oana vo ins macht eahna Kammer ausfindig ...

*

Am nächsten Morgen. Es ist noch dunkel, vom Dorf herüber hört man das Frühläuten. Die Gendarmen kehren von ihrer Nachtpatrouille zurück und stehen vor dem Wirtshaus.

»Hurament no amal! Jetzt tun mir d' Füaß weha!«

»Mir müassen uns abwechseln, Mayerl. Net oi zwoa auf amoi! Da bring ma ja hundert Dienststunden zamm in der Woch! Und achtzig san bloß verlangt.«

»Das isch ein Ausnahmezustand, Ludwig! Da können mir laut Dienschtvorschrift gar nix machen!«

»Dienschtvorschrift! Geh, leck mi doch . . . mit deiner Dienschtvorschrift!«

Sie wollen die Haustür öffnen, aber die ist noch abgeschlossen. Der Mayerl stöhnt:

»Heilandsakra! Zuagsperrt! Und mir hond koin Schlüssel dabei!«

»Liacht is aa koans. In d' Kircha werd neamands geh vo dene.«

»Wenn ma wüscht, wo der Kellnerin ihr Kammer isch.«

»Des wissert i scho. Hintennaus. Auf der Schattenseiten. Zu wos?«

»Daß ma ihr a Stoinle ans Fenster werfen.«

»Geh, Schmarrn! Hau ma uns halt solang in' Stadl eini.«

»Noi, des gaht au nit. Mir sind doch koine Handwerksbursche.«

»Aber jetzt, moan i, hab i a Liacht gsehng! Da drobn! Schau nauf!«

Sie machen sich durch Klopfen und Rufen bemerkbar, bis die Agnes oben am Fenster erscheint:

»Was is? Ah so . . . es seids es.«

»Machst uns auf?!«

Jetzt verschwindet das Licht wieder vom Fenster und während sie so dastehen und warten, sagt Grandauer ganz beiläufig:

»Bei uns dahoam is' ma gar nia so aufgfalln, d' Agnes. Aber gell: was sagst, Mayerl?! A gschmochs Deandl!«

»I fang ma mit die Weiber nix an. I hond acht Schwestern ghabt dahoim! Des langt ma fürs Lebe!«

Dann öffnet ihnen die Agnes, und sie folgen ihr ins Haus.

»Seids jetzt die ganze Nacht draußn gwen?«

»Ja . . .«

»Mei . . . bei dera Kältn! Mögt's an Schnaps?«

»Noi! Nicht im Dienscht, Fräulein! Mir derfa koin Schnaps oder so epps zu uns nehma, im Dienscht!«

»Er, moan i, is oiwai im Dienscht, der Mayerl?!«

»Jaja, da kennt der nix! – – Aber an Kaffee wannst macherst, Agnes, an soichen dat i scho mögen.«

»Na kimmst mit in d' Kuchl. – Du aa, Mayerl, an Kaffee?«

»Noi. I gang schon amal nauf derweil. I hond no Eintragungen zu machen im Dienschtbuch.«

18

Er stolpert die Stiegen hinauf im stockdunklen Haus. Agnes trägt das Talglicht voraus in die Küche. Dort macht sie sich als erstes am Herd zu schaffen:
»Adiamal is no a Gluat drinna in da Früah. – – Hock di nieder!«
Er setzt sich an den Ecktisch und schaut ihr schweigend zu, wie sie Feuer macht, gebrannten Malz in die Kaffeemühle füllt, – fragt sie:
»Wirtin habts es koane?«
»Jo jo . . . aber woaßt, die hods Rheumatische und muaß die mehrer Zeit im Bett sei. – Da . . . kost glei an Kaffee mahln. – – Müaßts jetzt da oi Nacht umananderrenna?«
»I wer'n scho no so weit bringa, an Mayerl, daß mas uns a weng eiteiln.«
Er macht, was sie ihm angeschafft hat. Inzwischen brennt auch die Ölfunzel über dem Tisch. Und sie fragt scheinbar beiläufig:
»Und den Schandarm . . . dens ogschossen ham, d' Haberer . . . hat's den na arg derwischt?«
Er schluckt ein paarmal verlegen, bevor er ihr Auskunft gibt:
»Sie ham eahm halt unten . . . as kloane Mandl hams eahm weggschossen.«
»Na?! – – Mei, da lacht ma, gell! Aber für eahm is gwiß net gspaßig.«
»Na . . . gwiß net.«
»Und . . . wer daß des gwen is . . . da woaß ma no gar nix?«
»Es is nur sovui bekannt, daß eahm da Gendarm aa oane naufbrennt ham soll.«
»Ah so . . .«
Man hört jemand die Stiegen herunterpoltern. Dann wird die Küchentüre aufgerissen, und der Mayerl kommt herein, vor Erregung stammelnd:
»Da muaß oiner in unserer Kammer gwesen sei! Der Zettel da is auf'n Bett glege! Der Zettel! Da, lies amal, Ludwig!
‚An die Gendarmen' . . .«
»‚An die Gendarmen, wo ins das Bezirksamt aufdrunga hat! Machts enk aus'm Staub, sonst werds oi zwoa umbracht! Mir sagens enk nur oamal, und wanns bis in zwoa Wocha no da seids, nacha kenna mir ins nimmer helfen, und ihr werds daschossen! Oder daschlagen!
Es unterzeichnet hochachtungsvollst: Kaiser Karl vom Untersberg!'«
»Des mache die! I sag dir, Grandauer, die mache des!«
»I woaß net, ha? Wos sagst du Agnes?«
»A wo, des müaßts net gar so ernst nehma.«
»Des sind die Haberer! Die macha des, Fräulein!«
»San halt oa da, die mögen eich dratzn. Für des, daß' bei der Nacht auf Patrouilln geh müassn.«
»Wia sind denn die da reinkomme?! Wenns Wirtshaus zugsperrt war?!«
»Gestern auf d' Nacht hama d' Stuben voller Burschen ghabt. Vo rundumadum. Is halt gschwind amoi oaner naufgschlicha.«

»Kann sei, wia's mag. Mir brauchen Verstärkung, Grandauer! In Osterfing hams dafür vorigs Jahr sechs Mann eigsetzt!«
»Geh, daß d' Leit no mehra Wuat kriang! Bals für sechse Kost und Quartier zahlen müassen. – D'Agnes hod scho recht. Des san Pflanz! Weiter nix.«

Zu dieser Auffassung war man auch beim Gendarmeriekommando in Griesbach gekommen und sah davon ab, die Polizeibesatzung auf den Drohbrief hin zu erhöhen.
Das konnte aber nicht verhindern, daß den Berghamern auch die zwei verbliebenen Gendarmen allmählich zuviel wurden mit ihrem Anspruch auf freie Kost und Logis. Am Ärgsten wurmten sie freilich diese andauernden und im Grunde völlig sinnlosen Nachtpatrouillen. Der Gemeinderat stellte deshalb sehr angestrengte Überlegungen an, wie man das Bezirksamt veranlassen könnte, seine Sanktionen sobald wie möglich abzublasen.
Das Ergebnis war ein Schriftsatz, an dem sowohl der Pfarrer als auch der Lehrer mitgewirkt hatten und der zu einiger Zuversicht Anlaß gab. Darin hieß es unter anderem:
». . . die Bürger von Bergham beteuern, daß sie niemals an dem Unfuge des Haberfeldtreibens teilgenommen haben und sind diejenigen Männer, welche hierorts ein Haberfeldtreiben angekündigt haben, auch nicht von hier, sondern kommen von weit her.
Ebenfalls hat sich einiges Gesindel in unserer Gegend angesiedelt. Und wenn unsere Männer auf der Nachtpatrouille sind, dann sind ihre Frauen und Kinder ohne Schutz den Schandtaten dieses Gesindels ausgesetzt.
Auch herrscht in unserem Pfarrsprengel der Typhus, und zwei Personen liegen noch jetzt an der Krankheit darnieder. Wenn nun aber die Patrouillen an den typhusverdächtigen Häusern vorbeigehen müssen, ist eine Gefahr der Ansteckung sehr groß.«

*

In den nun folgenden Tagen gab es keinerlei Vorkommnisse, welche die Aufmerksamkeit der beiden königlich bayerischen Gendarmen besonders in Anspruch genommen hätten, wenn man einmal davon absah, daß Ludwig Grandauer ein immer wachsameres Auge für alles hatte, was die Kellnerin Agnes betraf.
Aber als es dann einmal in der Nacht vor dem Kirchweihsonntag an der Hauswand unterhalb ihres Kammerfensters recht merkwürdig rumpelte, war er ausgerechnet auf seinem Kontrollgang, so daß er es nicht hören konnte. Sein

Kamerad Mayerl hörte es auch nicht, weil er sich, wie gesagt, für die Angelegenheiten des weiblichen Geschlechtes von Kindheit an ein dickes Fell zugelegt hatte.
Der Vorgang selber war nicht so außergewöhnlich in dieser Gegend, daß man ihm von unbeteiligter Seite besondere Aufmerksamkeit entgegengebracht hätte. Denn das war hier schon immer der bevorzugte Weg in eine Gesindekammer, welcher über die Leiter zu deren Fenster hinaufführte. Allerdings konnte es vorkommen, daß er dort auch endete. Und der Martl, der ihn in jener Nacht ebenfalls gegangen war, mußte schon seine ganze Überredungskunst aufbieten, bis ihm die Agnes endlich entgegenkam.

»Also, was willst?«
»Reden, Schatzerl!«
»Dann red! Aber net mit die Händ!«
»Herrgottsa . . . jetzt fallt ma glei gar nixn mehr ei! Bals du so raß mit mir umspringst.«
»Händ weg, sag i! Oder i schrei nach'm Schandarm!«
»Moanst, daß i den fürcht?! Den Baumbiesler!«
Leicht ist der Martl nicht einzuschüchtern. Aber vielleicht damit:
»Gell, des woaßt scho, daß' di suacha vom Gricht?!«
»So . . . ja, geh weida! Zweng was na?«
»Des werns da na scho aufweisen! Ham ja dein Huat . . . und dei Gwahr!«
»Hod eahna der Huat gsagt, daß er mir ghört?«
»Bals eahna da Huat net sagt, sagt's eahna leicht was anders. Und jetzt verschwind, Martl! In d' Wirtsstubn kost kema. Des scheniert mi net. Aber i an deiner Stell dat mi liaber verrolln! Eh daß dir oaner die Schlinga vom Arm um an Hals legt!«

Ludwig Grandauer kam in dem Augenblick von seinem Streifengang zurück, als der Martl sich wieder auf den Heimweg machte. Und die beiden wären um ein Haar zusammengestoßen. Dabei war dem Gendarm wohl aufgefallen, daß der Bursche einen Arm in der Schlinge trug; aber zugleich schoß ihm ein ganz anderer Verdacht durch den Kopf, der mehr mit seinen Herzensangelegenheiten als mit seinen polizeilichen Ermittlungen zu tun hatte.
Er lief deshalb ums Haus herum, auf die andere Seite, wo das Fenster der Agnes war und sah dort auf dem Boden – wo sie bestimmt nicht hingehörte und ganz offensichtlich nur so liegengelassen worden war – die Leiter.
Da stand er noch eine Zeitlang und war zu keinem Entschluß fähig; spürte nur, wie es in ihm hämmerte, und wenn es dem Kometen, von dem gerade wieder einmal die Rede war, etwa gefallen hätte, sich in diesem Augenblick auf die Erde zu stürzen, um sie zu vernichten, so wäre ihm das nur recht gewesen.

Dem Mayerl sagte er aber davon kein Wort, nachdem er ihn zur Wachablösung aufgerüttelt hatte. Und der zeigte auch für nichts ein Interesse, sondern schulterte nur seinen Karabiner und torkelte mißmutig die Stiege hinunter. Grandauer saß solange sinnierend auf der Bettkante, in voller Montur noch, dann erhob er sich mit einem Male, rückte den Helm zurecht und schlich auf Stiefelspitzen durch den Hausgang zur Kammer der Agnes.

»Wer is'n da?«
»I bin's, Grandauer!«
»Wig?! Was is?! Kimm eina!«
In der Kammer stehen sie sich eine Weile schweigend gegenüber. Sie blickt ihn fragend an. Er schaut düster an ihr vorbei auf die Bettstatt. Bis er sie plötzlich scharf anfährt:
»Wer war'n er?! Der bei dir eigstiegen is? Ha?! D' Loata hod er drunt liegen lassen!«
»Ah so . . . fragst mi des als Schandarm? Oder grad so?«
»Und an Arm hat er in der Schlinga ghabt!«
»Was du ois woaßt.«
»Stell di net so! Oder habts was zum verbergen oi zwoa?!«
»I mag's net, bal du so mit mir redst.«
»Mi fragt aa neamds, wos i mog.«
»Jo . . . i frag di Wig. – Sag mas!«
»Des amoi net . . . daß du an solchan bei dir einilaßt!«
»Liegt was vor gega eahm?«
»Des werd na der Untersuchungsrichter scho rausbringa!«
»Oder kimmt er dir bloß so verdächtig vor . . . weil er bei mir in der Kammer gwen is?«
»Zu dem sag i gar nix.«
Das Verhör kommt ins Stocken. Agnes gewinnt ihre Unbefangenheit wieder und sagt lachend:
»A Schandarm hat's net leicht, gell? Obwoi . . . da Mayerl is da besser dro wia du.«
»Warum?«
»Der braucht net an Sack haun, bal er an Esel moant!«
»Da siehg i koan Zusammenhang.«
»Net? – – – Oiso . . . na ziag i mi jetzt o.«
»Zu was?«
»Im Nachtgwand kannst mi na doch net guat in Verhaft nehma, oder?«
»I hab jetzt koan Humor für so was.«
»Wiast moanst. Frag i di halt no amoi, Wig, um was daß' da geht. Um dei Arbat? Oder um mi? – – Weil, wann's da um mi gang, Wig, braucherst da gar nix denga. I hob koan andern net gern. Und den scho gar net!«

»Des sagst jetzt so . . . und i muaß d'as glaubn.«
»Zwinga ko i di net. Aber bals d'as net glaubst, bist arm dro.«
Er hat den Blick starr auf den Fußboden gerichtet, als ob er von dort die Erleuchtung erwartet. Dann kleinlaut:
»I möcht's ja glaubn.«
»Mitn Mögen fangt's o. Und auf amoi kost as. – – – Wann muaßtn wieder auf d' Wach?«
»In zwoa Stund.«
»Des kunnt vielleicht langa. Aber an Helm müasserst scho abnehma. Sunst dauert's länger!«

Ludwig Grandauer legte mit dem Helm auch die ärgsten Zweifel ab und wurde von den verbliebenen, nachdem er sich anschließend seiner winterfesten Dienstbekleidung entledigt hatte, kaum mehr beirrt.
Ein Zustand wie dieser war ihm bislang noch nicht untergekommen. Und er war auch für einen königlich bayerischen Gendarmen nicht vorteilhaft, weil er darin den Erwartungen, die man an ihn stellte, nur sehr unzulänglich gerecht werden konnte.
Noch galt ja die allerhöchste Verordnung vom 24. Juli 1868, wonach sich ein Gendarm vor allen Dingen keinerlei Blößen zu geben hatte.
Auch waren bei jeder Gelegenheit eine gute Figur und militärische Haltung an den Tag zu legen und nach Erlangung einer robusten Natur zu trachten, damit körperlich hinreichend von ihm verlangt werden konnte.

Ein Gendarm mußte darüber hinaus Fähigkeiten in den vier Spezies des Rechnens besitzen, sowie des mühelosen Lesens und des verständlichen Schreibens kundig sein.
Letzteres kam beispielhaft zur Anwendung, als sich die beiden Gendarmen zu einem Rechenschaftsbericht an ihre Kommandantur genötigt sahen. Denn es war nicht auszuschließen, daß man sie sonst vielleicht schon in Bälde zurückbeordert hätte. Und um das zu verhindern, bot Grandauer sein ganzes briefstellerisches Können auf:

». . . und daß die Gefahr eines neuer . . . dings . . . Wia sagt ma? Dingsligen Haberfeldtreibens?!«
»Noi, noi. Neuerding . . . sigen!«
»Aa net, Schmarrn! Neuerlichen! So hoaßt's: . . . neuerlichen Haberfeldtreibens . . . noch nicht völlig gebannt ist . . .«
»Nach unserem Dafürhalten!«
»Freili, nach wem sein denn sunst. Schau, Mayerl, es geht doch hauptsächlich um des, daß die net moana, mir ham da nix mehr verlorn. Und ziang uns wieder ab, net wahr!«

Der Ludwig jedenfalls hatte in Bergham durchaus etwas verloren. Wenn auch nur an die Kellnerin Agnes. Und ihr wie ihm kam die Hartnäckigkeit gerade recht, mit der sich das Bezirksamt allen Petitionen der Bauern widersetzte, die auf den Abzug der Polizeiposten zielten.
Der Bürgermeister von Bergham und sein Gemeinderat waren auch zuletzt wieder in diesem Sinne benachrichtigt worden:

». . . ebenfalls hat uns Punkt drei ihres Schreibens betreffend die Ansiedlung von Gesindel in ihrer Gegend nicht überzeugen können. Denn falls es wahrhaftig an dem sein sollte, so kann es doch nur ein Vorteil für ihre Dorfbewohner sein . . . und insbesondere für ihre Frauen und Kinder . . . wenn ihre Posten fleißig Nachtwache halten.«
»De Dreckhammeln, ha?!«
»Für des kost as glei neihaun, de Paragraphenscheißa, de miserablinga!«
»Und wegam Typhus? Wos schreibns da?«
»Daß' ins bei passender Gelegenheit . . . eahnan Bezirksarzt herschikka . . . damit er es an Ort und Stelle . . . kog . . . nos . . . ziert.«
»Wos soin des bedeitn?«
»Daß ma mir bläde Bauernschädl sand, wos Lateinische net kenna! Des werd's halt bedeutn!«

*

»Nebel unt' und Nebel oben – Schnee und Regen zwischendrein – so an Monat muß ma loben – keiner kann so greißlich sein« – haben die alten Berghamer vom November gesagt.
Aber anno 1893 war es vielen von ihnen gar nicht so zuwider, daß der Schnee von Allerheiligen an auch auf den unteren Breiten liegen blieb; denn der Schnee war der Feind der Haberer, weil sich auf ihm ihre Truppenbewegungen ablesen ließen.
Die Gendarmen hatten ihre nächtlichen Kontrollgänge schon lange nicht mehr mit der anfänglichen Strenge durchgeführt, so daß die beiden Wirte zumindest von den Abendpatrouillen einiges profitieren konnten. Das aber hatte, wie nicht anders zu erwarten, die Weiberleut aufgebracht, deren Männer immer häufiger in einem wehrunwürdigen Zustand vom Streifendienst heimgekommen waren.
So wurden denn an die Visite des Griesbacher Bezirksarztes Dr. Benno Muggenthaler große – wenn auch unterschiedliche – Erwartungen geknüpft, nach

dem er endlich am Tag des heiligen Martin in Bergham eingetroffen war, um den dortigen Typhus zu »kognoszieren«.
Der Doktor hingegen schien der Angelegenheit von vornherein nur wenig Bedeutung beizumessen und war sichtlich bemüht, seine medizinischen Erhebungen so rasch wie möglich hinter sich zu bringen. Danach ließ er beim Thalhäuslwirt ausspannen, begab sich mit den Dorfhonoratioren und den beiden Gendarmen in die Gaststube und erwies sich dort als ein kommoder Mann, dem man auch Schwerverdauliches zumuten durfte.

>». . . so, da waar jetzt amoi as Bier! Und mögen na die Herren aa wos essen?«
»Erscht da Herr Dokter!«
»Na na, immer von oben nach unten! Herr Pfarrer!«
»Nein, bittschön, nach Ihnen, Herr Bezirksarzt.«
»Also . . . sonst hock ma morgen no da. Habts was Gscheits?«
»Waar scho recht, Herr Dokter! Agnes, sag's auf!«

Die Agnes beginnt erst ganz flüssig. Aber mittendrin wird sie kreidebleich, schluckt und schüttelt sich angewidert:

>»A Schweiners mit Kraut. A Schweinskarree. A Biflamod. A aufgschmalzne Muizwurscht. Bluat- und Leberwürscht . . . a Schweinshaxl . . .«
»Des mag i. Und schön fett, Herr Wirt!«
»Wia si's ghört, Herr Dokter.«
»Gröste dazua!«
»Mit Griebn, gell?«
»Und vui Zwiefin!«
»Sagst as in da Küch, Agnes. Fürn Herrn Dokter!«
»Entschuldigens bittschön . . .«

Das ist alles, was die Agnes noch herausbringt. Dann läuft sie mit der Hand vor dem Mund aus der Gaststube. Die Herren sind ziemlich verdutzt und ziehen ihre Schlüsse. Der Bürgermeister mehr allgemein:

>»Weiberleut! Mei Liaba!«

Der Pfarrer von höherer Warte:

>»Ein merkwürdiges Verhalten gegenüber einem Ehrengast!«

Und der Doktor aus einschlägiger Erfahrung:

>»Sie war zuvor schon so kaasig. Bleims da, meine Herren. Ich schau amal nach ihr.«

Er findet die Kellnerin draußen im Hof, wo sie sich einigermaßen befreit am Brunnen säubert. Und sie schämt sich natürlich:

>»Mei, entschuldigens bittschön, Herr Dokter!«
»Da brauchst di net entschuldigen, Deandl. Is alles draußen jetzt?«
»I woaß net . . . vui is net drinna gwen.«

»Hast des öfter?«
»Na. Seit a paar Tag erscht. A diamal in da Früah. Oder bal i was Fetts siehg. – I derf grad dro denga!«
»Auweh! – – Verheirat' bist net?«
»Na.«
»Aber an Burschen hast scho ... mit demst ...?
Auf diese Frage schweigt die Agnes zustimmend.
»Oan oder mehr?«
»Na. Mehra net!«
»I frag di net wegen der Moral. – – Wie alt bistn?«
»Im Ernting bin i dreiazwanzg gwen.«
»Und des ‚Oa'? War des wie sonst? Oder is' ausblieben?«
»A vierzehn Dog, drei Wocha ... is' drüber.«
»Woaßt aber scho, was i mein, gell?«
»Und kunnts nix anders net sei, Herr Dokter! Jetza kaams ma halt gar net recht.«
»Ja mei, wenn's so is, muaßt as haben, Deandl. Sicher is es nicht. Da müßt ich dich schon untersuchen. Kommst halt amal zu mir nach Griesbach. Direkt am Marktplatz hab i mei Praxis. Pressiert net. Nach Weihnachten is' früh genug.«
»Vergelt's Gott, Herr Dokter.«
»Ja ja ... scho recht.«

Natürlich verschwieg Dr. Muggenthaler den anderen gegenüber seine Diagnose; gab der Krankheit einen monströsen lateinischen Namen und beobachtete dabei mit sichtlichem Vergnügen, wie den Herrn Pfarrer seine Lateinkenntnisse im Stich ließen.
Bald nach dem Essen, als sich der selbstgebrannte Kräuterschnaps in seiner höchsten Wohltat auszuwirken begann, fand der Herr Bürgermeister dann einen sehr organischen Übergang auf den »Typhus«, mit dessen Hilfe sich die Berghamer von Nachtwachen und Polizeieinquartierung zu befreien gedachten.

». . . und wegen dem, Herr Dokter ... weil die Gesundheit inser höchstes Gut is, net! Und grad, was die Verdauung anlangt ...«
»Ja, ja, i versteh Eahna scho, Herr Bürgermeister.«
»Sama scho beinand, gellns. Was hob i gsagt: Da Herr Dokter is a Mo! Der vasteht sei Sach!«
»Schreibn ma halt ungefähr so: Wenn die Einwohner der Gemeinde Bergham nachts patrouillieren gehen müssen, so ist es nicht ausgeschlossen, daß diese Männer mit infizierten Personen in Berührung

kommen . . . daselbst auch aus infizierten Brunnen trinken . . . und auf diese Weise den Typhus acquirieren können.«
»Aquarieren können, jawohl! So schreibens sie's nei, Herr Dokter!«
»Wenn sie's glauben im Bezirksamt, sinds selber schuld.«
Jetzt bringt auch der Pfarrer sein Latein an, indem er lachend zitiert:
»Aquarieren! Das kommt aber nicht von ‚aqua – das Wasser', Herr Bürgermeister!«
»Des is wurscht, von wos des kimmt, Herr Pfarrer. Hauptsach, es huift!«

*

Was immer der Grund gewesen sein mochte – das medizinische Gutachten oder der anhaltende frühe Winter –, das Bezirksamt hatte ein Einsehen und erlöste die Gemeinde Bergham von ihrer nächtlichen Ruhestörung.
Zugleich erhielten die Gendarmen Mayerl und Grandauer den schriftlichen Befehl, sich bei Anbruch des folgenden Tages zu ihrer Brigade in Marsch zu setzen. Die Maßnahm traf sie unterschiedlich hart. Während der Mayerl schon marschfertig vor dem Wirtshaus stand und sich der erregenden Vorstellung von der nun folgenden weiten Reise hingab, war Ludwig Grandauer noch immer droben in der Kammer der Agnes, konnte den Blick nicht von ihrer Bettstatt wenden, und es war ihm zumute, als sollte er aus seinem Dasein mit den Wurzeln herausgerissen werden.
Die Agnes hatte in ihrem Leben vielleicht schon mehr Umgang mit dieser Art von Traurigkeit gehabt und konnte sie besser verbergen.

»I hab da was eipackt . . . in des Tüachl. Zum Essen was.«
»Ja . . .«
»Und a Glückskindl . . . aus Wachs. Woaßt, daß da's net auf'n Ofa legst.«
»Ja ja . . . na, na . . . Agnes . . . i . . .«
»Muaßt geh jetzt?«
»Ja, aber . . . i bleib dir treu . . . und . . . des is gwiß und wahr, Agnes.«
»I dir aa, Wig. – – Nach Weihnachten fahr i auf Griasbach, zum Dr. Muggenthaler.«
»Schreibst ma davor. Vielleicht, daß' mi rauslassen.«
»Ja. – – Und wega dem . . . woaßt scho . . . da sagn ma koan was, gell?! Daß di im Amt net hunzn kenna.«
»Oder daß' vielleicht doch was anders is?! Und du bist gar net schwanger.«
»Er hod's ja aa grad so gmoant, da Dokter.«

Wie sie dann Hand in Hand von der Kammer herunter in den Hausgang kommen, sieht sie der Martl und spitzt sie hämisch an:
»Hallo! Da schaug her! A so is des! De stoize Agnes! Host as jetzt mit dem?!«
»Laß'n steh, Wig. Er is a dummer Bua.«
»Zu was a sellerne Einquartierung net ois guat is, ha?!«
»Geh hoam, Martl, du bist net gfragt!«
Dem Ludwig ist jetzt auch nicht danach, sich mit ihm anzulegen. Er läßt sich von der Agnes zum Haustor lenken und dreht sich nicht einmal um, wie ihnen der Martl hinterhergrölt:
»Daß si fei bei dir nixn feit! Mit deim Baumbiesler, du!«
Draußen vor dem Wirtshaus hat sich indessen auch der Wirt zum Mayerl gesellt, und es geht alles ein wenig durcheinander, wie das so ist vor großen Reisen.
»Wo bleibscht denn, Ludwig?! Um neune müssen mir in Aubling sein!«
»I hätt enk ja auf d' Eisenbahn gfahrn. Aber er, der Mayerl, leid's nit.«
»I han am Herrn Wirt gsagt, es goht nit wegen der Dienschtvorschrift.«
»Da Mayerl! Jetzt is er wieder in seim Element!«
Die Agnes sagt das lachend. Nur Grandauer läßt sich davon nicht anstecken. Er verabschiedet sich schweren Herzens:
»I dank no amoi für ois, Herr Wirt.«
»Jetzt, wos geh müaßts, hätts vo mir aus aa bleim kenna.«
»Lebwohl, Agnes.«
»Behüt di Gott, Wig. Und laß da koa Traurigkeit net spürn.«
»Oiso na . . . pfüad enk, Mander! Und steigts ma net in' verkehrten Zug!«
»Noi, noi. Mir han ja für alles unsere genauen Instruktionen. Fertig zum Abmarsch?! Schultert das Gewehr!«
»Jessas, mei Gwahr! – Mayerl . . . wart!«
»Was isch?«
»Mei Gwahr hob i vergessen. Drobn in da Kammer.«
»Ja, hurament no amal! Du bischt a Säckl, Grandauer!«

Haberfeldtreiben

Der Pfiff, mit dem sich die Lokalbahn von Aubling verabschiedete, traf den Gendarmen Ludwig Grandauer wie ein Messerstich ins Gemüt. Auf dem Fußmarsch hierher zur Eisenbahnstation war es ihm immer noch so gewesen, als ob seine Agnes mit ihm Schritt hielte. Aber jetzt zog ihn die rasende Kraft der Dampfmaschine erbarmungslos aus ihrer Welt.
Sein Kamerad Mayerl hatte dergleichen Empfindungen nicht. Nachdem er sein Gewehr vorschriftsmäßig, mit dem Lauf nach oben, aufgehängt hatte, hockte er sich genüßlich in die Fensterecke und gab sich angenehmen Gedanken hin:

»... jetzt freu i mi au wieder auf die Kamerade. So a Einsatz isch amal a schöne Abwechslung ... aber wennscht alles alloinig entscheide muscht ... des reibt oin auf! Dahoim, auf der Station, da ham mir für alles unsre Befehle. Da woischt allerweil, wo's nageht. Und brauchscht net viel nachdenke. – – Sagscht du doch au, oder?«
»Ja, ja ...«

Grandauer ist nicht zu einer Unterhaltung aufgelegt. Doch Mayerl kann nicht länger dazu schweigen:

»Ludwig, i moin dir's guat. Aber sei froh, daß d' weg bischt von da. Du warscht im Begriff, deine Laufbahn zu vernichte! Glaub mas, Ludwig!«
»Geh, red doch koan Schmarrn!«
»Schau, was mögscht denn mit so am Mädle? Die hängt si dir an den Hals, und na kannscht schaue, wie d'as wieder los werscht.«
»Magst net aufhörn, Mayerl?«
»Weil i dir des sage muß! Als Älterer! Die wollet oin doch bloß alle vor den Traualtar ziage, die Weiber! Und moanscht leicht, du kriegscht zu dem a dienschtliche Bewilligung? – Paragraph 18 der Gendarmerieverordnung! Kann i dir auswendig hersage, wie der hoischt: Dieselbe kann nur erteilt werden ... nämlich die Bewilligung ... wenn erschtens der Gesuchsteller mindeschtens fünf Jahre ununterbrochen und zur Zufriedenheit des Corps gedient hat! Du hascht grad oi Jahr rum!«
»Des woaß i selber aa.«
»Und jetzt goht's weiter: wenn außer der Unbescholtenheit der Braut, ein in seinem oder seiner Braut selbschtändigen Eigentume befindli-

ches Vermögen von 1000 Gulden nachweisbar isch! – Sind 1700 Mark, Ludwig! Und jetzt frag i di: wo wollet ihr denn die hernehme?«
»I geh mein Zaun nach! Um des brauchst du di net bekümmern!«

*

In dem Stationsgebäude der Gendarmerie von Griesbach befanden sich in den oberen Stockwerken die sogenannten Ledigenzimmer, von denen auch Ludwig Grandauer eines bewohnte. Es war nicht heizbar und so schmal, daß man mit ausgestreckten Armen beinahe von einer Wand zur anderen langen konnte. Bettstatt und Kleiderkasten waren das einzige Mobiliar, und neben dem Bett hatte sich der Ludwig seinen hölzernen Rutschkoffer so postiert, daß er sich als Nachttisch eignete. Darauf lag seit Jahr und Tag die 41 Seiten starke »Verordnung über die Neuorganisation der bayrischen Gendarmerie«, deren Lektüre man den kasernierten Männern zur Auflage machte, und darunter, erbaulicher im Text und häufiger in Anspruch genommen, ein Volkskalender aus der Hinterlassenschaft seiner Eltern, den er schon von Jugend an ungezählte Male durchgelesen hatte. Vor allem hatte es ihm die Geschichte von dem »Ratsherrn und der Jungfrau Zuzibeh« angetan, welch letztere halt gar so lieblich und allerweil lustig und alert war, daß sie den Ratsherrn am Ende um Kopf und Kragen brachte.
Das warnende Gleichnis ließ jedoch – schon als er noch ein Bub war – eher Zweifel in ihm aufkommen, ob es jenseits der Moral wirklich rundum so finster sei, wie einem das in der Religionsstunde nahegebracht wurde. Und neuerdings, seit er wieder von Bergham zurück war, kam es ihm direkt so vor, als ob er dieser Zuzibeh in seiner Phantasie schon immer das Aussehen der Stegleitner Agnes gegeben hätte, umrißhaft wenigstens und besonders in jenen Bereichen, deren er bis dahin bei einem Weiberleut noch nie so deutlich ansichtig geworden war wie bei ihr.
Der Dezember machte es den Landpolizisten eher leicht. Zwar endeten auch in dieser Zeit die meisten der hohen Feste im Wirtshaus, aber selbst ausschweifende Naturen und gerichtsnotorische Raufbolde bekamen nun vorübergehend einen frommen Dämpfer.
Lediglich in der Nacht des heiligen Nikolaus fanden einige von ihnen noch einmal Betätigung, wenn sie, furchterregend vermummt und mit klirrenden Ketten, als Knecht Ruprecht oder Klaubauf durch Stadt und Land zogen und nicht nur den kleinen Kindern Furcht und Schrecken einjagten.
Bei solcher Gelegenheit konnte man nämlich unter religiösen Vorzeichen auch manchen unerlaubten Griff wagen oder Vergeltung dafür üben, daß man denselben sonst nicht anbrachte. Und deshalb ging es selten ohne den Einsatz der Polizei ab. Die tauchte dann allerdings noch seltener dort auf, wo

man sie wirklich benötigt hätte, und handelte sich in allen anderen Fällen für ihr unerbetenes Einschreiten nur herbe Kritik ein.
Dem Grandauer Wig ging in jener Nacht noch mehr als sonst der Gedanke im Kopf herum, was wohl jetzt unter diesen und den anderen Umständen mit seiner Agnes sein würde? Ob sich etwa auch an sie ein Klaubauf heranmachen könnte, einer der Martl hieß und ein Fuhrknecht war? Und da steckte er gleich alle drei Talgstummel an, die auf seinem Hauserlein klebten, dem Stück Blech, das dazu gut war, die teuren Unschlittkerzen bis auf den letzten Rest zu nützen. Und er schrieb an sie einen Brief:

»... bei mir in meinem Zimmer ist es eiszapflkalt. Aber wenn ich an Dich denke, werd's mir glei warm. Und wie mag's Dir wohl ergehen, mein Herzkäferl? Wennst nur grad jetzt amal kommen könntest, wo mir öfter den halberten Tag lang keinen Dienst haben.
Und es ist nicht viel zum anfangen mit der ganzen Zeit, wenn einer nicht gern Karten spielt oder keine Leut kennt in der Stadt, wo man hingehen kann. Aber es müßten dann schon bessere Leute sein, weil mir mit die andern nicht umgehn solln. Und die besseren gehen nicht mit uns um. Und schon gar nicht, bevor einer Wachtmeister ist. So ist das Leben. Und ich kann's bald nicht mehr derwarten, bis ich Dich wiedersehe.«

Am Tag vor Sankt Thomas, an dem die Rauhnächte ihren Anfang nehmen, bekam der Gendarm Grandauer – nachdem er von einem Streifengang zurückgekehrt war – ein dickes Paket ausgehändigt, das die Post an einem einzigen Tag über die zirka 40 Meilen von Bergham nach Griesbach expediert hatte. Und es war das erste Mal in seinem Leben, daß jemand auf diese Weise seiner gedachte. In dem Paket waren ein frischgebackenes Kletzenbrot, das herausfordernd nach Branntwein duftete, etliche Lebzelten und ein Paar dicke, schafwollne Strümpfe. Und die Agnes schrieb dazu:

»... da hab ich meine ganzen Wünsch mit hineingestrickt und daß D' immer warme Füaß hast bei der Nacht. Weil, ma sagt doch, daß koide Füaß hitzige Träume machen. Und was datst na Du mit so was, bal ich so weit von Dir bin. Es werd halt jetzt doch nix mehr in dem Jahr mit meiner Reis zum Dokter nach Griesbach. Der Wirtin geht's wieder gar net guat, und i muaß überalln eispringa. Des is a Kreuz mit ihra und werd wohl den Jänner über bleiben. Aber die Zeit geht ja so gschwind dahi, als vertragerts der Wind. Und auf Liachtmeß laß i mi nimmer halten und kimm! Schreibe dir aber davor noch was Genaues, daß ma uns net versama.

As Gwand paßt ma aa no um d' Mittn herum, und beim Engelamt han i mi ganz frech dazuaghockt. 68 Kerzen sand gstift worden fürn Hochaltar. Derfan aber bloß von keusche Jungfraun und Jungherrn sein, die Kerzen. Und da, moan i, müassn oa zehn und mehra gstift ham, sunst hättens net halb so vui zammbracht.«

Am Weihnachtsvorabend erhob sich das wilde Nachtgejaid mit allen bösen Geistern und unerlösten Seelen dann am ärgsten, und es fuhr so fort bis Heiligdreikönig. Aber auch die wildeste Jagd vermag den Menschen keine rechte Ehrfurcht zu vermitteln ohne den Glauben daran, und der war schon eher bei den Bauern zu finden und bei Leuten, die ihren Kalender mit der Natur machen, also solchen, die ihr Dasein nach einem Dienstplan einrichten.

Daß in der Wachstube wenigstens ein Christbaum stand, das war der Frau Gemahlin des Kommandanten zu verdanken, die übrigens in vielfacher Weise auf das kulturelle Leben von Griesbach Einfluß nahm. Und ein Christbaum war für den Grandauer Wig, der aus kleinbäuerlichen Verhältnissen kam, etwas Neues:

». . . bei uns dahoam hams an solchan Christbaum net kennt.«
»Bei uns hand so was bloß die reiche Leut ghet.«
»Nachmittags um vieri is Veschpergottesdienst gwen. Danach sama hoam, as Haus und an Stall ausräuchern, und mit Weichbrunn eisprenga. Auf des nauf hod koans mehr in' Stall einiderfa. Dann hat's gebn an Kaas, Brot und Bier. Und um zwölfi war Mettn. Hinterher hama na erscht richtig gessen. Die guate Mettnsuppn. Na is boid wieder Zeit gwen zur zwoaten Mettn. Und auf Mittag hama halt glei noamoi gfressen. Aber, i woaß net . . . ma hat's vertragn kenna. Es war halt no ois zu seiner Zeit, in dera oidn Welt.«

*

Das Jahr 1894 begann sogleich sehr zukunftsorientiert, indem an einigen Griesbacher Gendarmen und unter ihnen auch an Ludwig Grandauer eine gänzlich neue Art der polizeilichen Fortbewegung erprobt werden sollte.

Die Revolution war so richtig erst seit einigen Jahren vom hohen Norden in den Alpenraum vorgedrungen, hatte aber bisher nur zivilen Anhang gefunden und stieß militärischerseits auf Ablehnung; bis Anfang des vergangenen Jahres im steirischen Mürzzuschlag ein sportlicher Wettkampf mit diesen sogenannten nordischen Wunderhölzern gelungen war, von dem sich auch hohe Militärpersonen angesprochen fühlten.

Als sich am frühen Morgen nach dem Dreikönigstag die polizeilichen Versuchspersonen unter Führung eines Wachtmeisters ins tiefverschneite Gelände begaben, stellten die Griesbacher, die sie dabei beobachten konnten, nicht immer sachgerechte Vermutungen an, über den Sinn und Zweck des Unternehmens:

»... ja, was deans denn na mit dene aufbogna Lattn, d' Schandi?«
»Da werns halt a Feuerl machen, damit.«
»Na na, des sand Schneeschuah, Leit. Des kenn i! Mit soiche is da Wirtsfranze vo Kitzbiche drent as ganze Horn obagrutscht!«
»Ja, geh weida?!«
»Zu wos na?«
»So halt. Zwengs da Gaudi.«
»Zu wos braucha die na a soiche Gaudi? Für des hamas net!«
»I sag's eich: des kimmt no wia bei die Radler! Hätt ma aa net denkt, gell. Und auf amoi is so wos do.«
»Bredlrutschn! Freili! A katholischer Mensch hod was andersch im Sinn! Mir han doch koane Türken! Kreizdividomine!«

Der Gendarmeriewachtmeister gab wenig später und von der Zivilbevölkerung unbemerkt einen ersten eindrucksollen Anschauungsunterricht von dem Gebrauch der nordischen Wunderhölzer:

»In die Knie! Tief obihockn! Auf den Schistecken hinaufhocken! Beine auseinander! Ja, deats halt eure Haxn ausanander! Und wenn's ihnen zu schnell wird, seitlich hinschmeißen! Seitlich, verstanden?! Also, dann! Augen zu! Und los geht's!«

Es gab nämlich, kaum daß die Angelegenheit im deutschen Sprachraum Eingang gefunden hatte, bereits mehrere gedruckte Lehranweisungen, deren vollakademische Urheber sich in der Folgezeit die ehrenrührigsten Kämpfe lieferten.

»Ludwig! Wig! Grandauer! Wo bischt denn?!«
»Da, in dem Schneehaufa! Wia in da Sulz!«
»Hurament! I steck au fescht! Mir hend die Schi vielleicht doch vorher mit am Hering einschmiere solle, wie's ghoiße hat!«
»Na! Des geht mit dem aa net. Des ko gar net geh! So weni wia a vierekkerts Radl! Und bal die so epps bei uns eiführn wolln, Mayerl ... dann nimm i mein Abschied!«

Noch bevor Gesundheit und Zusammenhalt seiner Schneeschuhläufer sowie deren Ansehen im Ort ernsthaft Schaden nahmen, schickte der Kommandant die Skier wieder an das Gendarmeriecorps nach München zurück, von wo er sie leihweise erhalten hatte, und gab zu Protokoll, daß sich dieselben für den Polizeieinsatz im Gebirge nicht eigneten.

*

Je näher es auf den Februar und Mariä Lichtmeß zuging, um so unruhiger wurde der Gendarm Grandauer. Er fragte jeden Morgen und jeden Abend nach der Post und konnte sich gar nicht erklären, warum ihm die Agnes noch nicht – wie zu Weihnachten versprochen – geschrieben hatte.
In der Woche nach Lichtmeß war Markt in Griesbach, einer, bei dem die Standlleute und was da sonst noch an fahrenden Tuchhändlern und Bandlkramern behördlicherseits zugelassen war, vor allem auf den Leichtsinn der Dirnen, Knechte und ebenso der städtischen Dienstboten spekulierten.
Das konnte man aus gutem Grunde, weil viele von ihnen, die ihren Arbeitsplatz wechselten, eine Verschnaufpause dazwischenlegten und mit ihrem Ersparten in der Tasche ein paar Tage – manchmal länger – herumschlenkelten. Weshalb man diese Zeit auch die Schlenkelweil nannte und den Markt dementsprechend: Schlenkelmarkt. Für die Gendarmerie fiel davon nur ein Mehr an Arbeit ab, in dem sie sich zu erhöhter Aufmerksamkeit genötigt sah. Denn wo das Gesinde mit Mark und Pfennig einen leichtfertigen Umgang trieb, war das Gesindel allzeit zur Stelle.
Auch Grandauer war täglich acht bis zehn Stunden im Einsatz. Dabei kam er auf seinen Streifengängen so und so oft an dem Haus des Bezirksarztes Doktor Muggenthaler vorbei, das ja direkt am Marktplatz gegenüber der Schrannenhalle stand.
Und er überlegte sich jedesmal, ob er nicht einfach unter irgendeinem Vorwand hinaufgehen und den Herrn Doktor fragen könnte, ob er nicht vielleicht inzwischen etwas erfahren habe, von einer gewissen Agnes, Kellnerin beim Thalhäuslwirt, die er doch im November vergangenen Jahres kennengelernt und auf ihren Zustand hin angesprochen hatte.
Aber natürlich waren das nur Phantastereien, und Ludwig Grandauer dachte nicht im Ernst daran, eine Persönlichkeit wie diesen Doktor Muggenthaler, der mit seinem Kommandanten privatim verkehrte, in die Nöte eines gemeinen Gendarmen zu verwickeln. Noch dazu in solche, die ganz erheblich gegen die Dienstvorschrift verstießen.
So hatte er auch keine Ahnung davon, als er am Morgen des letzten Markttages wieder einmal am Haus des Doktors vorbeipatrouillierte, daß sich jemand just zur selben Zeit droben im Ordinationszimmer beharrlich weigerte, ihn als den Urheber einer erwiesenen Schwangerschaft zu benennen.

»... und warum nicht? Is er verheirat oder was?«
»Na! Gwieß net, Herr Dokter! –– Er is, wissens, weil's sei kunnt, daß'n auf des nauf, daß'n außischmeißn. Da, wo er arbat.«
»Da muß er aber an eigenartigen Beruf ham! Is er am End Pfarrer?«
»Na! Da muaß i glei lacha! Na, des grad net. –– I derf's net sagn, Herr Dokter.«
»Bittschön, des is euer Sach. Mußt halt sagn, auf'm Standesamt, daß dich a Wiesl anblasen hat, net. –– Und wie is na des mit dir und deiner Arbeit? Meinst, daß dich der Wirt b'hält, mit deim Bams?«
»Sie scho. Sie is a recht a guade Frau. Und braucha duats mi aa. Weils oiwai so vui krank is.«
»A Kind und die Wirtschaft ... und die Frau krank! Deandl, da derfst di aber abbuckeln.«
»Vielleicht, daß i's Kinderl zerscht bei am meinigen Basl unterbring, auf'm Hof. Die daat's ma na scho auswartn.«
»Eltern hast keine mehr?«
»Na.«
»Und mit'm Heiratn is aa nix ...«
»Wenn's a diam so weit is, sagt er, na heirat ma.«
»Sagt er. Die machen sich's leicht, die Burschen! Und ihr blöden Luder fallts allerweil wieder drauf rein.«
»Na! So is' net, Herr Dokter! Er is a anständiger Mensch!«
»Dein Wort in Gottes Ohr, Deandl! Also, nacha ... fahrst wieder heim, jetzt?«
»Mitn Vieri-Zug fahr i.«
»Tust davor no a bißl schlenkeln? – Hast scho recht.«
»Grad amoi so schaung.«
»Und, wie gsagt, wennst Sorgen hast, Agnes und nimmer weiter weißt, dann kommst zu mir. Dann wern ma scho an Ausweg finden.«
»Vergelt's Gott, Herr Dokter. – Und bittschön, was bin i schuldig?«

Sie hat ganz treuherzig ihr Börsl herausgezogen. Dr. Muggenthaler nimmt es ihr aus der Hand und steckt es wieder in ihren Zegerer zurück:

»Ja, ja, scho recht. Über des red ma, wennst verheirat bist! Und jetzt rühr dich und tu was dazu, daß ich bald zu meim Geld komm!«

Danach ging die Agnes geradewegs zum Bahnhof hinaus und setzte sich in den winzigen Warteraum; denn so hatte sie es dem Ludwig in ihrem Brief geschrieben. Dort wollte sie auf ihn warten. In einem Wirtshaus hätte sie sich nicht so lange ungestört aufhalten können, und daß sie sich in der Gendarmeriewache bemerkbar gemacht hätte, das wäre ihr niemals eingefallen, nach alledem, was er ihr von den sittlichen Anforderungen bei der Polizei erzählt hatte.

Hier, in dem Warteraum saß sie nun, nahe am glühenden Ofen, nachdem es draußen so schneidend kalt geworden war, daß selbst die ältesten und dickfelligsten Schlittengäule freiwillig trabten.
Der Zweiuhrzug fuhr hinauf in Richtung der Haupt- und Residenzstadt München, oder eigentlich korrekter: er fuhr zu ihr hinunter; denn hier war man, jedenfalls nach Metern gemessen, um einiges höher.
Was das wohl für Leute gewesen sein mochten, die an einem gewöhnlichen Werktag nach München fuhren? Sie selbst war noch nie dort gewesen. Aber der Ludwig hatte ihr viel von München erzählt.
Er hatte ihr sogar einmal gesagt, als sie über ihre Zukunft redeten, daß er sich zur Münchner Schutzmannschaft versetzen lassen wolle, falls sie ihm hier wegen ihrer Heirat Schwierigkeiten machen würden. Er war fest davon überzeugt, daß es in so einer riesigen Stadt, in der 370 000 Menschen lebten, eine ganz andere Freizügigkeit gäbe und ein viel besseres Fortkommen.
Der große Zeiger der Bahnhofsuhr hatte sich schon zweimal herumgedreht, ohne daß der Ludwig gekommen war. Und es waren ihr immer neue Gründe dafür eingefallen, gute und – je näher es auf vier Uhr zuging – auch weniger gute, die sie mit aller Kraft zu verscheuchen suchte und doch nicht ganz los wurde.
Für den Bahnhofsvorsteher, der immer wieder mit dem Kohleneimer hereinkam, war das durchaus kein ungewohnter Anblick, wenn sich Leute mit weniger geordneten Verhältnissen ganze Nachmittage lang in seinem bullig geheizten Warteraum aufhielten:

»Da mog ma glei gar net naus, gell, Froin? – – Ham Sie's recht koid dahoam?«
»Nana . . . es is bloß, weil, i wart auf wen.«
»Sans aber a Geduldige.«
»Geht koaner mehr nach'm Vierizug, gell? Hinaus zua?«
»Heit nimmer, na. – – Hod er Eahna sitzn lassn?«
»Werd halt net ganga sei.«
»So is es. Und wenn's der net is, is a anderer. Laufen ja gnua rum, soiche Gischpin!«

Ob der Ludwig ihren Brief nicht rechtzeitig bekommen hatte? Die Angelegenheit wurde wenig später offenkundig und zwar durch einen heftigen Südwind, der die Schneemassen allenthalben um zehn bis fünfzehn Zentimeter zusammenschrumpfen ließ; also auch entlang dem Hochluckenweg, wo ein Schulbub den Brief dann im Schnee stecken sah, herauszog und mitnahm.
Wie er dort hineingekommen war, das könnte möglicherweise etwas mit der großen Kälte zu tun gehabt haben, bei der die Griesbacher ihren Briefträgern manches Mal mit wärmenden Getränken beistanden. Man war in einem an-

deren Fall sogar schon einmal genötigt gewesen, einen ganzen Briefträger in volltrunkenem Zustand aus einer Schneewächte herauszuholen, in die er sich irrtümlich begeben hatte. So war auch diese Gelegenheit für ein Wiedersehen vorübergegangen, und dem Ludwig blieb kein anderer Weg, als seine Traurigkeit der Post anzuvertrauen, die sie ja eigentlich verursacht hatte:

» . . . so ist das Leben, mein herzallerliebster Schatz. Und mir müssen das Radl laufen lassen. Wenn's Dir nur grad guat geht. Ich für mein Teil laß mich schon nicht beirren. Bloß kommen zu Dir kann ich nicht. Da ist kein Drandenken. In drei Tag muß ich fort auf die Nebenstation in Holzmating. Da hat ein Excedent einen Gendarm mit dem Messer erstochen, im Wirtshaus. Und ich muß so lang dableiben, bis sie einen Ersatz für ihn haben. Aber ich schreib Dir gleich, wenn ich ankommen bin.«

*

Die Zeit ist ein lahmer Gaul, wenn die Ungeduld sie reitet. Februar, März waren dahingetrottet. Am Sonntag nach Ostern stellte der Pfarrer von Bergham seine Predigt auf das Johannesevangelium ab, in dem es unter anderem heißt: »Selig sind, die nicht sehen und doch glauben.«
Mit dieser Darstellung wußte die Agnes auch in diesseitigem Sinne etwas anzufangen; denn nun wurde es bald ein halbes Jahr, daß sie ihren Gendarm nicht mehr gesehen hatte, ohne in ihrem Glauben nachzulassen, daß sie füreinander beschaffen waren.
Etwas anderes hatte das halbe Jahr allerdings sichtbar werden lassen; zumal es jetzt mit einem Schlag warm geworden war, so daß die Agnes ihr dickes Winterzeug, unter dem sich einiges verbergen ließ, nicht mehr länger anziehen konnte.
Am Weißen Sonntag, nach der Messe, war auch der Brandner Martl auf dem Kirchplatz, der Fuhrknecht, über den eine Zeit lang gemunkelt wurde, daß er auf den Gendarm geschossen habe, bei dem Haberfeldtreiben im vorigen Jahr. Und von dem ein jeder wußte, daß er einmal sehr heftig auf die Agnes »gespickt« hatte, bis dieser »Amtsschinagl« daherkam und sie ihm ausspannte. So ein armseliger Gendarm! Ihm, dem Martl, der als der größte Draufgänger bekannt war! Jetzt war Gelegenheit, es ihr in aller Öffentlichkeit heimzuzahlen. Und seine Kumpane taten begeistert mit, indem sie auf sein Stichwort lauthals über den Platz grölten:

»He, Buam, bleibts amal steh! Na sehgts wos!«
»Diesell, ha? As Agnesserl! Wampert is' worn, um d' Mittn!«

»Im Antlaß werds na gar nimmer in d' Kirchabank einikema!«
»Warum bistn da so gschwoin, Agnes? Hod die a Picklhaubn gstocha?!«
»Pscht! Seids staad, Buam! Leicht hods an kloana Schandarm unterm Schalk!«

Aber das Gegröle und Gelächter der Burschen hatte vorderhand nur bei der Agnes die erwartete Wirkung gezeigt. Unter den anderen Kirchgängern fanden ihre Anspielung allenfalls bei einigen alten Weibern Widerhall, während sich die gestandeneren Mandersleut davon unbeeindruckt auf die beiden Wirtshäuser verteilten. Ein Kellnermadl – und sollte sie auch ausgerutscht sein – sie durfte bei ihnen durchaus mit einem größeren moralischen Spielraum rechnen.

Die Nacht vor dem Weißen Sonntag gehörte den Ledigen. Doch erst nachdem sie ihren Beichtzettel abgegeben hatten. Dann durfte auch zum ersten Mal wieder getanzt werden. Aber diesmal fehlte ein Großteil der Burschen samt seinem Weibertroß, und es ging merklich ruhiger zu auf dem Tanzboden, den der Thalhäuslwirt alljährlich in seinem Kastaniengarten aufstellen ließ. Das hatte den Wirt nicht ruhen lassen und, wie sie schon im Bett lagen, sagte er zu seiner Wirtin:

» . . . jetzt woaß' halt scho as ganze Dorf, gell!«
»Sie wern's übersteh!«
»Um des geht's net!«
»Is des na gar so was Bsunders bei ins? Wos bald in an jeden Haus a ledigs Kind ham?«
»Wann's von am Hiesigen waar, daat ma nix sagn! Es is aber wega dem Schandarm! Und weil si des inserne Burschen net gfalln lassen!«
»Narrat sans!«
»Der Martl bringt oan nach'n andern auf gega ihr. Heit beim Tanz san scho etliche ausbliem!«
»Sollns ausbleim!«
»Sogst du! Weil di du um nix bekümmern muaßt als wia um dei Rheuma.«
»Wega dem bin i froh, daß i s' hob, d' Agnes.«
»Des duat ins a anderna aa.«
»Vo ihra woaß i's!«
»Bal mas aber net dahalten kenna?! Sagn ma amoi! Sie ham mas ja scho higriebn in da Gmoa. Und da Pfarrer sagt's aa, daß ma mit ihra grad an Unmuat auf uns ziang! Hand nämli scho wieder drunt im Mühlhäusl gwen und ham si troffa, d' Haberer! Der Mesner hods selm naus-

schleicha sehng. An Martl vorn dro. Und wos des bedeit, werst wissen!«
»Magst as leicht außischmeißn?! In ihram Zuastand!«
»Ja, mei . . . sie is die Einighockte. Und hod nix zum tragn als wia a Karteinl! – – Sinscht kemas oisamt über ins! Oder as Bezirksamt legt wieder a Einquartierung ins Dorf! Und mir ham die Köschtn und derfan Patrouilln schiabn bei da Nacht!«

*

Auch in diesem Jahr des Heils, 1894, war am Pfingstsonntag auf die Beschwörung des geistlichen Rats von Bergham: »Veni creator spiritus . . .« der Heilige Geist wie alljährlich durch das Loch in der Kirchendecke herabgeschwebt, damit er die Gemeinde dortselbst erleuchte und einer höheren Einsicht teilhaftig werden lasse.
Wenn daraufhin die Anfeindungen und Stänkereien gegen die Kellnerin Agnes allmählich an Bedrohlichkeit verloren, dann lag das allerdings weniger an der Pfingsterleuchtung als daran, daß nunmehr die große Sommerarbeit begonnen hatte, die Zeit der ersten Heumahd, die allen, Bauern und Gesinde, viel Kraft abverlangte. Jetzt war ihr Kalender auch rarer mit Festen.
Im städtischen Griesbach hingegen gab es schon zwei Wochen später – am Tag vor dem Kranzlsonntag – ein festliches Ereignis, von noch nie dagewesener Aufwendigkeit. Es handelte sich um das fünfzigjährige Jubiläum der örtlichen Liedertafel. Und dafür war nahezu die ganze Stadt angetreten.
Der Turnverein lieferte auf der fahnengeschmückten Festwiese Proben katholischer Körperbeherrschung; was ja in altbayerischem Sinne nichts anderes bedeutete als eine rechte und geheure Körperbeherrschung.
Die jungen Damen der Jungfrauenkongregation stellten ihrerseits eine Allegorie, bei der die Tochter des ehrengeachteten Seifenfabrikanten Müller die Germania darbot. Das kolossale Sinnbild wurde zum Entzücken aller Zuschauer elektrisch beleuchtet. Und natürlich hatten ebenso Feuerwehr und Gendarmerie Eindrucksvolles darzubieten.
Am meisten Beachtung fand eine Zukunftsvision der Polizei, an der auch Ludwig Grandauer mitwirkte. Die Männer verwendeten hierzu Velozipedes des örtlichen Radsportvereins, mit denen sie in rasender Fahrt von der Heiliggeistkirche zum Marktplatz radelten. Und man konnte sich daraufhin gut vorstellen, wie es einmal sein würde, wenn sich Räuber und Gendarm in ihrem ewigen Kampfe der modernen Technik bedienten.
In Würdigung dieser Leistungen hatte die Kommandantur ihren Männern Nachsicht zugesagt bei der Auslegung des Mäßigkeitsgebotes für Angehörige des königlich bayerischen Gendarmeriecorps. Und es wurde dankbar in Anspruch genommen.

Als Ludwig Grandauer in dieser Nacht mit seinen Kameraden zum Polizeiquartier zurückkehrte, war auch er infolge des Bieres sehr von vaterländischen Gefühlen erfüllt. Aber mit einem Mal, er wußte selbst nicht warum, stand die Agnes – seine Agnes – bildhaft vor ihm, und seine eigene Wirklichkeit war für einen Moment wie ausgelöscht.
Das war ungefähr die Zeit, als sich im 40 Meilen entfernten Bergham aus dem unteren Bannwald heraus und über den Neuwiesergraben herüber eine apokalyptische Heerschar auf den Thalhäuslwirt zu bewegte. An die fünfzig Burschen und Männer kamen daher, bärtig die meisten und mit rußgeschwärzten oder giftgelb gefärbten Gesichtern, fackel- und dreschflegelschwingend, lärmend und johlend; wie die wilde Jagd kamen sie daher.
Die Wirtsleute lagen schon im Bett, aber sie, die Wirtin war noch wach und rüttelte ihren Alten aus dem Schlaf:

»Alle guaden Geister! D' Haberer!«
»Jetzt is' so weit!«
»Geh net ans Fenster, Vader! – – Maria und Josef!«
»Jetzt is' halt so weit!«
»Ins werns na do net moana?!«
»Hätt mas furtgschickt, wia i's gsagt hab!«
»Herrgott im Himmel! Laß ihra nix gschehng!«
»Weils net ghorcht habts auf mi! – – Jetzt hock ma da!«

Es war einen Augenblick lang still geworden vor dem Haus. Aber man konnte die Anwesenheit der Horde durch die Wände hindurch spüren. Dann erhob sich das Gericht. Der Ankläger – keiner vom Dorf, sonst hätte man vielleicht die Stimme erkannt – er verlas die Litanei, derb und mächtig, daß man es weithin hören konnte. Andere aus dem Haufen antworteten ihm. Und dazwischen erhob sich immer wieder das Gejohle, entstand ein wüster Lärm mit allem, was sie dafür mitgebracht hatten: Blechdeckel, Ratschen, Ketten, Kuhhörner.

»Wirtssepp, steh auf und laß dir sagen: heut tun mir deine Hur ins Haberfeld jagen! Im Auftrag des Kaisers Karl vom Untersberg seind anwesend: der Herr Minister von Feilitzsch!«
»Hier!«
»Der Bürgermoaster von Münka als Vorstand!«
»Hier!«
»Der Bezirksamtmann von Griasbach!«
»Hier!«
»Der Schmied von Kochl!«
»Hier!«
»Da Napoleon von Bonaparte!«

»Hier!«
»Und einer is dabei, den tun wir nicht kennen.
Geißfüaß hat er zwei!
Wie möcht er sich wohl nennen?!
Ich bild mir's scho ein –
Der Teufel muaß' sein!«

»Stegleitner Agnes, komm heraus!
Dich treib ma als erschte ins Haberfeld naus!
Xaverl, treibs aus!
Aufgrewellt!«

»Vo di hiesinga Manda mag diesell nix wissen!
De hods glei oisamt zum Kammerfenster außigschmissen!
Des Luadamensch hod si a diam bloß verstellt!
Jetzt bringts ins an kloana Schandarm auf die Welt!«
»Is des wahr?!«
»Ja, wahr is'!«
»Na treibts zua!«

Bis dahin hatte die Agnes brettsteif in ihrer Bettstatt gelegen, und das Herz schlug ihr bis zum Hals. Jetzt sprang sie heraus, riß das Fenster auf und schrie wie ein gequältes Tier:
»Sauhund, es gemeine! Gemeine Hund! Hauts ab! Hauts ab!«

Lärmend und krakeelend, wie die Horde aufgetaucht war, verschwand sie wieder – zum Dorf hinüber, um dort ihr Gericht vor einem anderen Haus abzuhalten.
Als alles vorüber war, schleppte sich die Wirtin, ungeachtet ihrer fiebrigen Gelenke, die Stiege hinauf zur Kammer der Agnes.

Die kauert regungslos auf ihrem Bett. Keine Angst ist ihr mehr anzuspüren. Und was sie sagt, kommt gefaßt und hart aus ihr heraus.
»Agnes, is da wos? Brauchst d' Hebamm?«
»Na.«
»Oh mei, oh mei, Deandl . . . wos werd des no wern? De Himmiherrgottsakramenter, die Gottvafluachtn!«
»Des hod ma er eibrockt! Der Sauhund! Weil i'n net lassn hab!«
»Der Martl, gell?!«
»Ozoang hätt i'n solln! Daß er auf den Schandarm gschossn hod! I hab's ja gwißt, daß er's war!«

Inzwischen ist auch der Wirt zu ihr hinaufgeschlichen, noch immer so eingeschüchtert, daß er in seinem eigenen Haus nicht laut aufzutreten wagt:
»Sehgts es jetzt selber?! – Mir kenna di nimmer daghalten, Agnes! De hand ja so rabiat worn, die Kerl, daß mas glei fürchtn muaß! As nächstmoi zündens ins as Häusl übern Kopf o! – Na na, des is nimmer des, was' amoi war! D' Leut hand anderne. Banditn! Oiwei mehra Banditn! Überoin! Und de Bräuch hand net besser ois wia d' Leut!«

Am andern Tag, nach der Morgensuppe, ließ der Wirt den Landauer anspannen. Sie waren sich auf sein Drängen noch in derselben Nacht einig geworden, daß sie halt lieber gleich und im Guten von ihnen gehen sollte. Er würde sie auch selber an die Eisenbahn fahren. Und der Friede, den man sich damit erhoffen durfte, der war ihm schon so viel wert, daß er sie dafür anständig abfinden wollte.

». . . mit dem Geld, moan i, werst aa ohne Arbat a Zeitl auskema, net. – – Und vielleicht woaß da na da Dokter wos. Oder dei Schandarm. – – In da Stodt brauchas oiwei Leit, hoaßt's. – Kindsen is aa leichter, sagt ma. – – – Ja, ja Deandl, mir lebn da scho in so a Zeit! Nix is mehr, wia's war! Schwimmt ois an Bach abi! Die ganze Menschlichkeit!«

*

Alles, was die Agnes besaß, ihr ganzes Eigentum, ließ sich mühelos in einem Pappkarton und ihren Henkelsack unterbringen. Damit war sie noch am Mittag desselben Tages in Griesbach angekommen. Für den Weg vom Bahnhof in die Stadt hatte sie sich Zeit gelassen, in der Hoffnung vielleicht doch irgendwo ihrem Gendarm zu begegnen. Aber es ergab sich nicht.
An dem Haus des Bezirksarztes Dr. Benno Muggenthaler war sie auch schon ein paarmal vorbeigelaufen, hin und her überlegend, wie sie ihr Ansinnen herausbringen könnte, ohne aufdringlich zu erscheinen: denn er hatte ihr ja seine Hilfe angeboten. Aber darüber waren Monate vergangen.
Als sie, ihren Karton und Henkelsack zu Füßen, vor ihm saß, waren alle ihre Bedenken wie weggeblasen und sie war ganz sicher, daß sie ihm alles anvertrauen konnte. Auch das, was sie ihm bislang verheimlicht hatte. Wenn es einen Menschen gab, der ihr helfen würde, dann war es dieser runde, gemütliche Mann:

»... und jetzt hock ma halt da, alle zwoa! Mit'm dicken Bauch! Aber ich brauch für den meinigen wenigstens keinen Vormund! – – Ein Herr Gendarm war also der Hersteller! I hab ma scho so was gedacht.«
»Aber i bitt Eahna gar schee, Herr Dokter ... vo dem derf neamd nix wissn! Weil sinscht ...«
»Ja ja, da brauchst bei mir koa Angst ham. I sag nix. – – A Gendarm! Oh je! Da hast dich auf was einlassen, Deandl!«
»Vo Bergham der, wo beim Thalhäuslwirt eiquartiert gwen is. Vorigs Jahr im Hirgst. Wissens nimmer, Herr Dokter? So a bißl a Magerner is er.«
»Doch, doch, kann mi scho erinnern an den. – Wie lang is er na scho dabei ... bei der Gendarmerie?«
»Im zwoaten Jahr, glaub i.«
»Und fünfe sind verlangt, gell? Bevor er heiraten derf!«
»Er hod ma scho ois gsagt.«
»So ... des aa, von der ‚Unbescholtenheit‘ der Braut?«
»Des aa.«
»Und? Wie paßt na des zamm mit deim Wamperl da? Nach christkatholischen Amtsrichtlinien, wohlgemerkt!«
»Werd scho nct gar so schlecht passen, bal ma si richtig gern hat.«
»Oh mei, Madl! Danach fragt vielleicht der liebe Gott. Aber kein Amtmann! – – Zurück willst also nimmer, nach Bergham?«
»Na! – Fürs Kind werd i na scho an Platz finden, bals soweit is. Und für mi aa. I bin net hoaklig. Und arbaten kann i aa.«
»Könna! Könna kannst erst, wennst a Arbeit hast! Aber so leicht is des fei net! Lies amal unsern Griesbacher Anzeiger! Da wirst dich wundern, wieviel da gern könna möchtn!«
»Es is net grad, daß' pressiert. I hab ma hübsch was gspart. Und d' Wirtsleut ham ma aa no was draufglegt. Fürs Einsichtigsei!«
»Die wern halt recht Angst kriegt ham, auf des Spektakel.«
»I sag Eahnas, Herr Dokter, i bin ja aa glei so derschrocka, daß i glaubt hab, i verliers Kind! – Wia ko ma bloß aso mit die Leut umspringa? Was san denn des für Bräuch?!«
»Das hat schon alles amal sein Sinn ghabt. Früher, wie ich noch a Bub war, da ham die Leut in den abgelegenen Dörfern eben selber für Recht und Ordnung sorgen müssen. Die Polizei, oh mei, bis die amal da war! Hat ja noch kaum a Eisenbahn geben. Net amal überall feste Straßen. Naja, und so haben sich halt da und dort rechtschaffene, hausgesessene Männer zusammengetan und mit aller Gewissenhaftigkeit beraten, wer im Ort einen Denkzettel verdient hat. A Bauer zum Beispiel, der sein Gesinde schlecht behandelt hat oder nicht anständig bezahlt. Oder einer, der sich sein ‚Bettfutter‘ auf nicht ganz saubere Art verschafft hat. Wobei eigentlich immer nur dann was gschehn is, wenns zwei Ungleiche

miteinander erwischt ham. An Bauern und a Magd. Oder an Pfarrer und eins von seinen Schäfchen. – Dir mit deim Schandarm wär dazumal sicher nix passiert. Passiert is ja auch die andern nix. So wie jetzt, daß' auf Gendarmen schießen . . . das hat's meines Wissens nicht gegeben. Bei uns amal net. Die Schand hat allein schon ausgreicht. Wenns einem den Mistwagen aufs Dach gstellt ham. Oder sie haben ihm seine Schandtaten aufgsagt, vor alle Leut. Wenns ihn ins Haberfeld getrieben haben, bildhaft. – – Aber es hat eben alles seine Zeit, verstehst. Und was den Alten ernst war und bedeutsam, is für die Jungen auf amal bloß noch a Gaudi, a Krawall. A bißl a Raufats mit der Obrigkeit. Da sitzen dann die Rabauken zu Gericht und verurteilen die andern . . . aus Neid oder Mißgunst. Oder aus Eifersucht, so wie bei dir.«
»Und es is eahna ganz wurscht, was mit die Leit werd! Hauptsach, sie ham eahna Befriedigung.«
»So is'. – – Und mir zwei, mir müssen halt jetzt dazutun, daß die Gschicht net gar zu traurig nausgeht. Aber was das anbelangt, hast du sogar noch ein saumäßiges Glück . . . weil sich mei alte Hauserin an Fuaß brocha hat. Am Kranzlsonntag.«
»Mei! Des is fei arg! Ja, und wia des?«
»Ausgrutscht! Sie werd halt aa net jünger. Na ja . . . Springst amal ein derweil.«
»I?! Na wirklich?!«
»A Kammerl is aa grad oans frei.«
»Mei, vergelt's Gott, Herr Dokter!«
»Ja ja, brauchst aber net glauben, daß dir was gschenkt wird daherin!«
»Des waar ma aa gar net recht, Herr Dokter.«
»Und was is na mit eahm? Weiß er schon, daß d' da bist?«
»Da Ludwig? Na. Wissens, es is ois so gschwind ganga und . . . «
»Dann haltst dich du erst amal zurück und überlaßtn mir. Ich werd ihm schon auf'n Zahn fühlen, dem Herrn Gendarm.«

Kurze Zeit später wurden die Gendarmen Mayerl und Grandauer auf dem Dienstweg in die Praxis des Bezirksarztes befohlen. Es hieß, daß sie sich dort einer Nachuntersuchung zu unterziehen hätten, nachdem sie im Jahr zuvor bei ihrer Einquartierung in Bergham möglicherweise mit typhuskranken Personen in Berührung gekommen seien.
Der Mayerl hatte die Prozedur rasch und ohne Befund hinter sich gebracht. Für den anderen ließ sich Dr. Muggenthaler mehr Zeit:

»Sie sind der Herr Grandauer . . .«
»Jawohl, Herr Bezirksarzt.«
»Wir kennen uns ja von Bergham.«

»Jawohl, Herr Bezirksarzt.«
»In dem Wirtshaus dort sama amal beinander gsessen . . .«
»Jawohl.«
»Lassens Ihre Jacke ruhig noch an. – – Irgendwelche Verdauungsbeschwerden seither?«
»Nein . . . eigentlich nicht.«
»Die Kellnerin . . . die hat sich doch damals . . . der war's so schlecht. Im Hof draußen hat sie sich übergeben müssen. Wissens das noch?«

Grandauer wird es etwas ungemütlich, und er antwortet zögernd:
»Jawohl . . .«
»Im Frühjahr wars dann amal da. Bei mir in der Praxis. – – Hams nix mehr von ihr ghört?«
»Von der Kellnerin?«
»Ja. – Agnes, glaub ich, heißts, gell?«
»Jawohl.«
»Der Stuhl ist auch normal?«
»Entschuldigens . . . der was bitte?«
»Hams öfter amal Verstopfung . . . oder Durchfall?«
»Ah so. Na, nein. Ganz normal.«
»Also, Sie wissen nichts mehr von ihr? Von der Kellnerin? – – – Oder wollens nichts mehr von ihr wissen? – – – Mit mir könnens ganz offen reden. Ich häng Sie schon nicht hin. – – – Das Kind, das sie erwartet, das ist doch von Ihnen?«

Es dauert einen Moment, dann antwortet Grandauer bolzengerade:
»Ja! Jawohl!«
»Brav! Und, stehens dazu? – Hams des Deandl gern?«
»Ja.«
»Täten Sie's heiraten?«
»Ja, freilich! Wenn i könnt, sofort, Herr Dokter!«
»So . . . aber wos derzeit is, wissens nicht?«
»Na. I hab lang nix mehr ghört von ihr.«
»Aber ich weiß es!«

Dabei öffnet Dr. Muggenthaler die Tür zu seinem Wartezimmer und ruft hinaus:
»Agnes! Geh, sei so gut und komm an Moment rein! – – – Da ist einer, so ein trauriger Gendarm, der hätt dir gern Grüß Gott gsagt! – – – Aber bittschön, Herr Grandauer, gell, sans a bißl vorsichtig bei der Begrüßung! Jetzt wolln ma auch, daß'n gscheit austragt, euern Bams!«

Hochzeit

So unbedeutend diese Angelegenheit für Kirche und Welt auch gewesen sein mochte, sie hatte sich nicht vor dem 10. August 1897 mit den beiden Ordnungsmächten in Einklang bringen lassen. Nun stand den Brautleuten von keiner Seite mehr etwas im Wege. Sie hatten sich lediglich eine angemessene Zurückhaltung aufzuerlegen, so wie es auch sonst ihrem Stande entsprach.
Es war also eher eine bescheidene Hochzeit, gemessen daran, wie das bayerische Landvolk für gewöhnlich diesen höchsten und heitersten Familienfesttag beging. Aber ein Gendarm und eine ehemalige Kellnerin – auch wenn sie beide bäuerlicher Herkunft waren – sie hatten keinen Anspruch mehr auf die alten, bodenständigen Traditionen. Sie waren gewissermaßen aus dem Rahmen gefallen und somit frei für Vernunft und Zivilisation.
Hier mußten keine neun Gänge aufgetischt, kein Hochzeitszug mit Trauermusik zu den Gräbern der Eltern mußte mehr begangen werden; denn diese Gräber lagen ja weit entfernt. Kein Hochzeitslader wurde mehr benötigt, der wie ein Zeremonienmeister den Ablauf in altüberkommenen Bahnen gehalten hätte. Eine bürgerliche Hochzeit – eine kleinbürgerliche, sofern man über die Anwesenheit des Herrn Medizinalrats hinwegsah.
Der Glaserwirt hatte sein Nebenzimmer dafür freigehalten, und das reichte leicht aus für die kleine Gesellschaft. Ohne die Kameraden von der Gendarmeriestation wäre es zu Anfang ganz still hergegangen. Aber die hatten sich wenigstens eine Gesangsdarbietung einfallen lassen. Das Lied von Feuer und Kohle, die nicht so heiß brennen können wie heimliche Liebe, von der niemand nichts weiß – es war sicher als Anspielung gedacht auf die Brautleute, die mit ihrer Liebe auch erst jetzt, nach bald vier Jahren, an die Öffentlichkeit treten durften.

»Mit diesem Liede wünschen dem lieben Brautpaare von Herzen alles Gute und Gottes Segen die Kameraden von der Gendarmeriestation! – Und da schenk ma euch noch einen Blumenstock für euer neue Wohnung!«
Die Braut nimmt das Geschenk gerührt entgegen.
»Mei! A Zimmerlindn! Ludwig, schaug her! Schee, gell!«
»Die hod da Franz aus einem Ableger zogn. Vom Wachtmeister der seinigen, wo er in seim Zimmer hat.«
Auch der Bräutigam ist fast beschämt von soviel Aufmerksamkeit:
»Des is gelungen, ha?«
»Da sagn ma enk halt von ganzem Herzen Vergelt's Gott!«

Dr. Muggenthaler tritt hinzu, in seiner ganzen Respektabilität, und sagt mit sanfter Ironie:

»Aha! Eine sparmannia africana!«

»Grüß Gott, Herr Medizinalrat!«

»Grüß Gott beinand. – Ich weiß leider nicht, ob das für die Zimmerlinde auch gilt, was man Lindenbäumen im allgemeinen nachsagt: die sind ja quasi Kollegen von mir! – Schon amal was gehört davon, meine Herrn Gendarmen?«

»Gegan Blitz sollns guat sei, hoaßt's«

»Und gegen nahezu alle Krankheiten! Also, Agnes, ein Versuch kann nicht schaden! Stellst as amal zu deim Buam ins Schlafkammerl, die Zimmerlinde! Vielleicht hilfts gegen sei ewige Rotznasn!«

»Mei . . . hod er scho wieder oane! – – Kumm amal her da, zur Mama! Geh zuawah, Buale, kumm!«

»Gegen diese Geißel der Menschheit sind wir Mediziner ja leider machtlos!«

»Wie schaugst denn wieder aus, Bua! Jetzt kumm, dua di schneizerlen!«

Der Bub, an diesem Tag legalisiert, ist inzwischen drei Jahre alt und kann seine Abneigung gegen den Schneuzhadern der Mutter schon unmißverständlich ausdrücken:

»Muaß a net schneizerlen!«

»Freili muaß er schneizerlen! Weida! Fest! Obi damit!«

Noch stehen alle herum und mühen sich ab, ein wenig anders als sonst miteinander zu reden. Bis der Wirt endlich die Tür aufreißt und hereinruft:

»Also, Leit, knöpfts enk scho amoi d' Hosn auf! In a Viertelstund gibt's die erschte Richt! Nudelsuppn mit Weißwürscht!«

Den Ruf nach Bier dämpft Wachtmeister Mayerl, weil er die Verantwortung für das Polizeiaufgebot trägt:

»Ein kloines Bierle isch no erlaubt! Zur Feier des Tages . . .!«

»Jawoi, Herr Wachtmeister!«

»Oiso, Glaserwirt, da kamerten dann noch vier Bier her!«

»Kloine, Grandauer, kloine!«

»Kloine! Auf Befehl vom Herrn Wachtmoischter!«

»Kloane hama net! Müaßts halt eure Krüagl aussaufa, bal da Mayerl net hischaugt!«

Dr. Muggenthaler geht voraus an die Hochzeitstafel. Die anderen folgen ihm, und alle spüren es, daß ihm nach einer Rede zumute ist:

»Also . . . mein liebes Brautpaar! Und ihr Hochzeitsgäste! Jetzt hockts euch amal alle hin und hörts mir zu! Bevor die Angelegenheit in ein Freßgelage ausartet! – Die vier Sängerknaben auch! – So, is jetzt a Ruah? – – – Also, ich bin ja hoffentlich als Bezirksarzt dieser ebenso gesetzes- wie königstreuen oberbayerischen Kreisstadt von dem Verdacht der Amtsbegünstigung einigermaßen frei. Obwohl diese Hochzeit, der

wir hier beiwohnen dürfen, – jetzt kann ma's ja sagen – obwohl die schon a bißl auch durch meine Mitwirkung zustandegekommen ist, gell?!«
»Des is wohl wahr, Herr Dokter!«
»Und für des sama Ihnen auch ewig dankbar.«
»Ja, ja, is scho recht. – Leider ist der Herr Gendarmeriekommandant nicht persönlich anwesend, sonst hätte man ihn hier anerkennend miteinbeziehen können, für seine großzügige . . . nein, besser gesagt, für seine richtige, einzig richtige Auslegung der Unbescholtenheitsklausel . . . § 18, betreffend die künftigen Ehefrauen königlich bayerischer Gendarmen. – Diese glückliche Braut da, in unserer Mitte, hat zwar schon einen Buben von drei Jahren. Benno heißt das Prachtexemplar! Nach seinem Taufpaten, und der bin ich! Gell, du kloaner Hosenscheißer, du! – Es lassen sich also hier gewisse Praktiken zwischen den beiden Brautleuten lange vor der heutigen priesterlichen Kopulation nicht leugnen! Praktiken, durch die nach unseren herkömmlichen Maßstäben zwar niemals ein Gendarm, wohl aber ein rechtschaffenes, gutherziges und seelenstarkes Frauenzimmer seine Unbescholtenheit verliert! – Ja, aber sagts amal, Leut, was wärn denn das für Maßstäbe?! – – Drei Jahre bist du jetzt bei mir im Haus gewesen . . . und hast sogar mei alte Hauserin, die Babett, gewonnen! – – – Ich seh dich noch vor mir sitzen! Im Juni waren's genau drei Jahre, gell! Nachdems dich aus deim Dorf nausgjagt ham, die Haberer, die Banditen! Wofür ich ihnen aber nachträglich nur danken kann! – Und ich alter Esel hab eure Heirat auch noch protegiert! Anstatt daß ich dir's ausgeredet hätt! Von mir aus hättst ja jedes Jahr a Kind auf die Welt bringen können! Nachdem ich schon selber keine eigene Familie zusammengebracht hab. – Wie sagt man denn zu so einem, bei unsere Bauern draußen? – Ja, trauts euch nur!«
Es dauert einen Moment, dann wagt sich ein Gendarm mit der Antwort hervor:
»Brachhammel . . . Herr Medizinalrat!«
Niemand weiß so recht, ob man darüber lachen darf. Bis auf den Doktor, der tut es:
»Jawohl, Brachhammel, so nennt man die. – Aber wenigstens hab ich mich jetzt, als kleiner Trost, auf diese Weise an einer Familiengründung mitbeteiligen dürfen. Und wenn schon kein richtiger Vater, bin ich dir halt für heut, liebe Agnes, dein Ehrvater! – – Ihr seids ja ohnehin arme Waisenkinder, alle zwei. Und ihr habts nicht amal eine Verwandtschaft, für die euer Ehrtag Anlaß genug gewesen ist, daß sie heut hierherkommt. Aber das – glaubt mir's – das hat manchmal auch sein Gutes. Und in diesem Sinne laßt uns alle die Gläser erheben und auf das Brautpaar anstoßen! Es lebe hoch!«
»Hoch . . . hoch!«

Wie gesagt, man tat gut daran, diese verspätete Legalisierung, die allen öffentlichen Bekenntnissen des Doktors zum Trotz nicht überall ungeteilten Beifall gefunden hatte, nicht gar so vergnügt und laut auf den Markt hinaustönen zu lassen. Deshalb hatte man mit Vorbedacht auf Musik verzichtet. Doch dann war durch Zufall ein Tiroler Landfahrer in das Gasthaus gekommen – Pankraz Eccel nannte er sich, aus Brixen – ein Bandlkramer, der auch mit Tonkrügen und Gipsifiguri handelte und nicht immer ganz einwandfreien medizinisch-religiösen Wundermitteln.
Ein Mensch, den man normalerweise schon seines zigeunerischen Aussehens wegen in keiner ‚anständigen' Gesellschaft aufgenommen hätte; es sei denn, daß diese Gesellschaft durch den Alkohol schon etwas freizügiger geworden war oder sich überhaupt nicht so ganz mit der geltenden Moral in Übereinstimmung befand.
Der Konflikt trat erst so richtig auf, als dieser Pankraz Eccel plötzlich, und ohne daß ihn jemand dazu aufgefordert hätte, ein heidenmäßiges Leben in die Stube brachte mit seiner diatonischen Ziehharmonika. An so etwas konnte sich erfreuen, wer wollte, nicht aber der Wachtmeister Mayerl:

»Du verkörperscht ja net irgendwas, Ludwig! Sondern Recht und Ordnung! Unseroiner kann doch net oinfach in den Tag hineinlebe! Wie irgendwer! Oder?!«
»Geh weida! Der duat doch koan wos! Der spuit halt Ziachharmonika do herin. Und mir hams eahm net amoi ghoaßn!«
»Und i sag dir's noch amal, Ludwig: Ein solches Subjekt hat in unserner Gesellschaft nix zum suchen! Ein so einer gehört vorschriftsmäßig zurechtgewiesen und sodann entfernt!«
»Aber net bei meiner Hochzeit, Mayerl! Und net, solang si der anständig aufführt! Und is bloß lustig, und a jeder außer dir, freit si, daß er so schee spuit.«

Auch der Herr Medizinalrat hatte dem Bier und Wein mehr als sonst am Tage zugesprochen, und als er die Gaststube infolgedessen wieder einmal verließ, um »einen Hasen zu fangen«, traf er im Hausgang mit einem Herrn aus München zusammen, der oft in Griesbach zu Gast war.

»Ja, wen sieht man denn da wieder amal bei uns in der Provinz?!«
»Habe die Ehre, Herr Medizinalrat!«
»Habe die Ehre, Herr Gantner! Geh ma a bißl auf die Pirsch?«
»Amal wieder umschaun im Revier...«
»Wir haben sie schon vermißt! Warns lang nimmer da.«
»As Gschäft, as Gschäft! Frißt oan auf!«
»Derf ma sich halt net auffressen lassen!«
»Ja ja! Ihr da heraußen! Aber in München! Ich sage Ihnen, das wird

immer ärger! Ein Gehetz und ein Gerenn! Das is bald nimmer schön!«

»Tja . . . der Fortschritt, Herr Gantner! – Und der Frau Gemahlin geht's gut, ja?«

»Dank der Nachfrage. Ja, ja. Die hängt halt auch drin. Sie machen Ihnen ja keinen Begriff! Jetzt hama vier Filialen! Vieri!«

Der Doktor setzt ein bedauerndes Gesicht auf und sagt gerührt:

»Ja, was is des! Und ohne daß Sie's wolln ham?!«

Gantner merkt die Ironie und lacht:

»Ah so, meinens! Ja, Sie müssen sich um Eahna Gschäft net kümmern! Des läuft von allein!«

»So ist es. – No, und wo hams denn Ihren schönen Münsterländer heut?«

»Die Duschka? Die is hitzig zur Zeit. Da kann mas net brauchen.«

Jetzt hört man das Schlagwerk von Gantners Taschenuhr, die er in der Weste unter seinem Jagdrock trägt. Er sagt überrascht:

»Scho drei?! Stimmt des?«

»Pressiert's scho so, Herr Gantner?«

»Na, na, gar so wichtig hab ich es auch wieder net.«

»Dann setzens Eahna halt noch a bißl zu uns, auf a Glaserl Wein. Trifft Eahna ja der Schlag draußen bei der Hitz!«

»Is da a Hochzeit oder was?«

»Mei Agnes . . . kennas doch . . . die bei mir im Haus war. Und einer von unsere Gendarm. – – Da kommt er ja so grad, der Bräutigam! – Ich hab den Herrn Gantner a bißl zu uns eingeladen. Is Eahna doch recht, Grandauer?«

»Freilich, wär uns eine Ehre.«

»Wer der Herr Gantner is, werdens wissen: Großbäckerei in München! Vier Filialen! Jagdpächter von unserm Klosterwaldrevier.«

»Ja, ja, ich hab den Herrn schon öfter bei uns gsehng.«

Der Doktor zeigt auf die Büchse, die Gantner umhängen hat:

»Und außerdem ist er der Besitzer des schönsten Jagdgewehrs in ganz Bayern!«

»Von wegen! Na, na, da gibt's schon noch ganz andere, Herr Medizinalrat.«

»Net leicht. – Die müssen Sie sich danach amal genau anschaun, Grandauer. Eine englische Büchse ist das, gell?«

»A englische, ja. – Also, dann sag ich jetzt nur noch dem Wirt Bescheid, daß ich erst später ins Revier fahr.«

»Und mir, moan i, Grandauer, gehnga derweil dahin, wo auch der Kaiser zu Fuß hingeht.«

Solange sich der Tiroler Hausierer damit begnügt hatte, ab und an auf seiner Ziehharmonika zu spielen, und sich ansonsten ruhig verhielt, waren keine neuerlichen Bedenken gegen seine Anwesenheit mehr erhoben worden. Selbst Herr Gantner vermochte es zunächst, über ihn hinwegzusehen. Aber dann ließ dieser Fremdling immer häufiger seine Stimme vernehmen, die nicht eben wohlklingend war, so wenig wie die Texte, die er zum Vortrag brachte:

>»Drum auf, faule Krampen!
>Denn as Menschenleben is kurz!
>Verraucht oft gschwinder no
>wia a verzwickter Jungfernfurz!«

Vielleicht hatte sich auch das aufziehende Gewitter in Verbindung mit dem Alkohol auf einige Gemüter ungünstig ausgewirkt; der Tiroler jedenfalls verlor allmählich jede Hemmung und glaubte womöglich, sich damit beliebt zu machen:

>»Wer si nix schuidig woaß,
>dem is der Tod a Gspaß.
>Er packt schee stad sei Ränzl zamm
>und duat an letzten Freudenschoaß!«

Danach haut Gantner mit der Faust auf den Tisch und fährt den Tiroler scharf an:
>»So, jetzt hörst auf! Und verschwindst daherin! Wennst di net anständig aufführn kannst!«

Aber der, in seinem Suri, ist davon nicht sehr betroffen und lallt eher vergnügt:
>»Oha, des hat eahm nit gfalln, am Herrn Oberförschter! Des hat eahm nit . . . dabei, Leutln, luasts auf: dabei is der Schoaß von am Augustinerpater! Marcellinus hat er ghoaßn! Marcellinus . . .«

Gantner ist aufgesprungen:
>»Ich sag dir's jetzt zum letzten Mal! Verschwind! Katzlmacher!«

Jetzt ist der Tiroler auf einen Schlag nicht mehr lustig. Seine Stimme klingt fast bedrohlich:
>»I bin koa Katzlmacher, hoher Herr! I bin aus Tirol! Wanns wissen, wo des is!«

Dr. Muggenthaler versucht den aufgebrachten Jagdherrn zu besänftigen:
>»Jetzt kommens, Herr Gantner, des is doch kein Grund zur Aufregung!«
>»Ja, soll ich mich vielleicht von so einem wälschen Zigeuner schwach anreden lassen?!«
>»Herrschaft nomal, der hat halt oan sitzen, net. Da muß ma doch kein solches Gschiß machen, deshalb!«
>»Da mach ich gar kein Gschiß! Aber soweit sama hoffentlich no net, daß mir so einer a frechs Maul anhängen derf!«

Grandauer will sich ebenfalls einschalten. Der Doktor nimmt ihn beiseite:
»Überlassens das mir. Gehens hin und redens mit dem Mann. Er soll sein Wein austrinken und dann . . . das geht auf unser Zech.«
Der Glaserwirt nützt den Moment, um seinen Nobelgast auf eine andere Idee zu bringen:
»Der Simmerl dat Eahna jetzt nausfahrn, Herr Gantner. Aber i sag's Eahna glei, es kimmt a Weder auf. Übern Sonnwendjoch is' scho ganz schwarz!«
»Des macht nix. Wenn's ma z' naß werd, geh i auf'n Hochsitz.«

*

In den zwei unteren Stockwerken des ehemaligen Rentamtsgebäudes war die landwirtschaftliche Kreiswinterschule untergebracht, und die Räume darüber hatte man in mehrere Dienstwohnungen für verheiratete Gendarme aufgeteilt, von denen auch den Grandauers eine zugewiesen worden war. Sie bestand aus einem geräumigen, recht wohnlich eingerichteten Kochzimmer, einem hellen Schlafzimmer, groß genug für die Eltern, und einem kleineren daneben, für den dreijährigen Benno.
Die sehr einfachen, aber durchaus noch brauchbaren Möbel hatte ihnen der Vormieter samt und sonders für neunzig Mark zurückgelassen. Das kam etwa einer Monatslöhnung gleich, wie Ludwig Grandauer sie nunmehr im fünften Dienstjahr bezogen hatte. Ein durchaus befriedigender Anfang für die beiden Neuvermählten, das wußten sie auch. Sie hätten diesen 10. August 1897 sicher in schönster Erinnerung behalten, wenn nicht durch den übertriebenen Auftritt des Jagdpächters ein Schatten auf den Tag gefallen wäre.
Was Frau Grandauer hinterher mit nassen Lappen an ihrem Ehemann zu lindern suchte, das waren allerdings mehr die Nachwirkungen des Alkohols, mit dessen Hilfe er gewaltsam aus diesem Schatten herauszutreten versucht hatte.

»Schee koid, gell? Des duat da guat, Wig, werst sehng.«
»Duat guat, ja . . .«
»I hob erscht gar nix gspannt vo dem, daß du so vui drunka host.«
»Danach erscht. Wia auf amoi ois ausanandaglaufa is. – Und waar ois so lusti und fidel gwen! Bis der Gschwoischädl daherkema is. – Der hod eahm doch gar nixn do, der Tiroler! Der is halt a bißl ogstocha gwen.«
»Anderne scho aa. Da Mayerl hod nämli zletzt aa oan sitzn ghabt! Und koan kloana!«
»Muaß der da bei uns umananda gramezn, der Herrenmensch, der!«
»A groß Haus reißt a groß Maul auf, hoaßt's!«

»Auf unserner Hochzeit! Wo ma grad oamoi so was hod, im Lebn.«
»Aber schee war's trotzdem! Muaßt doch sagn, Wiggerl! War doch a scheener Dog für uns?!«
»Und daß da Kommandant net kema is, des war aa net schee vo eahm.«
»Mei, kennstn doch! Aber die Red vom Dokter, die war doch schee.«
»Und daß auf amoi ois ausanandagrennt is . . . wia wann gar nix gwen waar . . . des war aa net . . . jetzt, glaub i, Agnes . . . jetzt muaß i mi speibm!«

Und er rafft sich gerade noch rechtzeitig auf, um am Hochzeitstag seiner Schwäche nicht vor ihren Augen nachgeben zu müssen. Sie aber, als ehemalige Kellnerin in solchen Dingen erfahren, sagt nur kopfschüttelnd:

»Mannsbilder! Oaner wia der ander!«

*

Der Glaserwirt hatte mit seiner Wetterprognose recht gehabt. Zehn Minuten, nachdem sein Fuhrknecht den Herrn Gantner im Jagdrevier abgesetzt hatte, ging ein Gewitter herunter, daß einem das Grausen kommen konnte. In den Häusern der Bauern brannten die Wetterkerzen, und mancher von ihnen hätte sich jetzt vielleicht gerne einen jener wettergerechten Kapuzinermönche herbeigewünscht, die im Rufe standen, Gewitter vertreiben oder unschädlich machen zu können.
Gegen sieben Uhr abends war das Gröbste vorbei, aber danach hatte es sich, wie üblich, eingeregnet. Und es regnete auch noch am nächsten Morgen, als der Gendarm Grandauer seine erste Dienstrunde durch Griesbach machte, mit etwas gedämpfter Aufmerksamkeit, infolge seines gestrigen Hochzeitstages. Am Marktplatz kam ihm der Glaserwirt entgegen, ziemlich aufgeregt, wie es schien. Und das war sonst gar nicht seine Art:

»Grandauer! – – Grandauer, wart amoi!«
»Glaserwirt, guat Moing . . .«
»Na ko i da's glei sagn. Es werd na scho nix Bsunders net sei. Aber . . . da Herr Gantner, kennstn ja . . . oiso, um halbe sechse kimmt da Ellmarabräu daher und mechtn abholn. Wia sie's ausgmacht ham, sagt er. – Aber er is net da!«
»Wer?«
»Da Gantner! Gesting auf d' Nacht hodn do da Simmerl ins Revier nausgfahrn, net. Und da muaß er na draußn bliem sei oder wos?«
»Warum net?«
»Bei dem Weda?! Und wo a si do mit'm Ellmarabräu zammbstellt hod!«
»Leicht schlaft er no?«

55

»Na. Mir han ja oi zwoa drobn in sein Zimmer gwen! Da is er net!«
»Na werd er halt wieder hoamgfahrn sei, auf Minga.«
»A wo! Is ja sei ganz Zeigl no da, sei Koffer und ois! As Bett war aa no wia frisch gmacht! Net verwurschtlt und nix. Kimm halt mit und schaug da's o! – – Woaßt, i hob ma scho denkt . . . du kennst doch d' Dannhauser Erni? An Schober Kaschpa sei Tochter. Auf die hod er doch amoi gspecht!«
»Da Gantner?«
»A freili! Es Schandarm wißts ja nix. Aber d' Wirt wissen ois! – Und ob er si net mit der leicht wieder was ogfanga hod, verstehst?!«
»Geh, der is doch verheirat!«
»Ja, ja, z' Minga! Aber do net in Griasbach!«

Das unerklärliche Nichtvorhandensein Gantners war durch den Gendarm Grandauer protokollarisch geworden, so daß polizeilicherseits gezielte Maßnahmen ergriffen werden konnten. Der diensthabende Oberwachtmeister teilte dazu, in Vertretung des Kommandanten, den Wachtmeister Mayerl und den Sergeanten Grandauer ein und ermahnte die beiden Männer zu einem Höchstmaß an Fingerspitzengefühl:

». . . das is ja nicht irgendwer, der Herr Gantner, net. Da müß ma schon delikat drangehn an so was. Danach beschwert si der in München beim Corpskommando! Und mir kriegn eine auf'n Deckl, net. Wachtmeister Mayerl! Sie haben die Verantwortung!«
»Jawohl, Herr Oberwachtmoischter!«
»Nehmen Sie sich die Diensträder, Sie und der Grandauer!«
»Jawohl, Herr Oberwachtmoischter!«
»Dann fahrens erst amal durch sein Revier! Schauns auf alle Hochsitzer nauf! Aber behutsam! Zuerst anrufen! Kannt ja auch sein, daß'n der Blitz derschlagen hat, gestern bei dem Gewitter! Mir wollens nicht hoffen. Also, auch auf den Boden schaun! Vielleicht findens an Huat oder sonst irgendwelche Spuren.«
»Jawohl, Herr Oberwachtmoischter!«
»Und wenns gar nix gfunden ham, dann fahrens auf'm Rückweg beim Dannhauser vorbei und fragens den. Höflich! Der is a bißl a Rabiater! Ob er nix gsehng oder ghört hat. Und dann fragens sein Buam, den Anderl. Und zuletzt sei Tochter, die Erni. Aber keine Andeutungen von wegen . . . und so weiter und so weiter! Mit Besonnenheit und Anstand!«
»Jawohl, Herr Oberwachtmoischter!«

Diensträder waren schon seit dem vergangenen Jahr im Polizeieinsatz. Und kaum jemand, der das Griesbacher Volksfest vor drei Jahren miterlebt hatte, bei dem die Ortsgendarmerie ertsmals und gleichsam noch visionär die Verbrechensbekämpfung vom Rade aus demonstrierte – was jedermann in allerhöchstes Erstaunen versetzt hatte –, kaum jemand nahm jetzt noch von dieser rasanten Neuerung Notiz.
Die größere Beweglichkeit der beiden Gendarmen verkürzte wohl die Suchaktion im Jagdrevier, aber ein Ergebnis kam dadurch nicht zustande. Grandauer, durch die Andeutungen des Glaserwirts nachdenklich geworden, versprach sich auch eher etwas von der Einvernahme des Bauern Dannhauser. Im Gegensatz zum Mayerl, der solchen Gedankengängen aus seiner Lebenserfahrung heraus nicht folgen wollte:

»Dia hand da gar nix zu tun mit dem, des sag da i! So a Mo wie der Gantner! Das is a Herr! Und moinscht leicht, der hat des nötig, daß er si was anfangt mit so am Baurertrampl?! Wo er sich in der Stadt die schönschte Weiber kaufe kann!«

Beim Dannhauser – so nannte man das alte Bauernanwesen am Westsaum des Gantnerschen Jagdreviers. Und, wer von Griesbach kommend, das Revier auf der Straße durchqueren wollte, der mußte zuvor beim Dannhauser vorbei; so nahe, daß ihn der Hofhund ankläffte.
Daß sich die Dannhausers mit Familiennamen Schober schrieben, wußten längst nicht alle in der Gegend. Das wenige, was über sie allgemein bekannt war, ist schnell hergesagt: es gab keine Bäuerin auf dem Hof. Sie war bald nach der Geburt des zweiten Kindes, eines Mädchens, gestorben. Und dieses Kind war mittlerweile auch schon 24 Jahre alt, hieß Erni, war flachsblond und von einem eigenartigen, herben Reiz. Ein Reiz, der vielleicht weniger bei den Bauernburschen rundherum Anklang gefunden hatte als bei dem städtischen Jagdpächter, wie von bösen Zungen immer wieder behauptet wurde.
Er, der alte Dannhauser, galt als ein biederer und verschlossener Mann. Einige, die schon einmal im Streit mit ihm zu tun hatten, sagten, er könne auch rabiat werden. Aber das war ja durchaus keine seltene Eigenschaft im bayerischen Oberland.
Dem Verhör, das Wachtmeister Mayerl mit anbefohlener Behutsamkeit führte, stellte er sich bereitwillig und gelassen:

». . . mir hand grad vom Horlachfeld obikema, da Bua und i. Und 's Deandl is im Stoi gwen.«
»Auf die Uhr habt ihr nit zufällig gschaut? Wia spät daß es war?«
»Na. As Wedaleitn hama ghört, vo Griasbach und vo drent . . .«

»Und da habt ihr gesehn, wie erscht der Gantner ins Revier gangen isch und danach ...«

»Da Simmei hodn mit'm Wagl bracht. Danoch is a z' Fuaß ganga, und da Simmei is umkehrt.«

»Und der Hausierer? Wie war des genau?«

»Der is danoch kema, wia's zum regna ogfanga hod. Mir hand derweil im Stadl gwen, oi drei. – – Erni! Kimm amoi zuawa!«

Seine Tochter, die sich schon die ganze Zeit in der Nähe aufgehalten hat, kommt dazu. Der Vater fragt sie:

»Wia lang daß des gwen is, woins wissen ... bis der Hausierer kema is, mit seim Plachenkarrn?«

Und sie antwortet ohne Zögern:

»Glei drauf. Fünf Minuten.«

Vielleicht nur, um dem Mayerl eins auszuwischen, fragt Grandauer mißtrauisch:

»Und des habts es so genau gsehng?! Vom Stadl aus?! Daß des der Tiroler war?«

Darauf der Bauer, fast grob:

»Freili! Weil i den kenn, den Halunken, den wälschen! Amoi, vor am Jahr oder zwoa, hod a ma an Brennstoa verkaaft, gegas Zahnwackln. Da, schau her ... wackeln aber no oiwai! – Und da Erni hod er a Krüagl odraht, des hod grunna, gell?! A soicha is des!«

Mayerl forscht in seinem Sinne weiter:

»Und er hat nit Halt gmacht und nix, sondern is schnell hinterhergfahre?«

»Schnell is er gfahrn, jawoi.«

Und Grandauer legt sich wieder quer:

»Vo dem habts zerscht nix gsagt, daß er schnell gfahrn is!«

»Mir ham halt denkt, wegam Weda, net. Es hod ja danach aa glei so sakrisch dunnert und blitzt! Da hand ma halt oisamt ins Haus einiganga. Sie hod bet, d' Erni. Und mir ham a gweichts Hoizscheitl aufs Herdfeuer glegt, da Bua und i, daß ins nix gschicht.«

Wie sie anschließend zur Station zurückradeln, lassen sie ihre unterschiedlichen Ansichten aufeinanderprallen. Und der Mayerl weiß die stärkeren Trümpfe auf seiner Seite:

»Ja, ja, des kann i scho versteh, daß du des nit wahrhaben mögscht, Grandauer! Aber für mi is des eindeutig! Nach dem, was auf deiner Hochzeit passiert isch!«

»Wos passiert?! Wos is'n da groß passiert?! Daß'n da Gantner scharf ogredt hod?!«

»Nausgworfe hat er'n!«

»Hätt er woin! Hod er aber net!«

»Katzlmacher hat er'n gheiße! Und Zigeuner!«

»Und?! Wega dem, moanst, fahrt eahm der nach und bringtn um?!«
»Hat oiner an andere scho wegen weniger as Messer neigrennt! Das werst du wohl wissen!«
»Aber so oaner wia der! Der nuaß si doch bei ins in am jeden Wirtshaus so wos hoaßen lassen! Moanst, daß si der um des no was scheißt?!«
»I kann bloß sage, was i woiß. Und i woiß vielleicht mehr wie du! Oder hascht du zum Beispiel gsehe, wie der sich für das Gewehr vom Gantner interessiert hat?! Und für die Taschenuhr mit dem Schlagwerk?! Wo euch der Gantner vorgführt hat, am Tisch. Das hascht du nämlich alles nit gsehe!«

Das rätselhafte Verschwinden des Münchner Jagdpächters übertraf an Sensationswert bei weitem alles, was Griesbach in den letzten Jahren erlebt hatte. Man könnte vielleicht sogar genauer sagen: seit elf Jahren erlebt hatte.
Damals war es die Nachricht von dem geheimnisumwölkten Ende des Bayernkönigs Ludwig gewesen, mit dem sich die Griesbacher nicht nur in Liebe, sondern auch noch durch einen ihrer Bürgersöhne verbunden wußten. Dieser hatte seinerzeit als Unteroffizier des Infanterieleibregiments im Telegrafendienst das erste Telegramm mit der Schreckensbotschaft nicht, wie es sein Auftrag gewesen wäre, an die Münchner Residenz gedrahtet, sondern nach Hause an seinen Spezi. Aber genaugenommen tat er damit gar nichts Ungewöhnliches, wenn man die Bedeutung richtig einschätzt, die der Spezi in Bayern schon immer besaß.
Daß Herr Gantner in Griesbach keinen richtigen Spezi hatte, obwohl er sich hier, wie gesagt, sehr häufig aufhielt, konnte nur an seinem hochfahrenden, viele sagten, dünkelhaften Wesen gelegen haben. Dabei war beinahe jedermann bereit, Standesunterschiede und damit auch solche des Wohlstandes als gottgegeben hinzunehmen. Aber das hinderte die Leute nicht daran, sich ihr eigenes Bild zu machen. Und über den Gantner hörte man sie manches reden, was ihm selber sicher nicht gefallen hätte:

» . . . i sog halt oiwai, des muaß aa irgendwia zammpassn, net! Aber bal oans grad a so duat!«
»Er soll ja gar nix ghabt ham. Er selm. A Bäckergsell soll er gwen sei, wia'n sie gheirat hod, hoaßt's!«
»Freili, des is doch bekannt. Sie war a Wittib und hod as Gerschtl ghabt! Und älter is' halt aa gwen als wia er, net.«
»Die werd si den halt als an Bettwärmer gnumma ham!«
»Freili! Aba da siehgst as wieda, auf wos daß sowas nausgeht: erscht staffierst as raus, gell. Und machst as recht foast und schee, de Schliaffe! Und danach na gengas alloa auf d' Jagd und steign die Flietscherln nach!«

»Wer woaß, ob'n nit oane in a Falln glockt hod, vo dene?! Und amoi findn s'n halt . . . ois an Boanahaufa!«

»Oder no schlimmer: er hod si gar mit oana vadruckt! Und sei Frau wart dahoam auf eahm . . . bis zum Sankt-Nimmerls-Dog!«

*

Amtlicherseits war es relativ einfach, den Vorfall, sowie den darin verwickelten Personenkreis, auch im formalen Sinne angemessen zu behandeln. Wer zu den zirka 5000 Münchnern gehörte, die 1897 bereits einen privaten Telefonanschluß besaßen, hatte selbstverständlich Anspruch auf Behandlung durch den Herrn Bezirksamtmann Garais persönlich. Dieser war aber auch ganz abgesehen davon, seiner klaren fast dialektfreien Aussprache wegen, bei fernmündlichen Kontaktnahmen sehr geschätzt. Und er besaß überdies die Fähigkeit, seinen Umgangston rasch, beinahe übergangslos auf verschiedene Standesebenen auszurichten.

Das war auch jetzt wieder nötig geworden, bei seinen Bemühungen, eine Verbindung zur Gattin des vermißten Jagdpächters herzustellen:

»Hallo! Hallo, Fräulein! – – –
Herrschaftsakrament . . . Fräulein vom Amt! Hallo! – Himmelkreuzdonnerwetter, alte Trietschlerin! – Oh, gnädige Frau, meine Verehrung! – Ah so, ja, also, dann gebens mir die Madam! Und a bißl dalli, dalli! Bezirksamtmann Garais, Griesbach! – – Dotschn! – – Oh, gnädige Frau . . . Garais . . . meine Verehrung. – Wollt ich Sie auch gerade fragen, ja? – Nicht eingetroffen, aha! Würde mir da aber jetzt an Ihrer Stelle noch keine allzu großen . . . Hallo! Gnädige Frau?! Hallo! Hören Sie mich? Ja, ich kann Sie . . . jetzt sind Sie auch wieder weg! Hallo! – Es ist zum Aus-der-Haut-Fahren! Fräulein! Fräu . . . gnädige Frau? Ja, jetzt hör ich Sie wieder! – Mit dem Abendzug . . . halt ich auch für richtig, jawohl. Ich schicke Ihnen meinen Assessor. – Aber ich bitte Sie! Nicht in Pessimismus machen! Da bin ich ganz Ihrer Meinung! Ich habe außerdem die Leitung der polizeilichen Maßnahmen jetzt selbst in die Hand genommen! Da setz ich dann schon den gehörigen Dampf dahinter!«

Griesbach erlebte noch am selben Nachmittag eine Großaktion, für die alle verfügbaren Kräfte aufgeboten wurden, die beim Gendarmeriekommando, der Freiwilligen Feuerwehr sowie dem Forstamt entbehrlich waren. 120 Mann durchkämmten das ganze Jagdrevier nach allen Richtungen und von einem Ende zum anderen. Im dichtesten Buschwerk und Unterholz, den wieder einsetzenden Regenschauern zum Trotz, wurde fast jeder Quadratmeter nach dem überfälligen Pachtherrn abgesucht. Ohne Ergebnis, wie Bezirks-

amtmann Garais anschließend dem Reporter des Griesbacher Anzeigers gegenüber bekennen mußte:

»Nichts! Kein Hinweis! Wie vom Erdboden verschluckt!«
»Könnte es denn sein, daß er irgendwo reingefallen ist? In ein . . . ja, in was eigentlich?«
Garais setzt eine vielsagende Miene auf:
»Nana, irgendwo rein . . . sicherlich nicht! Gibt ja nichts, außer . . . daß er auf etwas . . . oder jemand reingefallen ist!«
»Sie meinen, daß er von jemand quasi . . . das wäre allerdings . . . und gibt es dafür schon irgendeinen Anhaltspunkt, Herr Bezirksamtmann?«
»Die Sache ist doch die, ganz nüchtern betrachtet: Entweder der Mann hat sich freiwillig unserem Blickfeld entzogen, net wahr! Oder er ist ihm gewaltsam entzogen worden! – Aber, gell, über ersteres bitte ich Sie dringend . . . dringendst in Ihrem Artikel keine irgendwie gearteten Vermutungen anzustellen. Sie wissen ja, da ist einiges im Umlauf. Und danach kommt der Mann dann plötzlich wieder zurück, und wir kriegen die fürchterlichsten Anstände!«
»Oberster Grundsatz unserer Zeitung ist Loyalität, Herr Bezirksamtmann!«
»Deshalb rede ich mit Ihnen so offen. – Im andern Fall, da könnens drüber schreiben, was Sie wollen; denn dabei handelt es sich um ein Subjekt, das uns solche Skrupel nicht abverlangt. In diesem anderen Fall liegen uns nämlich mehrere Zeugenaussagen vor, die einen Hausierer, so einen wälschen Krüglhändler, Sie kennen ja die Sorte . . . in einen ernsthaften Tatverdacht bringen! Ich lasse Ihnen auch gerne das Signalement aushändigen, von dem Burschen, das wir telegraphisch an alle Gendarmeriestationen im Grenzbereich hinausgegeben haben. – – Was is, wollens gleich mit mir in die Stadt fahren?«
»Verbindlichsten Dank, Herr Bezirksamtmann. Aber ich bin leider mit meinem Veloziped da.«

Am Abend nach dem Großeinsatz kommt Grandauer heim zu seiner Frau:
» . . . mei, du bist ja waschlnoß, Wig! Kumm, sitz di nieder und ziag glei amoi deine Stiefe aus! I bring da d' Pantoffeln, wart!«
»Fünf Stund sama jetzt im Woid umanandgrennt. Und da Mayerl . . . er, woaßt, der Bimberlwichtig . . . hod scho ganz kriminalisch gmoant, er hodn gfunden, an Gantner! Na is er vor lauter Aufregung in Dreg einigfalln! Des hättst sehng solln! D' Lettn is eahm grod a so obigrunna!«
»Des gschicht eahm grod recht, dem!«
»Is aber bloß vo die Holzer a Rucksack gwen, wo im Unterholz glegen is!«

»Hod er si recht blamiert?«
»Bals nur grod oaner merka dat, wos für a Lattial der is! – – Wo is'n unser Buale?«
»Ins Bett hab i'n gsteckt. Er hod ma net so recht gfalln, heit am Nachmittag. Ganz glänzige Äugerln hod a ghabt. Und ganz dasi war er!«
»Werd eahm halt doch z' vui gwen sei. Gestern mit da Hochzeit und oim. Für a kloans Kind. – Und alle hamsn voigstopft, wia an Wochasack!«
»Magst di aber scho warm waschen, gell?«
»Ja, ja freili. Mit da Soafa.«
Während sie das heiße Wasser aus dem Herdgrandl schöpft und in den Waschzuber gießt, kommt sie nochmal auf das leidige Thema:
»Draht er's jetzt oiwai no so hi, da Mayerl, daß mir an dem schuldig waarn? Wegn dem Tiroler?«
»Ja, ja! Mir hättn den gar net bei uns dulden derfa, moant er. Und der Herr Bezirksamtmann hätte es auch gesagt: es wäre durchaus eine Unkorrektheit gewesen! Und bloß, weil der Herr Bezirksarzt durch seine Anwesenheit der Sache eine andere Note gegeben hat, kann von einem Disziplinarverfahren abgesehen werden!«
»Weils uns oisamt neidig san! Daß si da Herr Dokter so für uns eigsetzt hod. Des is der Grund! Und mit dem werns eahna Leben lang net ferti! A herglaufene Kellnerin mit am ledigen Kind . . . und a kloana Schandarm, wo grod folgen muaß und nix sagen derf! Und na kimmt a so a großer Herr daher und stellt si vor die zwoa auf! Und jetzt müasserts auf amoi an Zaun wegam Garten grüaßen! Des gfallt eahna freili net!«
Schon im Zuber kauernd und von der wohligen Wärme des Wassers entspannt, überkommt ihn wieder die alte Hoffnung:
»Aber i sog da was, Agnes. I bewirb mi auf Minga nei, in d' Stodt. Dann kennas uns kreuzweis!«

Der Regen trommelte, von allen irdischen Geschehnissen unbeirrt, auch noch am Abend desselben Tages auf das Parapluie des Herrn Assessors von Lutz herab, als dieser im Auftrag des Herrn Bezirksamtmanns das Eintreffen des Abendzuges aus der Haupt- und Residenzstadt München erwartete. Der Glaserwirt hatte sich ihm nur privatim in seiner Eigenschaft als Hotelier beigesellt.

»Sieben Uhr neun! Noch eine Minute! – Sie kennen ja die Dame, Herr Wirt. Ich meine: von Angesicht, nicht wahr?«
»Von was . . . meinen der Herr Assessor?«
»Persönlich. Sie haben sie doch schon mal gesehen, meine ich!«
»Ja, ja! A drei-, a viermoi is sie scho dagwen, mit eahm. Und hod bei ins

gschlafa, im erschten Stock. Hama ja eigens die scheena Zimmer für Herrengäscht!«

»Aber schon das, was man eine bessere Dame nennt? Würden Sie schon sagen?«

»Ja, ja, durchaus! – A weni moger halt, gellns. Oiso, bei ins sagert ma ehnder Heugeign zu ihra. Aber scho a bessere, durchaus, Herr Assessor.«

»Und sagen Sie mal, was halten Sie eigentlich von den Gerüchten, wonach der Herr Gantner des öfteren . . . außerehelichen, wie man so schön sagt, Umgang . . . weiblichen Geschlechts gehabt haben soll?«

»Ja, ja, vo dem halt i durchaus wos. Der hod scho seine Oimosen gebn! Da moan i, hoda wos drauf ghabt, da Herr Gantner!«

»Pardon . . . Oimosen? Ist mir unbekannt.«

»Almosen . . . gegeben! Kennas des net, Herr Assesser?«

»Nein, leider . . . «

»Bal oana halt an solchan Umgang hod, net. Weiblichen Geschlechts! Verstehngas mi scho . . . «

Währenddessen fährt der Zug im Bahnhof ein, und Assessor von Lutz besinnt sich wieder auf seine Mission:

»Achtung, Achtung! Aufpassen jetzt! Sie zeigen mir die Dame, und ich spreche sie an!«

Frau Gantner, die in der Tat an keiner Stelle den landläufigen Idealbegriffen von handhafter Weiblichkeit entsprach, hatte Griesbach immer mit gemischten Gefühlen betreten. Und sie mochte sich darüber gewundert haben, warum sie dieses Mal auch nicht beklommener aus dem Zug stieg als sonst. Nachdem sie wie gewöhnlich beim Glaserwirt Quartier genommen hatte, traf sie dort, in einem stillen Nebenzimmer, mit Bezirksamtmann Garais und seinem Assessor zu einer ersten Lagebesprechung zusammen.

». . . so leid es mir tut, aber wir müssen den Tatsachen ins Auge schauen, verehrte gnädige Frau. Die Wahrscheinlichkeit wird immer geringer, daß wir für das Verschwinden Ihres Herrn Gemahls eine natürliche Ursache finden. – Assessor von Lutz hat Ihnen ja die Situation schon kurz dargetan . . . «

»Jawohl, ich habe die gnädige Frau bereits . . . ohne allerdings dem Herrn Bezirksamtmann vorgreifen zu wollen . . . «

Die Beamten sind selber zu erregt, um die Unerschrockenheit zu bemerken, mit der Frau Gantner zur Sache kommt:

»Sie glauben also, daß mein Mann . . . von dem Italiener . . . womöglich überfallen worden ist?«

»Bitte, über die Nationalität dieses Subjektes, gnädige Frau, liegen bis jetzt noch sehr unterschiedliche Aussagen vor. Aber wenn wir schon so weit gehen wollen, oder müssen, und ziehen ein Verbrechen in Betracht, dann möchte ich behaupten . . . jetzt schon . . . sind wir diesbezüglich auf der richtigen Spur. Ich meine, wer könnte denn sonst einen Grund gehabt haben? Oder ein Interesse?«
Auch das sagt sie erstaunlich kühl:
»Ich kenne die . . . diversen Personen nicht alle, mit denen mein Mann hier . . . verkehrt.«
»Aber wir dürfen doch wohl davon ausgehen, gnädige Frau, daß es sich normalerweise um lauter ortsbekannte, seßhafte Leute handelt, nicht wahr? – Ich meine, wie immer diese Beziehungen gewesen sein mögen . . . der heimattreue, bodenständige Mensch läßt sich nun einmal nicht so ohne weiteres mit einem Kapitalverbrechen in Verbindung bringen. – Was sagen Sie, Herr von Lutz?«
»Ungern! Ungern, Herr Bezirksamtmann. Absolut!«
»Das widerspricht einfach meinem Gefühl! Und meiner Erfahrung!
Die Tür wird aufgerissen. Mayerl tritt herein, reißt die Hacken zusammen:
»Melde gehorsamscht, Herr Bezirksamtmann: Die verdächtige Person ist von der Gendarmerienebenstation Hinterzell aufgegriffen worden, als diese sich zur Grenze nach Tirol begeben wollte.«
»Aha! Bitte, was hab ich gesagt, Herr Assessor?! Ins Ausland wollt' er!«
»Sie haben es gesagt, Herr Bezirksamtmann.«
»In der Depesche heißt es ferner: Die Person hat bei der Feschtnahme erheblichen Widerstand geleischtet und sich auch in anderer Weise verdächtig gemacht!«
»Wie nicht anders zu erwarten; also, dann tun wir gar nimmer lang rum: Veranlassen Sie die sofortige Überstellung des Delinquenten per Bahnschub nach Griesbach, Herr Wachtmeister!«
»Jawohl, Herr Bezirksamtmann!«
»Der Gerichtserlaß folgt nach!«

*

Nachdem die Hochzeit der Grandauers entgegen ländlichen Gepflogenheiten an einem Freitag stattgefunden hatte, war es nun der darauffolgende Sonntag, an dem in aller Herrgottsfrühe ein Fuhrwerk der Gendarmerie zum Bahnhof hinausfuhr, um den Delinquenten vom Zug abzuholen.
Der Mann hatte inzwischen seinen Widerstand aufgegeben, stierte nur finster und stumpf vor sich hin, als man ihn an Schließketten zum Stellwagen brachte und in diesem sodann zum Amtsgerichtsgefängnis. Und auch dort ließ man

ihn kaum zur Ruhe kommen, weil die Vertreter von Recht und Ordnung nicht an das Gebot des Erdenschöpfers gebunden waren, am siebten Tage auszuruhen. Bezirksamtmann Garais nebst Amtsgefolge nahmen sich gerade noch so viel Zeit, in der Frühmesse ihren Glauben an das Gute und Wahre aufzufrischen, damit er sie in den anschließenden Untersuchungen und Verhören leitete.
Frau Gantner war als Beweisstück eine Taschenuhr vorgelegt worden, und sie gab ohne Zögern an:

»Ja . . . ja, das ist die Uhr von meinem Mann. Das weiß ich hundertprozentig.«
Garais sieht sich davon erneut bestätigt und gibt zu Protokoll:
»Die im Besitz des Delinquenten befindliche goldene Taschenuhr . . . mit den eingravierten Initialen FG . . . an einer goldenen Uhrkette mit mehreren massiv goldenen Münzen, von erheblichem Wert . . .«
Garais wendet sich dem Gendarm zu, der den Delinquenten nach Griesbach begleitet hat:
»Und wie war das jetzt noch mal bei der Festnahme? Sie haben sinngemäß gesagt: der Mann habe versucht, sich der Uhr heimlich zu entledigen.«
»Jawohl. Er hat, wia ma'n in Verhaft gnomma ham . . . hat ers schnell hinterrucks ins Gras fallen lassen. Aber von dem Aufprall hat die Uhr dann auf amoi as Schlagen angfangen. Weils doch so ein Schlagwerkl hat.«
»Verstehe. – Mitschreiben: Auffallend ist ferner, daß der Verschlußring, mit dem die Uhr im Knopfloch befestigt wird, gewaltsam beschädigt wurde. – Anscheinend abgerissen! Tut mir außerordentlich leid, gnädige Frau, wenn ich das sagen muß. Oder ist Ihnen das zuvor schon einmal bei Ihrem Herrn Gemahl aufgefallen?«
Frau Gantner schüttelt den Kopf. In dem Moment tritt Grandauer ein, und Garais wendet sich an ihn:
»Und? Haben Sie die Papiere überprüfen lassen?«
»Jawohl, Herr Bezirksamtmann! Aber die sind leider unlesbar. Der Mann gibt an, die Papiere wären einige Tage im Wasser befindlich gewesen, als er seinen Wagen im Hochwasser des Inns zurücklassen mußte. Heier im Frühjahr.«
»Sehr abenteuerlich! Sehr abenteuerlich!«
»Es war schon ein Hochwasser, Herr Bezirksamtmann, heier im Frühjahr.«
»Es ist jedes Jahr ein Hochwasser. Im Frühjahr! Das beeindruckt mich gar nicht! – Ich muß mich allerdings sehr wundern, daß man ein solches Subjekt ohne lesbare Papiere, ohne gültigen Wandergewerbeschein und so weiter und so weiter . . . hier bei uns frei herumlaufen läßt!

So etwas zu verhindern, gehört doch eigentlich zu Ihren Aufgaben, meine Herren Gendarmen! – Aber stattdessen erfährt so ein Gesindel durch Sie auch noch eine gesellschaftliche Aufwertung!«

Inzwischen war auch das Fuhrwerk des Inquisiten überführt und nach weiteren Beutestücken aus dem vermuteten Raubüberfall untersucht worden. Doch es fand sich nichts mehr, was von Frau Gantner als Eigentum ihres Mannes hätte identifiziert werden können. Und auch dafür wußte Garais eine Erklärung:

»Natürlich nicht! Denn alles andere hat er bereits verkauft! – Oder wie soll man es sich sonst erklären, daß sich in seinem Besitz, allerdings gut versteckt, gut versteckt ... in seinen eigens präparierten Stiefelschäften, sage und schreibe: 779 Mark und 34 Pfennige befunden haben! Ein phantastisch hoher Geldbetrag für so einen herumzigeunernden Kramhändler! Finden Sie nicht auch?!«

Grandauer wagt sich mit einer Begründung hervor:
»Er gibt an, daß es sich bei diesem Geld um seine gesamten Ersparnisse handelt und daß er ...«
»Bravo, großartig! Vielleicht auch noch vom Munde abgespart! Durch Enthaltsamkeit und einen gottesfürchtigen Lebenswandel, wie?! – Und jetzt frage ich Sie: Ist jemand von den hier anwesenden Amtspersonen imstande, sich bei sparsamster Lebenshaltung so ohne weiteres 779 Mark 34 Pfennige in die Stiefel zu stecken?!«

Dies war in der Tat für einen redlichen Diener seines Staates, der täglich zehn Stunden und mehr – und auch an einem Sonntag wie diesem – zur Verfügung stand, das überzeugendste Argument.
Man hätte sich nach Meinung fast aller Beteiligten die Zeit ersparen können, die man diesem Pankraz Eccel immer und immer noch gab, damit er endlich von sich aus ein Geständnis ablegen konnte. Stattdessen begann er erneut zu randalieren, spuckte einem Oberwachtmeister der Königlich Bayerischen Gendarmerie in geradezu animalischer Gereiztheit mehrmals ins Gesicht und forderte damit eine Behandlung heraus, die in der Sache vielleicht nichts, für den Ton bei dieser vorgerichtlichen Prozeßführung aber Wesentliches bewirkt hatte. So daß Garais nicht ohne Ironie bitten mußte:

»Ich höre Sie so schlecht. Können Sie nicht etwas lauter sprechen?«
Der Hausierer hält die Hand vor den Mund und flüstert:
»Na! Jetzt nimmer!«
»Wieso? Haben Sie sich am Munde verletzt oder was?«

»D' Zähn hams ma eigschlagn! Do! Schaugts her! De Bluatshund, de verrecktn!«

»Mäßigen Sie sich gefälligst!«

Der angespuckte Oberwachtmeister meldet ordnungsgemäß:

»Der Mann ist bei dem Versuche . . . mit aller Gewalt gegen den Türstock gerannt.«

»Bei welchem Versuche, bitte? Wir wollen das für das Protokoll schon genau wissen!«

»Bei dem Versuche, sich zu widersetzen.«

»Niedergschlagen habts mi!«

»Maul halten!«

»Tja . . . das müssen Sie sich leider gefallen lassen, daß man an der Glaubhaftigkeit Ihrer Aussagen zweifelt, mein lieber Freund! – – Es sei denn, daß Sie sich doch noch zu einem Geständnis durchringen könnten . . . wie Sie zu der Uhr gekommen sind. Das allein könnte Ihre Lage verbessern. – Also?«

Eccel wiederholt leise, erschöpft und die Veränderung, die sein Gesicht erfahren hat, macht ihn dabei nicht glaubwürdiger:

»I hobs gfunden! – Gfunden hob i's! Auf'n Waldweg is' glegen. – I ko nix anderscht nit sogn . . . «

»Wie Sie wollen! Der Fall geht weiter ans Amtsgericht! Abführen!«

Das Amtsgericht seinerseits leitete sodann die Strafsache zuständigkeitshalber weiter an die Staatsanwaltschaft beim Landgericht München – und diese ordnete auf Grund der vorliegenden Verdachtsmomente die Überführung des Delinquenten in die Haupt- und Residenzstadt an.

Daß zu seiner Bewachung auf dem Schub per Bahn neben Wachtmeister Mayerl auch der Sergeant Grandauer abgestellt wurde, war sicher nicht als Vergünstigung für denselben gedacht. Er hatte es auch in keiner Hinsicht so empfunden. Im Gegenteil.

Als er dem Tiroler dann im separierten Zugabteil gegenübersaß, empfand er sogar etwas wie Scham. Denn schließlich war es ja seine Hochzeit, bei der die Tragödie angeblich ihren Anfang genommen hatte. Vorausgesetzt, daß alles stimmte, was die Voruntersuchungen zu ergeben schienen. Er, für seine Person, konnte daran noch nicht so ohne weiteres glauben. Aber vielleicht war er auch nur im eigenen Interesse befangen.

Nachdem der Mayerl einmal für kurze Zeit das Abteil verlassen mußte, versuchte Grandauer dem Gefangenen vorsichtig, mit einem freundlichen Kopfnicken, sein heimliches Bedauern mitzuteilen. Und der Tiroler verstand ihn auch gleich und sagte augenzwinkernd:

»Sellwoll! Da konscht nix machen, Mandei . . . wann oans koan andern Vogel nit kennt als wia a Katz!«
»Aber . . . es werd si die Wahrheit zletzt na scho raussteln.«
»Woi, woi. Zletzt amoi gwiß! Aba da sein ma leicht nimmer allesamt vorhanden.«
– – –
»I hob halt bei dera Gschicht da . . . net vui zum sagen ghabt.«
Eccel nimmt den Kopf zwischen die Schultern und schaut zum Abteilfenster hinaus. Da sieht man schon die ersten hohen Häuser. Und nach einer Weile sagt er beinahe wieder lustig:
»Allerweil hob i vor München umdraht. Jetzt kimm i halt doch amal eini.«

Ein Zeiserlwagen der Stadtgendarmerie übernahm den Gefangenen wenig später am Münchner Ostbahnhof und brachte ihn dann in das Untersuchungsgefängnis Neudeck.
Für die beiden Wachleute aus der Provinz, die ihren Auftrag damit erledigt hatten, wäre das unter normalen Umständen eine gute Gelegenheit für einen kleinen Stadtbummel gewesen. Aber der Sergeant Grandauer verzichtete darauf, noch bevor es der Wachtmeister Mayerl unter Berufung auf die Dienschtvorschrift verbieten konnte.
Griesbach zehrte noch lange von diesem Ereignis, während es in der Münchner Gerichtsbürokratie von Anfang an nur wenig Aufmerksamkeit erregte. Auch nach Herrn Gantner wurde immer weniger gefragt, nachdem sich nie und nirgends mehr ein brauchbarer Hinweis auf sein Verbleiben ergeben hatte.
Das heißt, »nie« ist, wie fast immer, falsch. Denn eines Tages – nach Jahren – ergab sich ein solcher Hinweis eben doch.

München

Inzwischen war es schon das dritte Oktoberfest, das die Grandauers in München miterleben durften, nachdem man polizeilicherseits dem Ansuchen des ehemaligen Gendarmeriesergeanten um Versetzung zur hiesigen Schutzmannschaft stattgegeben hatte. Man schrieb das Jahr 1902.
Der achtjährige Benno mußte sich die elterliche Zuwendung mit einer vierjährigen Schwester und einem dreijährigen Bruder teilen. Und so etwas konnte sich bei einem gemeinsamen Wiesenbesuch eigentlich nur ungünstig auswirken. Es war der letzte Sonntag im September; vor dem »Original Zauber- und Spezialitätentheater« standen die Leute schon am frühen Nachmittag Hut an Hut. Man mußte ihn wenigstens einmal von draußen gehört und gesehen haben, wie er sich mit heiserer Stimme seinem Publikum empfahl:

». . . edle, wohlriechende Landbewohner! Heut am Oktoberfestsonntag ist euer Ehrentag! Und ich, Michael August Schichtl, habe deshalb speziell für euch eine Reihe von Ehrenvorstellungen arranschiert, zu denen nur ihr und eicherne Weiber und Kinder, Vettern und Basen Zutritt habts!
Jawoi, und d' Münchner laß i heit gor net rei!
Da müaßts doch an Respekt ham vor mir, oder?
Weida, Leit, kommts rei zu mir! Bei mir holt eich der Teifl nüachtern! Da sparts enk as Geld für d' Märzenbierräusch! Und damits sehgts, daß i nobler bin wia es, laß i enk, weil koane Stehplätze mehr da san, allesamt auf d' Sitzplätz! Des werd enk sauwohl doa mit eichera blechern Hinterfassad auf meine Plüschfotteuller! Auf geht's beim Schichtl! Hereinspaziert, hereinspaziert!«

Benno zupft seinen Vater am Ärmel und benzt:
   »Bittschee, geh ma halt nei, Baba, kumm!«
   »Freili! Moanst, i hab an Geldscheißer?!«
Frau Grandauer wirkt zugleich pädagogisch auf ihren Ältesten ein:
   »Daß du so was sehng mogst, Benno, ha? Wenn oans köpft werd! Geh, pfui Deifi!«
   »Auf amoi kimmt na dir da Kohlrabi runter, da paß auf, Bürscherl!«
Das Töchterl Luise zieht es woanders hin:
   »I mecht liaba hutschn, Baba!«
   »I mecht, i mecht! Jetzt habts alle a Mogenbrot kriagt . . .«
   »Und Zwetschgen!«

»Und alle Karussell fahren derfa! Jetzt muaß a Ruah sei!«
»Wenn da Baba na vielleicht die Schuitaschn do no kaaft...«
»I hob ja scho a Schuitaschn!«
»Ja du! Aber d' Mädi!«
»Geh! Bis die amoi in zwoa Jahr in d' Schui kummt!«
»Aber sie waarn halt grod so billig, woaßt! Echt Leder für eine Mark!«
»A Mark! Is a Haufa Geld! Des muaß i ma scho erscht no amoi durchrechna. – Also, Kinder, jetzt geh ma no amoi bis zum Schiaßstand naus, und na, moan i, langt's für heut!«
»Und unser Buale? Kann der no so weit lauferlen?«
»Kumm her! Derfst beim Baba aufsitzn. Jetzda schaug, Adi! Hoppa, hoppa, Reiter...«

In diesem Jahr hatte Carl Gabriel die Wiesenbesucher zum ersten Mal mit einem Unternehmen verblüfft, das sich Hippodrom nannte und in dem man für fünfzig Pfennig fünf Minuten lang im Kreis herumreiten durfte. Da von dieser Möglichkeit, ungeachtet des hohen Preises, auch immer wieder Frauenspersonen in ungeeigneter Kleidung Gebrauch machten, wurde das Etablissement von anständigen Münchner Bürgern prinzipiell gemieden – solange sich dieselben in Begleitung ihrer Gattinnen auf dem Oktoberfest befanden.
Die Grandauers waren nun noch bis zum südlichen Ende der Theresienwiese gelaufen, wohin man mit Rücksicht auf die alljährlichen Pferderennen den Schießplatz verlegt hatte. Dort wurden an diesem Hauptsonntag die traditionellen Schützenmeisterschaften ausgetragen, und das war jedesmal ein ungeheures Gewimmel von Uniformen und Trachten; aus dem ganzen Land waren sie gekommen, die Schützenvereine mit ihren Fahnen und Musikkapellen.
Eigentlich hätten Unbefugte hier gar keinen Zutritt gehabt. Aber der Polizeibeamte, der das Ein und Aus auf der Schießstätte zu kontrollieren hatte, kannte den Wachtmeister Grandauer zufällig von irgendeinem Lehrgang und gewährte ihm mit seinem Sohn Benno Einlaß.
Am Stand neun hatte gerade ein prominentes Mitglied der Münchner Schützengilde seine Serie erfolgreich beendet, und der Mann bekam viel Beifall von seinen Vereinskameraden. Dabei wurde auch auf sein Gewehr angespielt, um das man ihn in der Tat beneiden konnte, weil es ein selten prächtiges Stück war. Der Schütze war sich dessen offenbar ebenso bewußt, denn er hob es stolz in die Höhe, so daß es jeder sehen konnte. Auch Ludwig Grandauer. Und während er es wie hypnotisiert anstarrte, lief mit einem Mal ein Film in ihm ab, so ähnlich, wie man das in Lindners Cinematographentheater erleben konnte – seit ein paar Jahren eine der Hauptattraktionen auf der Münchner Oktoberwiese.
Der Mann mit dem Gewehr wollte den Stand gerade verlassen, als sich Grandauer zu einer Bemerkung durchgerungen hatte:

»Bleib da steh, Benno! – – Entschuldigens . . . ich hätt Eahna gern was gfragt.«
»Um was geht's?«
»Ham Sie des Gewehr scho länger?«
Der Schütze bejaht knapp, fast protzig und läßt ihn stehn. Grandauer ruft ihm nach:
»Nur an Moment noch, bittschön . . .«
»Was no? I verkauf's net! Langt Eahna des?«
»Ich bin nämlich von der Kriminalpolizei . . .«
»So. – Oiso, zoangs ma Ihr Blatschari!«
»Des hab i leider . . . weil ich nämlich nur privat da bin . . .«
»Dann amüsierns Eahna guat! Und kommens zu mir, wenn Sie's dabei ham! Vorher kriagns von mir koane Auskünfte!«
»Dann sagens ma bittschön nur Ihren Namen?«
»Hunklinger! Werns vielleicht scho amal ghört ham?! Wenn nicht, kann i Eahna aa net helfa!«
Dann dreht er sich um und verläßt laut lachend mit seinen Spezeln den Schießstand. Grandauer bleibt betreten zurück. Benno fragt ihn zaghaft:
»Warum hodn der so glacht, der Mo, Baba?«
»Nix . . . der hat bloß . . . jetzt kumm, Bua, geh ma naus.«
»Hod di der ausglacht, Baba?«
»Ah wo! Der war halt lustig. Sonst nix.«

Ludwig Grandauer lenkte sodann seine Familie ohne Umschweife zur Rennbahnstraße hinüber, wo seit zwei Jahren die elektrische Trambahn verkehrte – und er verzichtete diesmal sogar auf die gewohnten Sparapelle, mit denen er Frau und Kinder ansonsten ermahnte, sich doch nicht gar so bedenkenlos kostspieligen Bequemlichkeiten hinzugeben. Denn inzwischen war nur noch der dreijährige Adolf unter einem Meter groß, so daß die Fahrt zur Wohnung nach Haidhausen für sie alle zusammen 40 Pfennig kostete.
Das Rumpeln und Schaukeln, mit dem sich die Münchner Trambahn fortbewegte, mochte dazu beigetragen haben, daß verschiedenes im Innern des Polizeiwachtmeisters nicht zur Ruhe kam.
Daß ihn dieser Mann mit dem Gewehr so hatte abblitzen lassen, vor den Augen seines Sohnes, das wurmte ihn schon sehr. Dieser Hundlinger oder Hunklinger! Zu allem Überfluß hatte er es in seiner momentanen Verwirrung auch noch versäumt, sich von irgend jemanden wenigstens die Richtigkeit des Namens bestätigen zu lassen. Und so etwas mußte ihm passieren! Einem angehenden Kriminaler!

»Is was, Ludwig?«
»Warum? Was solln sei?«

»I moan bloß . . . weilst so staad bist.«
»Is ja jetzt lang gnua laut gwesen.«
»Der Mo, gell, Baba . . . der wo so laut glacht hat, der Mo . . . der war halt lustig, gell?!«
»Ja, ja, Bennerl, der war lustig. Freili.«
»Welcher Mo?«
»Ach, im Schiaßstand oaner. Der hat halt a bißl laut glacht, net. Und des is am Buam unheimlich worn.«
»Nächste Haltestelle Ludwigsbrücke! Steigt jemand aus?«

Er mußte das erst einmal für sich alleine entscheiden, ob es Sinn haben würde, auf so eine Augenblickseingebung hin an Ereignisse anzuknüpfen, die fünf Jahre zurücklagen. Vielleicht war der Fall auch ohne sein Wissen inzwischen längst aufgeklärt worden. Und ob ihm am Ende so ein unbefohlener Eifer nicht eher schaden würde? Vor allem, wenn sich der Verdacht dann als Irrtum herausstellen sollte?
Er war ja erst vor wenigen Monaten von der Münchner Schutzmannschaft zur Kriminalabteilung versetzt worden. Gerade vierunddreißig und vor ein paar Jahren noch Gendarm in der Provinz, sah er somit eine Laufbahn vor sich, von der er früher nicht einmal zu träumen gewagt hätte.
Bevor die Trambahn mit heftigem Kreischen den Gasteigberg nahm, waren sie ausgestiegen. Jetzt hatten sie es nicht mehr weit bis zu ihrer Wohnung.

»So, laufts voraus, Kinder, und nehmts an Adi aa mit!«
»Aber steigts net wieder in den größten Dreck nei, gell!«
Die Kinder toben davon. Die Eltern gehen gemächlich hinterher, und die Agnes sagt kopfschüttelnd:
»Daß die net müad wern!«
»Weil's eahna z' guat geht. Ham ja ois!«
»Na ja . . . – Hast di über was gärgert, Ludwig? – – Mogst as net sagn?«
– – –
»Kost di du no an den Gantner erinnern?«
»Gantner? Der wo auf amoi verschwundn is, damals? – Freili, konn i mi an den no erinnern. Warum? – – Hostn ebba gsehng?! – – Auf'n Schiaßstand der?«
»Na, eahm net. – Aba sei Gwahr!«
»Mei . . . a Gwehr! So oans gibt's leicht öfters. Oder net?«
»Des net! I siehg's no genau vor mir. Er hod's uns doch damals zoagt. Unterhalb vom Schloß warn so verschnörkelte Buchstaben eigraviert: FG . . . Fritz Gantner. Und bei dem aa: FG.«
»Vielleicht fangt dem sei Nama aa mit FG o. Hostn net gfragt?«
»Der fangt anders o: Hundlinger oder Hunklinger . . .«
»Hunklinger? Des große Baugschäft?«

»Woher kennstn du des?«

»Steht ja überoin dro. Der hod doch des halberte Franzosenviertel baut, da heraußn?«

Das läßt ihn nicht unbeeindruckt. So einer ist wer. Aber andrerseits:

»Der ko sei, wer er mog. Wenn des am Gantner sei Gwahr is . . . und des hat er doch dabei ghabt, wia er damals ins Revier nausgfahrn is. Und danach war's dann spurlos verschwunden. Genauso wia er.«

»Mei, Ludwig, da gibt's so vui Möglichkeiten! Verrenn di doch net in so a Gschicht! Danach bist na du der Dumme!«

Er hatte den Fall noch zu wenig durchdacht, um sich schon für ihn stark zu machen. Und seine Frau sah es ebensowenig als ihre Aufgabe an, über diesen spontan geäußerten Zweifel hinaus auf seine beruflichen Angelegenheiten Einfluß zu nehmen. So kam ihnen die Ablenkung ganz gelegen, denn inzwischen hatte sich ein Rudel ärmlich gekleideter Schulkinder genähert, keine hiesigen, das war ihnen anzusehen; mehr noch anzuhören. Und obwohl sie inzwischen längst zum gewohnten Straßenbild im Münchner Osten gehörten, gaben sie immer wieder Anlaß zu mehr oder weniger wohlwollenden Vergleichen. Die Frau Grandauer hatte ihr Anblick eher traurig gestimmt:

»Die arma Italienerkinder, gell! Die dean oan glei so vui leid!«

»Ja, ja! Da siehgst as wieder, wia schee daß' die unsern ham! Derfa auf d' Wiesn geh! Und die, die komma aus da Sonntagsschui!«

»Daß so was überhaupts sei derf?!«

»Ja, mei . . . Ausländer! Die wolln natürli in dem halberten Jahr, wos da san, so vui wia möglich Geld verdeana. In die Ziegelein draußn.«

»Aber so ausnutzn! Die schmächtigen Butzerln! Der Lehrer hod ma des amoi verzählt, der Herr Berchtold: Vo in da Früah um halbe vieri bis auf d' Nacht müassn die arbatn! Mit eahnane Eltern!«

»Ja, ja! Da geht's im Akkord!«

»Und am Sonntag in d' Schul! Und zwoamoi in der Woch, nach da Arbat! Woaßt, ois, was recht is!«

»I woaß scho. Aber bei uns dahoam, am Land, war's grod a so. – –
Wo san denn jetzt die unsern?«

»Die wern halt wieder bei der Tante Lina neiganga sei . . .«

Das Haus in der Preysingstraße, in dem die Grandauers ganz oben ihre Wohnung hatten, gehörte dem Sankt-Josephs-Verein. Es war erst einige Jahre zuvor gebaut worden. Und die Tante Lina, das war die gute Seele der Kinderbewahranstalt im Erdgeschoß und in dem Stockwerk darüber. Einige von diesen Räumen standen werktags auch zu Schulzwecken zur Verfügung, weil die vorhandenen Haidhauser Schulen, einschließlich der neuen an der Wörthstraße, schon wieder viel zu klein geworden waren. Das Stadtviertel

am Ostbahnhof platzte schier aus den Nähten, seit man es in den vergangenen Jahrzehnten mit mehrstöckigen Mietkasernen nur so vollgestopft hatte; ganz neue Straßenzüge waren entstanden, benannt nach den siegreichen Schlachten im Krieg gegen die Franzosen, 1870–71.
Aber hinter den Siegern standen die Gewinner – die Konjunkturritter der Gründerzeit, der »guten, alten«, in der man noch glauben durfte, daß Reichtum, wie immer er auch zustande kam, ein gottgewolltes Privileg sei.
Fräulein Liebknecht hatte ihre Wohnung im Stockwerk unter den Grandauers. Man sah sie nur sehr selten und wußte nicht viel mehr von ihr, als daß sie ein Klavier besaß, auf dem sie sich oft stundenlang erging, ohne allerdings erkennbare Fortschritte zu machen.

»Ja, horch da des o! Jetzt, moan i, schenk ma ihra doch amoi a neue Musikmappn, damits net oiwai des gleiche spuit, d' Froin Liebknecht! – Bist zum Abendessen no da, Wig?«
»Na. – I hau mi jetzt no a bißl aufs Kanapee . . . dann geh i.«
»Dua halt d' Schuah runter, na kost di richti hilegn. – – Magst aber scho a paar Brote mitnehma, in' Nachdienst, gell?
Und liaber an Tee oder an Kaffee?«
»An Tee.«
– – –
»Geht da des mit dem Gwehr im Kopf um?«
– – –
»Jetzt laß mi amal a bißl nachdenga, sei so guat!«

Die Sonne sank allmählich hinter das neuerbaute Müllersche Volksbad. Jetzt traf das schräge Licht die Zimmerlinde auf der Fensterbank und ließ ihre Plüschblätter noch einmal aufleuchten. Ein Hochzeitsgeschenk von den Kameraden der Gendarmeriestation Griesbach. Und wieder bauten sich die Ereignisse dieses Tages vor ihm auf. Sie ließen sich einfach nicht abschütteln. Als die Agnes nach einer halben Stunde zu ihm ins Zimmer kam, lag er noch genauso mit offenen Augen auf dem Kanapee:

»Jetzt spuit die halt oiwai no, de Henna! Aber sie derlernts net! – – Host net schlafa kenna, Wig?«
»Der Tiroler . . . dens damals eigloopcht ham . . . vo dem hat ma nia mehr was ghört! Und vom Gantner aa net. Wia schnell daß ma ois vergißt! Net zum glauben!«
»Des hob a ma zerscht fei aa denkt. Was war des seinerzeit für a Wirbel, gell? Und auf amoi . . . aus und vorbei!«
»Aber des möcht i jetzt wissen, was aus dem worn is! Aus dem Tiroler!«

Es hätte seiner Schulung auf den Kriminaldienst dabei noch nicht bedurft, um den Faden wieder aufzugreifen; denn wo sonst hätte er ihn, ohne sich einer Amtsanmaßung schuldig zu machen, finden können als dort, wo er ihn vor fünf Jahren verloren hatte. Das war im Untersuchungsgefängnis am Neudeck, wo man den Delinquenten seinerzeit eingeliefert hatte.

»So, schaungs, des waar jetzt der Vorgang, Herr Kriminalwachtmeister. Is ja ois da! – Pankraz . . . Ezzel oder Eckel . . . Eingang: 15. August 1897 . . . in U-Haft. – – Des woaß i sogar no selber, wia s'n bracht ham, weil, i war ja damois Aufsichtshabender, gellns. So, und da steht: Abgang . . . 1898, den 6. November. – – Hod si ewig lang hizogn, ewig lang! Bis die scho wega seiner Identität . . . weil doch seine Papiere net in Ordnung waren. K. und k. Österreicher, wissens scho! – No ja, sie ham eahm ja eigentlich nia was beweisen kenna, net. Aber er hat halt as Gegenteil aa net beweisen kenna. Und drum hodn da Haftrichter . . . weil ma ja so an Bazi aa net rauslassn ko! Sonst is er ja glei über alle Berge, net. Hintnach . . . Österreicher halt, wia gsagt . . . hintnach hams dann seine Personalien beglaubigt. Von Brixen, wo er her is. Und dort is ja aa weiters nix vorglegen gega eahm. Aber da war er halt na scho obigrutscht vom Bredl, wia ma so sagt. – – Mir hod er eigentlich scho mehra leid do. A richtiger Tiroler! Lustig und froh! Und so ein trauriges Ende! – –
Aufgehängt hat er sich, am . . . 6. November 1898 . . . an einer in Streifen geschnittenen Wolldecke. – – Ob'n halt am End net doch as Gwissen druckt hat?!«

Als Kriminalwachtmeister Grandauer das Untersuchungsgefängnis verließ, war er entschlossen, die Angelegenheit nicht auf sich beruhen zu lassen, auch wenn man amtlicherseits vielleicht dazu neigte, den traurigen Abgang dieses Mannes als Schuldbeweis auszulegen.
Die Adresse einer Frau Irmgard Gantner war schnell ausfindig gemacht, denn sie besaß ja, wie man annehmen durfte, einen eigenen Telefonanschluß. Auch das Nobelviertel nahe dem Schloßrondell entsprach durchaus den Verhältnissen, in denen er sie seinerzeit kennengelernt hatte. Und nachdem ihm bis zum Beginn seines Nachtdienstes noch ausreichend Zeit verblieb, nahm er die Linie 1 der Münchner Trambahn und fuhr – auf eigene Kosten – nach Nymphenburg.
Er hatte sie als große, magere Frau in Erinnerung, mit einem knochigen Gesicht und glatten, enganliegenden Haaren, die zu einem Knoten geflochten waren. Und er war nicht wenig erstaunt, als er ihr nun, nach fünf Jahren wieder gegenüberstand. Die ganze Frau war aufgedunsen, das Gesicht, im Gegensatz zu früher, dick, fleischig, blaurot gefleckt unter der dicken Puder-

schicht, die Augen klein und wässrig – aber vergnügt. Ihre Art zu sprechen, ihre Bewegungen, alles wirkte wie aus dem Leim geraten, etwas töricht, aber lebenslustig, heiter – was sich Ludwig Grandauer auf Anhieb nur damit erklären konnte, daß sie ihren vermißten Gatten inzwischen wiedergefunden hatte.

»... ach woher ... nein, nein. Nie wieder etwas gehört von ihm. Nie wieder. – – Gott hab ihn selig, ich muß nur schnell das Grammophon abstellen.«
Er ist zu sehr über sie verblüfft, um sich auch noch von dieser Apparatur beeindrucken zu lassen. Die Frau schwankt so merkwürdig und nötigt ihn ständig zu trinken:
»Ein kleines Gläschen?! Wirklich nicht?«
»Wirklich nicht, danke, gnädige Frau.«
»Ich hab nämlich zufällig a Flascherl offen, grad eben!«
»Sonst gern ... aber ich muß heut noch in den Dienst.«
»Ach, gehns zu, wer wird denn so prinzipiell sein. Ein junger, fescher Mann! – – Also, ich bin nicht so prinzipiell. – – Wissens, daß der noch aus seinem Weinkeller ist, der Wein?! Von meinem Gatten! So lang hält sich der bei mir! – Also, dann muß ich halt allein trinken. Wenn Sie so prinzipiell sind. – Prösterle! – – Wissen Sie, ich hab ja die Geschäfte inzwischen alle verpachtet. Schon seit drei Jahren. War ja sowieso alles auf meinen Namen. Was soll ich denn damit?! Als alleinstehende Frau! Aber sie wollten doch irgendwas Bestimmtes von mir. Was war jetzt des gleich wieder?«
»Ob man noch irgendwas von ihrem Gatten gefunden hat, später? Von den Sachen, die er damals dabei ghabt hat? Sein Jagdgewehr zum Beispiel?«
»Nix, gar nix. Alles weg! Alles! Bis auf die Uhr.«
»Und täten Sie das Gewehr zum Beispiel wiedererkennen? Ich mein, daß Sie es indentifizieren könnten?«
»Das Gewehr? Sofort! Das war ja ein Hochzeitsgeschenk von mir. Das hat seinerzeit ... ich weiß jetzt nimmer genau ... an die 800 Mark, glaub ich, hat das gekostet. Da gibt's auch noch Photographien. Und der Händler ... ich hab's ja hier in München gekauft. Wieso? – Ist es am Ende gefunden worden?!«
»Nicht direkt. Das ist bis jetzt nur eine Vermutung von mir, gnädige Frau.«
– – –
»Ich hab's ja gewußt! Ich hab es immer gewußt, das gibt noch amal was! Der Mann kann doch nicht so spurlos verschwunden sein! – Und wissens, was ich anfangs geglaubt hab? – Daß er noch lebt! Und ist bloß mit einer von seine ... Verhältnisse durch! Er hat ja andauernd solche Wei-

bergeschichten gehabt. – Heut bin ich drüber weg. Mag's sein, wie's will. Aber damals hat ma vielleicht gmeint, ich bin nicht mehr ganz richtig im Kopf, wie ich so was amal angedeutet hab! – – Ich weiß nämlich, daß er sich ziemlich viel Geld eingesteckt hat, jedesmal, wenn er da nausgefahrn is . . . auf seine Jagd!
Und ich hab's nie rausgebracht, zu was!«

*

Neun Uhr abends. Viel war jetzt nicht mehr los in der Innenstadt. Auch auf der Oktoberwiese, wo Ludwig Grandauer am Nachmittag seine Entdeckung gemacht hatte, war um neun Uhr Schluß. Für den Kriminalwachtmeister begann nun bald der Nachtdienst.
Er war ja erst im Frühjahr dieses Jahres von der Schutzmannstation Haidhausen in das Zentralbüro versetzt worden, wo er verschiedene Kriminalabteilungen durchlaufen sollte, um deren Aufgaben kennenzulernen. Die ersten Monate hatte er im sogenannten Evidenzbüro damit verbracht, Spitznamenverzeichnisse anzulegen und Personalbögen mit den Signalements von Straftätern. Zur Zeit war er in einer Abteilung für Spezialangelegenheiten unter Kommissär Grüner. Bei ihm hatte er keinen leichten Stand. Das selbstsichere, oder, wie ein ehemaliger Provinzgendarm es auch sehen konnte, das großstädtische Auftreten dieses Mannes, hatte ihm bislang wenig Mut gemacht, an sein eigenes Fortkommen in einer solchen Welt zu glauben.
An dem Abend betrat er das Polizeigebäude in der Weinstraße mit noch mehr Beklommenheit als sonst, weil er schon ahnte, was ihm der Kommissär auf sein selbständiges Handeln hin sagen würde:

». . . da muß man doch erst amal die Aktenlage kennen, net wahr! – Also, mein lieber Freund, des schätz i fei gar net, wenn meine Wachtmeister da auf eigene Faust Detektiv spielen! Sans recht ehrgeizig, wie?!«
»Ich hab nur gedacht, Herr Kommissär, weil . . . ich war doch damals selber dabei und . . .«
»Ja, ja, des kann scho sei, net. Aber erst werd gfragt! Der hat sie völlig zu Recht abblitzen lassen! Ein solcher Mann wie der Hunklinger! Das überlegt man sich doch zuvor, net! – Also, von mir aus, fahrens morgen hin. Mit Ihrer Marke! Bitten Sie ihn höflich . . . höflich! Er soll Ihnen das Gewehr noch mal zeigen. Und hoffentlich kommens danach her und sagen, Sie haben Eahna verschaugt!«
»Jawohl, Herr Kommissär.«

Montag, 29. September. Um sechs Uhr früh war Grandauers Dienst zu Ende
– ohne besondere Vorkommnisse – und er begab sich zu Fuß von der Innenstadt nach Haidhausen. Es war dies auch genau die Stunde, in welcher der
allerdurchlauchtigste Herr und Regent von Bayern, Prinz Luitpold, seinen
Tag mit einer Selbstfrittage und einer kalten Dusche hinterher begann.
Am anderen Ende der Standesebenen hatten die Münchner Tramwayritzenreinigungsfrauen das ihre zum Wohl der Allgemeinheit bereits getan und
halbwegs auch die Millimänner und Bäckerbuam. Auf den Trottoiren breiteten sich jetzt überall die Holzmacher aus – jahreszeitbedingt, nach einem
alten Ritual: Die Mama sägte, der Papa hackte, und die Kinder schlichteten
die Scheite in die Keller.
Auch bei den Grandauers zu Hause war schon Leben. Aber der Vater war
nicht, wie sonst nach dem Nachtdienst, gelaunt, daran teilzunehmen. Er
rührte nur abwesend in seiner Kaffeetasse herum und legte sich im stillen die
Worte zurecht, mit denen er seinen Auftritt bei diesem blasierten Baumenschen eindrucksvoller gestalten könnte.

»Dei Bett waar jetzt gricht, Ludwig.«
»I geh net ins Bett.«
»Bist net recht müad?«
»Na.«
»Benno, vergiß net wieder dei Pausebrot!«
»Na, na – – Heit kemman d' Mais dro, in da Naturkunde, Baba!«
»So, dann paß nur schee auf!«
»Und red net oiwai so gschert! Mäuse heißt des! Net Mais!«
Grandauer verläßt den Frühstückstisch ziemlich abrupt und geht in den Flur:
»I muaß no amoi weg. Dienstlich.«
»Kummst aber scho zum Essen?«
»Weiß ich noch nicht.«
*Sie geht ihm in den Flur nach. Das übliche Zeremoniell, bei dem sich manchmal
noch etwas erfragen läßt:*
»A bißl ausbürschtln, wart! – – Magst net drüber redn?«
»Du woaßt doch, daß i über dienstliche Sachen grundsätzlich net red,
net.«
»So, jetza . . . halt, an Huat no! – – Aber nix Unangenehmes?«
– – –
»Ich weiß, was ich weiß! – Der werd si no wundern! Wenn er vielleicht
moant, i hätt ma da bloß was zammgspunna! Und da ander aa! Der
große Baumensch! Den laß i jetzt sauber absteign . . . von seim hohen
Roß! Den Gschwoischädl, den!«

»Da Hinklinger, müassens wissen, der is ein Mann, der wo seine Pflichten kennt . . . und seine Rechte! Sehngs, jetzt hama Sie ihr Wapperl zoagt, Herr Grandauer . . . jetzt zoag i Eahna mei Gwehr! Und so ist es richtig. Meinetwegen können Sie's auch für ein paar Tage mitnehmen, des Gwehr. – – Und da, schaungs her, da hab ich auch schon den Beleg von dem Auktionshaus, wo i des Gwehr seinerzeit eingsteigert hab. Alles da! Alles sauber und ordentlich! – Weinheber, München . . . Juni 1898 . . . zum Preise von 490 Mark, zuzüglich 15 Prozent.«

Auch der Auktionator konnte die Herkunft des Gewehres einwandfrei nachweisen – und zwar als einen von mehreren Gegenständen, welche ihm die autorisierte Leihanstalt der Gebrüder Zech zur Versteigerung übergeben hatte.
Dort allerdings schien es zunächst, als würden sich die Spuren verlieren, in einer eher familiär gehandhabten Buchhaltung.

»Mei, Herr Kriminalwachtmeister . . . freili, anwesend war i scho. Aber die Eintragungen im Pfandbuch, die hat seinerzeit no mei Bruader gmacht.«
»Dann sans bittschön so guat und holen s'n her.«
»Da werd's was habn. Weil, wissens, der liegt nämlich scho seit zwoa Jahr draußen im Ostfriedhof.«
»Herrschaftseitn! Und Sie selber kenna Eahna net erinnern, wia der Mann ausgschaut hat, der des Gwehr damals am . . . 9. Februar 98 bei Ihnen versetzt hat?«
»Schaungs, Herr, bei uns komma am Tag oft zwanzg Leit und mehr! San an die fünfhundert im Monat! An die sechstausend im Jahr! – Vierahalb Jahr is' her! Gibt überschlagsweise . . .«
»Des interessiert mi net. Jetzt denkens halt amal nach!
War der Mann jung? – Oder war er alt? Groß, kloa? Hat er wen dabeighabt?«
»Mei . . . eher groß, moan i. Und jünger. Und a Deandl, glaub i, hat er dabeighabt. Also . . . a Weiberleut halt . . .«

Ein Schriftsachverständiger der Polizeidirektion, der daraufhin die Eintragungen im Pfandbuch untersucht hatte, war zu der Überzeugung gelangt, daß der Pfandgeber nicht mit seinem richtigen Namen unterschrieben habe. Offensichtlich bemüht, sich den Initialen »FG« auf dem Gewehr anzupassen, hatte er mit ungelenker Hand, in klobigen Buchstaben »F. Gruber« geschrieben –, den Familiennamen aber erst mit einem »S« begonnen.

An jenem Abend konnte Ludwig Grandauer seiner Frau wieder in besserer Stimmung entgegentreten. Und er ließ sie ausnahmsweise sogar einen noch tieferen Einblick in seine beruflichen Belange nehmen.

»Daß du scho da bist, heut! Grüaß di Gott, Wig.«
»Weiberl, grüaß di Gott. – Wo sandn die Kinder?«
»Da Benno is no in da Schui, und die Kloana spuin drunt im Hof.«
– – –
»Heut hat er ‚Herr' Grandauer zu mir gsagt! Der Herr Kommissär! Wie die Frau Gantner bei uns drin war und hat das Gewehr identifiziert!«
»Naa?! Und? – Is' sei Gwehr?«
»Hundertprozentig! – Der Herr Grandauer hat da offenbar einen wertvollen Anstoß gegeben!«
»Hod a gsagt?«
»Hod a gsagt!«
»Mei, i sag d'as ja, Wig! Amoi machas di halt do no zum Polizeidirekter.«
»Auf des bin i gar net neugierig. Aber an Reschpekt hab i eahna eigjagd. Und das ist eine Genugtuung! Für an Bauernschandi . . . wias allerweil gsagt ham! Woaßt as no, Agnes?«
»Des woaß i wohl no!«
»Jetzt zoag i's eahna! – – Und des bring i aa no raus . . . a Nama, der wo mit S ofangt!«
»Was für a Nama?«
»Von dem, der des Gwehr versetzt hat. Am neunten Februar achterneunzg. Groß . . . jünger . . . und a Frau hat er dabeighabt. Oder a Weiberleut halt.«
»Mit S? – Vo Griasbach oana?«
»Kann sein. Muaß aber net sei.«
»Im Februar achterneunzg . . . groß . . . Du host doch amoi a Zeitlang denkt, daß mit die Dannhauser vielleicht wos net ganz stimmt.«
»Geh zua . . . mit S hob i doch gsagt.«
»No ja, die schreiben si doch Schober. Dannhauser is ja bloß eahna Hausnama. – – Und is net da Anderl im Winter achterneunzg auf Amerika nüber?!«

Anderntags in der Polizeidirektion. Grandauer steht seinem Chef gegenüber. Der hat ihm zum ersten Mal eine Zigarre angeboten:
»Hams Eahna verdient, Grandauer! Aber die rauchens dahoam, gell!«
»Jawohl, Herr Kommissär.«
»Net daherin. – Und wie sinds denn da draufkommen?«

»Durch ... also, schon mehr durch längeres Nachdenken, Herr Kommissär.«

»Sehr gut! Nichts dem Zufall überlassen! Brav! – Und jetzt stellns amal glei an Antrag auf Genehmigung einer Dienstreise aus. Und dann fahrens a tempo nach Griesbach und eruieren das genaue Datum von dem seiner Abreise nach Amerika!«

»Jawohl, Herr Kommissär.«

Das Telefon bimmelt. Grüner, etwas jovialer als sonst:

»Sie können abtreten.«

Grandauer klappt die Hacken zusammen, macht eine ordentliche Kehrtwendung und verläßt das Büro. Der Kommissär hebt den Hörer ab:

»Grüner ... Herr Staatsanwalt, meine Verehrung! Grad wollt ich Sie anrufen ... in der Angelegenheit, jawohl. Mir ist da nämlich nach genauerem Aktenstudium etwas sehr Interessantes aufgefallen! Auf was die Kollegen seinerzeit überhaupt nicht eingegangen sind. Fahrlässig, kann i da bloß sagen, fahrlässig! Ich hab grad einen von meine Leut nach Griesbach gschickt, daß er der Sache amal nachgeht.«

*

Sooft er auch auf dieser Strecke hin- oder hergefahren war, immer hatte er etwas anderes vor Augen gehabt als die anmutige Landschaft zwischen der großen und der kleinen Stadt, die am Abteilfenster vorüberzog.
Jetzt war es die Vorstellung von seinem Auftritt in der Rolle des unbestechlichen Kriminalisten, die ihm damals wohl kaum einer zugetraut hätte. Und er ließ sie alle der Reihe nach Revue passieren, die Neidhammel und die Querulanten, die ihm gerade in dem Fall, dessenthalben er unterwegs war, so zugesetzt hatten.
Als er zum letzten Mal vor zweieinhalb Jahren in umgekehrter Richtung gefahren war, neben sich seine Frau und die drei Kinder, hatte er nichts anderes als eine ungewisse Zukunft gesehen. Denn das war ja bei Gott keine Spielerei, aus der kleinen, überschaubaren Welt heraus und in eine fremde, blähsüchtigte Großstadt zu ziehen, die alles, was keine Wurzeln hatte, zu verschlingen drohte. Der Umzug selbst war noch am einfachsten gewesen. In München standen um die Jahrhundertwende an die sechstausend Wohnungen leer. Auch die neuorganisierte Schutzmannschaft der Haupt- und Residenzstadt war erst im Aufbau und darum für Zuzügler und Neulinge ausnehmend offen. Aber dann hatten sie ihn und seinesgleichen halt doch immer wieder ihre Herkunft spüren lassen – die ungehobelten Bauernschandis, als die sie gekommen waren, mit ihrer behäbigeren geistigen Verdauung. Gegen

alle diese kleinen Demütigungen war auch Ludwig Grandauer keineswegs unempfindlich gewesen. Doch er hatte einen Weg gefunden, um sich dagegen zu wappnen; er lernte, büffelte, was immer angeboten wurde und in sein Fach schlug, trat dem Gabelsberger-Stenographenverein der Schutzmannschaft bei, nahm an Strafrechtsinstruktionen teil und Lehrgängen, zum Beispiel über die Anthropometrie nach Alphons Bertillions, ein Körpermeßverfahren mit der gleichen Bestimmung wie die Daktyloskopie – dem man sich jedoch in München noch immer beharrlich widersetzte. Ganz zu schweigen von Griesbach, wo man von all dem noch kaum etwas gehört hatte.
Die Idee, wie sich sein Auftrag am unverfänglichsten durchführen lassen würde, war ihm schon während der Bahnfahrt gekommen. Und so hatte es sich auch mit seinem Pflichtgefühl vertragen, daß er vom Bahnhof als erstes zum Marktplatz gelaufen war, um dem Herrn Medizinalrat Dr. Muggenthaler einen Besuch zu machen:

». . . und die Rathausuhr geht auch noch allerweil drei Minuten nach!«
»Sie sehen, mein lieber Grandauer, mir in der Provinz hinken halt hinter allem her. Und wenn ich Sie mir so anschau, wundert mich das gar nicht! Herrschaftsappralot! Ein richtiger Herr is er worn.«
»Gehngas zua, Herr Dokter . . . bringens mi net in Verlegenheit!«
»I freu mich ja, daß' euch so rausgmacht habts in der Stadt. – Warens übrigens scho bei ihre ehemaligen Kameraden?«
»Noch nicht! Des hab ich mir aufghoben!«
»Da wird er ja staunen, der Mayerl. Der Herr Oberwachtmeister!«
»So, is er jetzt Ober . . .!? Da kann er froh sei. Auf den Fall nauf daat er's vielleicht nimmer werdn.«
»Daß der Bezirksamtmann Garais gstorben is, hams ghört?«
»Ja, leider! Dem hätt i's aa gern no gsagt, was aus dem armen Kerl worn is, aus dem Hausierer!«

Es klopft an der Türe. Der Amtsdiener tritt ein, auch er stramm, von der bayrischen Armee geprägt:
»Herr Medizinalrat!«
»So, Grandauer, das ist jetzt der Herr Amtsdiener Dirscherl. – Und, wie schaut's aus, Dirscherl? Warens draußen beim Dannhauser?«
»Jawoi! Auf dem Zedl hob i's aufgschriebn, des Datum: 9. Februar 98.
»Aha! – Und wie ham Sie's vorgebracht?«
»Wegam Einwohnerregister, wia's da Herr Medizinalrat am Telefon ogschaft ham.«
»Brav.«
»Erst ham se si nämli gar nimmer erinnern kenna. Aba na hamas halt doch schee langsam rausdividiert. Weiln sei Schwester, d' Erni, die hodn doch sintemalen begleit ghabt . . . auf Minga nei . . . ihran Bruada, net . . . an Anderl.«

Kurz danach gibt Grandauer einen fernmündlichen Bericht nach München:
». . . es ist dasselbe Datum, Herr Kommissär! – Jawohl, der Tag, an dem er nach München gfahrn ist, und die Eintragung im Pfandbuch. 9. Februar 98. – Jawohl. – Und die Frau, die er nach Angaben von dem Leihhausbesitzer dabeigehabt haben soll, das könnte seine Schwester gewesen sein. Die hat ihn nach München begleitet, damals. – Jawohl, Herr Kommissär! – – Nein, ich kann privat übernachten. Bei Herrn Bezirksarzt Dr. Muggenthaler. – Bitte? – Ah so, nein, der Herr Doktor ist ein . . . also, mehr zu meiner Frau . . . wie soll ich sagen: »der Patenonkel von unserem Ältesten. – Amtsperson, jawohl!«

Der Besuch danach in seiner ehemaligen Gendarmeriestation gehörte für Ludwig Grandauer mit zu den schönsten Augenblicken seines Berufslebens. Per Depesche von der Polizeidirektion München angekündigt, trat er als der Mann dort auf, dessen organisatorischen Anweisungen man unbedingt Folge zu leisten hatte:

». . . außerdem wird noch ein Fahrzeug für die Kriminalbeamten aus München benötigt. Die Herren kommen morgen mit dem Frühzug.
Aber gell, Mayerl, koane oiden Ackergäul! Da möcht ich ein frisches, sauberes Gespann sehng!«
»Jawohl, geht in Ordnung. Du woischt, Ludwig, daß auf mi Verlaß isch. Aber gell, die Dannhauser! Was i immer gsagt hab. Mir sind sie damals schon nicht ganz geheuer vorkommen! Erinnerscht di nit?«
»Na. Kann ich mich nicht erinnern, Mayerl. Jedenfalls nicht, was dich betrifft.«
»Es is fünf Jahr her, woischt, da entfällt oin schon amal was.«
»Ja ja . . . aber da helfas da na scho beim Suacha! Des werd ja jetzt alles no amoi auftischt! Und da kann's na scho sei, daß' für den einen oder andern peinlich werd.«
»Moinscht? Amal zu allererscht für den Bezirksamtmann Garais, könnt i mir denke.«
»Für die Toten werd's vielleicht net ganz so arg wia für die Lebendigen!
»Aber bis jetzt isch ja eigentlich no gar nix bewiesen. Könnt doch au sei, daß die des Gwehr bloß gfunden ham, oder?!«

Am folgenden Tag war der Bauer Dannhauser schon zeitig ins Holz gefahren, um sich dort eine Ladung Daxn abzuholen, die das Forstamt freigegeben hatte.
So konnte er nicht sehen, wie sich nach und nach ein halbes Dutzend Griesbacher Gendarme rund um sein Anwesen postierte, bevor ein Landauer mit

vier Herren in Zivil die Straße heraufkam und dann zum Hof einbog. Seine Tochter, die Erni, war währenddessen im Haus – und wie sie plötzlich durch das Kuchlfenster die Herren mit den schwarzen Hüten gewahr wurde, ließ sie, noch bevor sie wissen konnte, um was es ging, die Krautschüssel aus der Hand fallen.

»Maria und Joseph! – – Jetz is' soweit!«

Nachdem die Haustüre offen war, traten die Herren ohne viel Umstände ein; voran Kriminalwachtmeister Grandauer, dahinter Kommissär Grüner, gefolgt von einem Beamten des Erkennungsdienstes und Herrn Zech, dem Inhaber des autorisierten Leihhauses in München.
Als Herr Zech der Erni gegenüberstand, schüttelte er nur den Kopf; denn er konnte sie in diesem Zustand nicht wiedererkennen. Sie hatte sich in den vergangenen viereinhalb Jahren völlig verändert. Da war nichts mehr übriggeblieben von dem, was sie einmal begehrenswert gemacht haben könnte für den wohlhabenden Münchner Jagdpächter. Es dauerte eine Weile, bis sich Kommissär Grüner auf dieses armselige, verwelkte Wesen eingestellt hatte, dieses Häufchen Elend, das er hier vorfand. Er hatte eine ganz andere erwartet, eine, die man gleich hätte überrumpeln müssen mit einem Zeugen, bei der man am besten mit Tricks zum Ziel gekommen wäre. Die vier Männer standen deshalb ziemlich lange schweigend da und starrten auf die Erni wie auf eine Tote.
Und plötzlich, noch bevor Kommissär Grüner es durch kriminalistische Taktik hätte bewirken können, geschah das Unerwartete. Sie begann zu reden, zu stammeln, als ob man sie auf die Folter gespannt und die Qual sie gesprächig gemacht hätte:

»I sog ois . . . wia's gwen is, ois! – – Irger ko's nimmer wern . . .«

*

Als alles aufgedeckt war, und eines mit dem andern sich zu einem Bild zusammensetzen ließ, machte sich in dem Kriminalwachtmeister Grandauer eine solche Betroffenheit breit, daß er keinen Stolz mehr empfinden konnte auf seinen eigenen, nicht unbeträchtlichen Anteil an diesem Erfolg.
Auch später nicht, als er wieder zu Hause war. Er hatte sich noch nie von seiner Frau aus dem Mantel helfen lassen und wurde meistens ungeduldig, wenn sie ihm eine Zeitung unter die schmutzigen Stiefel schob. An diesem Abend ließ er alles mit sich geschehen und überhörte sogar Fräulein Liebknechts gnadenlosen Umgang mit Chopin.

»I hob des Gfühl, i bin von oben bis unt voi Dreek.«
»I mach da danoch na glei an Zuber voi hoaß Wasser, Ludwig.«
»Und dabei is aa ois wieder so vui traurig. – – D' Erni . . . glaubst, die kennst nimmer! A anderner Mensch! Und sie selm is no am wenigsten schuid. – Da oide Dannhauser . . . der hod's verbrocha. Weil er si vor lauter Geldschuidn nimmer nausgsehng hod.
Und der wollt's aa net zuagebn. Der hätt ois abgstritten!
Stein und Bein hätt der gschworn! – – Des war vielleicht was!
Wian sie, d' Erni, dann ogschrian hod! Gschrian hods wia wahnsinnig! Und na is' auf eahm losganga! So! Mit die Fäust!«
»Na! Weil er's net zuagebn wollt?«
»Sie hat's einfach nimmer ausghalten. Des muaßt da amal vorstelln: hinterm Stall hamsn eigrabn ghabt! Hinterm Stoi!«
»An Gantner?!«
»Ja! – Und tausendmoi drüberglaufa! Oiwai wieder. – Jeden Dog! Und gwußt, da drunter liegt oaner! Kannst da du des vorstelln?!«
»Grausam! – – Aber warum hamsn überhaupts umbracht?«
»Sie wolltn ihn gar net umbringa. Angeblich. Sie ham ihn bloß erpreßt ghabt. Wega da Erni. Daß' a Kind vo eahm kriagt, hams eahm gsagt.«
»Hod aber gar net gstimmt?«
»Sie sagt na. Und sie hätt's aa net wolln, daß'n erpressn. Da Vadder hod si des ois ausdenkt. – Glaub i ihr aa. Sie is da bloß neizogn worn. – Und an dem Dog von unsrer Hochzeit . . . wia der Gantner danach in sei Revier ganga is . . . woaßt as ja no . . . sans eahm nach. Da Vadder und da Anderl. Und da hams wieder abkassiern wolln. Auf des nauf soll si der Gantner angeblich gwehrt ham. Respektive angegriffen hat er sie . . . sagt er, der oide Dannhauser. Und jetzt kommt nämlich des, wos' da bloß no ans Hirn hilanga konnst. Sie sehng vo weitem den Tiroler kema, mit seim Wagerl . . . zarrn an Gantner schnell vo da Straß weg ins Gebüsch eini . . . und gebn eahm no an Schlog, daß er net schreit. Auf amoi bleibt der Tiroler steh . . . steigt ab . . . hebt was vom Boden auf . . . und fahrt weiter!«
»Die Uhr!«
»Die hams eahm zuvor wahrscheinlich abgrissen ghabt, bei dem Gerangl.«
»Und wann hams den Gantner dann umbracht? Da, danach?«
»Er soll zuvor scho tot gwen sei. – Aber das wird nie mehr ein Mensch erfahrn. Wia's genau gewesen is.«
»Bist du da dabeigwen . . . wiasn ausgrabn ham?«
»Ja. – – Des is fei a komisch Gfühl. Wennst oan kennt host. – So a dicker, stolzer Mensch. Und san bloß no Boana da!«

Plötzlich hört man aus dem Hintergrund die dünne, bleiche Stimme von Benno:
»A Totengerippe . . . gell, Baba?«
»Ja, sag amoi?! Is der Bua jetzt da die ganze Zeit hinter der Tür gwen?!«
»I woaß aa net. I hobn net gsehng.«
»Ja, Herrschaftsappralot! Schaugst net glei, daß'd verschwindst!«
Der Benno rennt, um dem drohenden Unheil zu entgehen, aus dem Zimmer. Und der Vater fügt abschließend hinzu:
»So a Lausbua, ha! – – Mei Liaba, des kannt wos wern . . . wenn die Kinder scho solche Sachan erfahrn!«

Schneebälle

Das war am Anfang vom Ende einer Zeit, die den einen mit Recht als die gute, alte galt, indessen andere mit Recht auf eine bessere, neue drängten.

Das Jahr 1905 hatte kaum begonnen, da konnte man lesen:
»Als heute morgen Prinz Ludwig, der Sohn unseres allerdurchlauchtigsten Herrn und Regenten, seine gewöhnliche Ausfahrt machte, wurde er nächst der Feldherrnhalle von einem größeren Trupp Arbeitsloser begrüßt. Der Prinz ließ den Leuten zur Verteilung zwanzig Mark zustellen.«
Und nur wenige Tage später hieß es:
»Der Generalappell der streikenden und ausgesperrten Metallarbeiter füllte heute nachmittag den großen Saal des Münchner Kindlkellers nahezu bis auf den letzten Platz. Auch die Frauen der Arbeiter waren in stattlicher Zahl erschienen. Der Gesangverein Lassallia, dessen Mitglieder größtenteils im Streik stehen oder ausgesperrt sind, eröffnete und schloß die Versammlung mit dem Vortrag von Liedern.«
Polizeibericht im Januar 1905:
»Auch heute nachmittag versammelte sich auf dem Sendlinger-Tor-Platz eine große Zahl Arbeitsloser, mehr noch aber Neugieriger und Streuner, so daß aus Gründen des Verkehrs und der öffentlichen Ordnung der Platz polizeilich geräumt werden mußte. Wegen Renitenz gegen die dreimalige Aufforderung zum Weggehen erfolgten vier Festnahmen, darunter dreier angeblicher Zuschauer.«

Als Ludwig Grandauer vor bald drei Jahren in die Weinstraße versetzt worden war, wo sich die königliche Polizeidirektion mit dem Zentralbüro für Kriminalangelegenheiten befand, geschah dies zunächst zu seiner Ausbildung. Daß er dann ausgerechnet bei Kommissär Grüner hängen blieb, war anfangs gar nicht nach seinem Geschmack gewesen. Inzwischen hatte er sich auch daran gewöhnt. Streckenweise kam er sogar recht gut mit ihm aus, vor allem, seit ihm aufgefallen war, daß dieser Mann sich immer dann in seiner vollen Souveränität und Selbstherrlichkeit darbot, wenn er sich seiner Sache selbst nicht sicher war.
An diesem Abend wollte Grandauer sein Büro einmal ausnahmsweise rechtzeitig verlassen, in der Hoffnung, zu Hause noch einen Gast anzutreffen, den er allzu lange nicht mehr gesehen hatte. Aber er war kaum aus der Türe, da

wurde er wieder zurückgeholt. In einer dringenden Angelegenheit, wie es hieß, und auf Anordnung des Chefs. Die Angelegenheit bescherte ihm dann auch noch die Begegnung mit einem Kollegen, dem er bislang erfolgreich aus dem Weg gegangen war.

»Sans schon auf dem Heimweg gwesen, gell?«
»Jawohl, Herr Kommissär!«
»Aber nicht weit genug! – So, das ist jetzt der Herr Bauriedl, Referent von Ia . . . Oberwachtmeister Grandauer!«
»Ja, ja . . . bekannt.«
Bauriedl ist schon durch sein stadtfeines Äußeres für einen Mann wie Grandauer schwer zu verkraften. So verschanzt sich jeder hinter seinem Typus. Bauriedl etwas blasiert:
»Grüß dich, Ludwig!«
Und Grandauer batzig:
»Servus, Franz.«
»Ah so, die Herren kennen sich?!«
»Von der Anthropometrie.«
»Um so besser. Bitte, da sind Sitzgelegenheiten.«
»Danke, Herr Kommissär.«
»Die Zeitung hams glesen?«
Bauriedl, gewandt und auf dem laufenden:
»Jawohl . . .«
Grandauer sofort ins Gegenteil:
»Na, leider . . . i bin no net dazuakomma heit.«
»Sehngs, Herr Bauriedl, so geht's bei mir zu, in meiner Abteilung. Da kommen die Leut net amal zum Zeitunglesen.«
»Ich les halt gewöhnlich schon vorm Dienst. Auf der Herfahrt.«
»Des kannst da du leisten! Du bist a Junggsell! I hab drei Kinder und muaß z' Fuaß in' Dienst geh!«
»Wie ich sehe, bestehen hier ideale Voraussetzungen für eine differenzierte Betrachtungsweise. Woran unserem Herrn Direktor in dem Fall besonders viel liegt. – – Also, meine Herren, folgendes in Stichworten: Vergangene Woche, Samstag . . . bei diesen politischen Unruhen am Sendlinger-Tor-Platz . . . is ihnen ja bekannt . . . hat es mehrere Festnahmen gegeben. Eine auf Grund tätlicher Angriffe auf einen Schutzmann. Angeblich! – Handelte sich um einen arbeitslosen Schuster, der anarchistisches Propagandamaterial bei sich gehabt haben soll. – Tatsache ist: Man hat den Mann bis Samstag in Polizeihaft behalten, in der Detensionszelle . . . und dann von dort ins Untersuchungsgefängnis überführt. Wo er endlich am Montag dem Richter vorgeführt wurde. Am Montag! – Der Schuster hat durch den unnötig langen Freiheitsentzug eine Arbeitsmöglichkeit verloren, sagt er. – Der eine sagt des, der andere sagt

jenes! Die Presse hat den Fall natürlich sofort aufgschnappt ... hier, bitte: ‚... die stilgerechte Krönung unserer staatlichen Ordnung ist wieder einmal in der blanken Helmspitze Seiner Majestät des Schutzmanns zu erblicken. Von ihr kommt dem bayerischen Bürger die Erleuchtung' ... usw. usw. Die Sprüch kenn ma ja. Also, überprüfens noch amal sämtliche Aussagen. Die Direktion will Bescheid wissen, bevor sich der Staatsanwalt neihängt. Aber bittschön, es is keine Staatsaffäre! Und machens auch keine draus!«

*

Die Grandauerkinder waren zwar alle drei noch in Griesbach auf die Welt gekommen, aber bis auf den Großen, den elfjährigen Benno, hatten sie keinerlei Erinnerung mehr an ihren Geburtsort. Sie waren inzwischen Münchner geworden, mehr noch Haidhauser, weil in diesem Stadtviertel ihr Zuhause war.
Hier, in der Preysingstraße, über der Kinderbewahranstalt des St.-Josephs-Vereins, hatten die Grandauers ihre Wohnung: hell und geräumig, mit Koch- und Leuchtgas, Wasseranschluß und jener so viel benötigten Örtlichkeit innerhalb der eignen vier Wände, die sich für gewöhnlich noch im Treppenhaus zwischen den Stockwerken befand. Lediglich tagsüber war es vom Hort herauf manchmal ein wenig laut, aber das störte auch nicht mehr als beispielsweise Fräulein Liebknechts jahrelang zäh, aber fruchtlos betriebene Anstrengungen auf dem Klavier.
An diesem Nachmittag hatte Frau Grandauer Besuch von einem lieben, alten Freund, durch dessen gütige Mithilfe sich ihr Leben eigentlich erst dergestalt hatte entfalten können, daß sie es nun rundherum als glücklich empfanden: Dr. Benno Muggenthaler.

»Mei, gell, Herr Dokter ... jetzt is des halt aa scho wieder acht Jahr her, daß ma gheirat ham! Die Zeit rennt! Und in der Stadt glei no amoi so schnell!«
»No! Ich hab mir's heut vormittag gedacht, wie ich in München ankommen bin. Wenn ma länger nimmer da war ... des werd allerweil lauter und hektischer, des Leben bei euch in der Stadt.«
Der Adi ist klein für seine fünf Jahre, dafür um so emsiger. Er macht, wo immer es geht, auf sich aufmerksam. Jetzt ist er ein Automobil:
»Tuk, tuk, tuk, tuk ... döff, döff ... tuk, tuk, tuk ...«
»So is' recht! Fahrn jetzt die Automobil bei euch scho in der Wohnung rum?!«
»Dua amoi net gar a so wuid, Adi! Der Onkl mecht sei Ruah ham!«

»Laßn nur, Agnes. Für die Kinder is des natürlich aufregend, gell? – Wirst auch amal so a schneidiger Autler, Adolf? – Ich glaub, drei Dutzend solcher Knatterkisten hab ich heut mindestens gsehng auf'm Weg vom Bahnhof zum Ministerium!«
»Und was da ois passiert mit dene! Der Ludwig hört des ja allerweil in der Direktion drin. Vor a paar Wochen is oans pfeilgrad in a Schaufenster neigrennt! Von am Gmüasladen! – Wia schnell is der gfahrn, Adi? I ko ma des oiwei net vorstelln.«
»Dreißg Kilometa, sogt da Baba.«
»Des muaß jedenfalls gwen sei, wia da Blitz so schnell!«
Der Doktor spielt onkelhaft große Verblüffung:
»Ja, sagt's amal ... i hab allerweil gmeint, dreißig Kilometer, des is weit! Jetzt sagts ihr, des is schnell?! Wie geht denn des, Adi?«
»Des woaß i net.«
Die Mutter denkt sich nichts bei dem Vergleich:
»Der Benno, der woaß so was ois, gell.«
Den Adi aber läßt er nicht ruhn:
»Aber i woaß a Gedicht, Onkl Muggenthaler!«
»Na, da bin i aber neugierig. Sag's her!«
»Zum Prinzregent seim Geburtstag ham sie's die Kinder eiglernt. Unten im Kindergarten, wissens, wo s'n halt a diamal mitdoa lassn, unsern Zwetschgerl.«
»Also, fang an!«
»Heit gilt mein Kruß dem Prinzregenten mein,
dem frommen Held und Herrn!
Ach, kennt ich heite bei ihm sein.
Ich hab ihn gar so gern.«
»Bravo, Adolf! Das ist aber ein sehr erhebendes Gedicht.«
»I konn aa no was auf der Okarina spuin, Onkl!«
Agnes biegt es energisch ab:
»Na! Jetzt is a Ruah! Und sei net oiwei so aufdringlich!«
»Ich hab a andere Idee, Adolf: Jetzt holst dei Sparbüchs her, dann gibt dir der Onkel Muggenthaler schon amal an kleinen Vorschuß auf den Dank des Hauses Wittelsbach, gell! Also, geh zu!«
Während Adi die Idee ohne Zögern aufgreift und hinausläuft, legt Frau Grandauer schamhaft Protest ein:
»Mei, Sie sollns doch net oiwei so verwöhna, Herr Dokter!«
»I hab ja sonst niemand, Agnes, schau.«
Von den Haidhauser Kirchen hört man den Fünfuhrschlag.
»Fünfe! D' Mädi müssert eigentli jetzt aa bald da sei. Die ham nämli heut Schwimma ghabt, die Kinder. Bei uns vorn im Volksbad.«
»Schwimmen! Sehr gut! Des is ja jetzt Pflichtfach worn, in der Volksschul.«

»Seit vorigs Jahr. Mei, gell, wenn ma denkt, Herr Dokter, was die heut alles lerna derfa! Mir kenna oi zwoa net schwimma, der Ludwig und i.«
»I kann's aa net, Agnes. I hab's allerdings aa no nie braucht bis jetzt.«
»Freili . . . wann gehtn unseroans scho ins Wasser?!«
»Und wann kommt der Bua hoam, der Benno?«
»Grad heut hat er bis fünfe Schui, dummerweis.«
»Wie lang läuft er da vom Wilhelmsgymnasium?«
»Wenn er net trietschlt . . . a halbe Stund. Höchstens.«
»Mittags wird er auch heimkommen, zum Essen, net. Sind viermal a halbe Stund Weg am Tag! Is fei scho viel, für so a elfjährigs Bürscherl!«
»Des waar ja no gar net so arg. Aber wissens, na hams hinterher oft no so an Haufen auf, und i ko eahm halt gar net helfa. Für mi san des lauter böhmische Dörfer. Und der Ludwig schimpft na meistens aa bloß rum, wenn er hoamkummt, und da Bua hockt no oiwei über seine Aufgaben. Aber helfa kann er eahm, ehrlich gsagt, aa nix. Er hods ja selm net glernt, des komplizierte Zeigl, wos die lerna im Gymnasium.«
»Vielleicht wär halt die Realschul doch besser gwesen für ihn, Agnes.«
»I woaß aa net. Der Vadder hat's halt gmoant, bal er amoi Dokter wärad . . . wia sei Patenonkel. Und der zahlt eahm ja scho jeds Monat as Schuigeld . . .«
»Geh zua, was is denn des wieder für a Standpunkt! I zahl doch net die vier Mark fuchzig im Monat, daß der Bua auf Biegen und Brechen a Doktor werd! – Gibt ja scho genug von der Sorten. – Aber da is er stur, der Ludwig, i woaß scho!«
»Ja, stur is er scho . . . manchmal. Er hat si halt ois selm beibracht . . . müahsam . . . zu dem, was er heut is, gell! Sie wissen's ja so, wie er büffelt hat und glernt, die erschte Zeit in München. Hoibe Nächt lang is er daghockt. – Weil er des Glück net ghabt hat vo dahoam. San ja aa bloß arme Fretter gwen, seine Leit. Und da Bruader is eahms Elternguat no schuldig. – Da möcht er halt, daß seine Kinder . . . wo sie's so guat ham und derfa ois learna . . .«
»Ja mei, aber des kann man net erzwingen, Agnes!«
»Er maont scho, der Ludwig. Er moant, daß mas bloß fescht opacka muaß. Weils in dem Alter no nix wissen, was für eahna guat is.«
»Ja, ja, aber die Erwachsenen wissen's halt oft aa net. Und was für den einen gut is, is für den andern Gift. – Vielleicht hat der Benno das Zeug für an guatn Handwerker, und der Kloane, der Adolf, für an Doktor. Dann nehmts halt das Geld für den her!«
»Mei, wenn er nur grod hoamkaam, der Ludwig! Daß Sie's eahm selber sogn kanntn! Er wollt si extrig früher freinehma, heit.«

Nach der Instruktion durch Kommissär Grüner war den beiden Kriminalern auch noch das Studium der Protokolle zur Auflage gemacht worden, was sie

sodann schweigend und ohne weitere Kontaktnahme hinter sich gebracht hatten.
Anschließend auf dem Gang durch das Treppenhaus, war es allerdings unvermeidlich geworden, sich über weitere Maßnahmen abzustimmen, und der Kriminalassistent Bauriedl zeigte auch dabei seine höherstehende Betrachtungsweise:

»Dann red ich also morgen als erstes mit dem Wachtmeister Kaut . . . und du vernimmst den Schuster.«
Grandauer stürzt sich sofort auf den feinen Unterschied:
»Vielleicht sollt ma uns prinzipiell auf des einigen, daß auch der Wachtmeister Kaut vernommen werd und net bloß der Schuaster!«
»Hab ich doch gsagt, oder?«
»Na, du hast gsagt, du redest mit dem Wachtmeister, und ich vernehme den Schuaster! Hast du gsagt!«
»Aber, gell, dir geht's bei der ganzen Gschicht schon auch a bißl darum, das Ansehen der Polizei wiederherzustellen?!«
»Auch, ja, auch! Aber des geht bei mir net so weit, daß ich mit zweierlei Maße messe!«
»Pardon, ja! Ich darf doch annehmen, lieber Ludwig, daß du mir . . . der ich aus einer alten Juristenfamilie stamme, damit nicht unterstellen willst, ich würde da irgendwie . . . parteiisch an die Sache rangehen?«
»Hab i net gsagt. Habe ich nicht gesagt! I hab gsagt, daß i net mit zweierlei Maße messe! Aber du woaßt as ja . . . i kimm halt vom Land rei, net . . . und kann mich nicht so gut ausdrücken als wia anderne, die wo auf der höhern Schui gwesen san! – – So, und jetzt is halb sieme! Und mei Bsuach is dahi! – Zefix no amoi!«

Jetzt ist Grandauer daheim in der Wohnung. Und seine Frau kennt das schon, ob er nur müde ist oder grantig, oder beides. Heut ist er grantig. Das ist besonders schwierig. Aber sie tut dann meistens so, als ob sie es nicht bemerkt, und ist heiter:
». . . und i soll di schee grüaßn und . . . es hod eahm halt so leid do, daß er di nimmer gsehng hod.«
»Mir aa.«
»Koid is worn, gell. Host a ganz a rote Nasn. – Da san deine Hausschuah, Wig! – – Mir haman no bis nüber zum Bahnhof begleitet, woaßt. – Und beschert hat er uns wieder alle! Uns hat er a Gans mitbracht! Vom Michlbauern. Frisch gschlacht. A soichas Trum! – A Seele von an Menschen!«
Sie gehen ins Wohnzimmer. Am Tisch kauert der Benno noch mit fieberrotem Kopf über seinen Hausaufgaben. Er mag ihn gar nicht aufheben, weil er seines Vaters Blick manchmal so schlecht erträgt:

»Grüaß di, Baba.«

Aber der Vater erzwingt sich den Blick.

»Grüaß di . . . und?«

Dabei kriegt der Benno fast immer ein schlechtes Gewissen.

»Nix.«

»So . . . und oiwei auf d' Nacht die Lernerei! Des mog i!«

Die Mutter begütigt:

»Na ja, wenn sei Patenonkel scho amoi da is!«

»Und was is mit der Lateinschulaufgab?! Habts die no net rauskriagt?!«

»Na.«

»So?! Des dauert aber lang?!«

»Mei . . .«

Um ihn abzulenken, kommt sie notfalls auch auf seinen Beruf zu sprechen:

»Wolltst ja eigentlich frühers Schluß machen heit, gell?! Is was Bsonders gwesen?«

»Sei duat duat oiwei was! – – Den Bauriedl . . . den hast du doch aa amoi kennaglernt? Beim Standkonzert. Vorigs Jahr.«

»So a hübscher Großer, gell? I ko mi scho erinnern.«

Das war falsch. Grandauer muß es zurechtrücken:

»An Gschmack habts ihr! – Groß is er, ja! Lang!«

Und auf den Benno gezielt:

»Aa so a verkrachter Lateinschüler!«

»Warum, was is'n mit dem, Wig?«

Leiser, weil es der Benno nicht zu hören braucht:

»Des war der, wo vor drei Jahr zu mir gsagt hat: Ich soll erst amal Deitsch lerna. Auf am Lehrgang in der Polizeischui! Des woaß i no wia heit! – Mir san beim Essen gwen . . . zu sechster. Sauerbraten hat's gebn. Woaß i ois no! Da hama so gredt . . . um die Körpermessung is' ganga. Und da hab i halt des Wort ‚Anthropometrie' net glei richti rausbracht. War ja ois no neu für mi, damals. Da hat er na so hämisch glacht . . . und die andern aa . . . und hat gsagt: Manche sollten erst amal richtig Deitsch lerna!«

»Vielleicht hat er's gar net so bees gmoant. Woaßt, daß er's bloß so im Gspaß gsagt hat.«

»Na na . . . der net. Des is scho so a hochmüatiger Mensch, der! – Aus einer alten Juristenfamilie! Da buildt er si was ei auf des. Aber aus'm Gymnasium hamsn rausgschmissen! – – Ja, ja Bürscherl, stell nur deine Luser auf! Daß da ja nix auskimmt! – Aber gell, des Aufgabenheft mecht i danach scho sehng! Und wehe, du hast wieder recht umananderbatzt!«

*

Am andern Tag verließ Kriminaloberwachtmeister Grandauer das Haus ausnahmsweise erst um halb acht – gemeinsam mit seinem Sohn Benno. Auf dem Bürgersteig lag eine hartgefrorene Schneedecke und ebenso auf der Straße; ideale Verhältnisse, um auf den blankgehobelten Spuren der anderen Schulbuben den Gasteigberg hinunterzurutschen. Aber so was durfte natürlich niemand wagen im Angesicht eines Vaters, der von Berufs wegen schon gegen solche verkehrsgefährdenden Abenteuer eingestellt sein mußte.
Bevor sie sich am anderen Ende der Ludwigsbrücke trennten, redete Herr Grandauer dem Buben noch einmal sehr eindringlich ins Gewissen, sich der Großmütigkeit seines Patenonkels auch stets würdig zu erweisen, und er schilderte ihm in düsteren Farben, was aus solchen Menschen werden würde, die auf einer höheren Lehranstalt versagt hätten und, anstatt Bildung von ihr zu erfahren, nur Einbildung von ihr zurückbehielten. Dann lief der Benno voller guter Vorsätze die Isaranlagen hinunter zum Wilhelmsgymnasium, während sein Vater die entgegengesetzte Richtung nach Giesing nahm.
Dort, im Arbeiterviertel – Glasscherbenviertel genannt – wohnte der Schuster Jablonka, wie dem Protokoll zu entnehmen war. Das Haus zeigte sich schon nach außen hin so elend und häßlich wie nur denkbar, und schlimmer noch von innen. Nicht abzuschätzen, wie viele Menschen darin hausten hinter all den zerschundenen Türen. Ganz oben jedenfalls, in der Mansarde, die Jablonkas. Das stand in den Akten.
Steile, ausgetretene Stiegen führten zu ihnen hinauf, und jedes Stockwerk trug noch seine eigene, ganz spezielle Ausdünstung bei zu dem allgemeinen Mief, der einem schon unten am Haustor entgegenschlug.
Der Kriminaler mußte mehrmals an die Wohnungstür klopfen, bis sie ihm endlich von einem kleinen, blassen Buben geöffnet wurde.

»Grüaß die Gott! – Is dei Baba da?«
Der Bua schaut ihn ängstlich an und sagt kaum hörbar:
»Na.«
»Und dei Mama?«
»Na.«
»Wann kommensn wieder?«
»D' Mama kummt glei.«
»Wo is'n?«
»Beim Schuihausputzn.«
»Und da Baba?«
»Woaß i net.«
»Na wart i so lang, bis dei Mama kummt . . . «

Der Bub ließ die Wohnungstüre offen, die, ohne Korridor oder Vorplatz dazwischen, direkt in das Kochzimmer führte. Grandauer blieb draußen stehen.

Im Vergleich zu dem, was er hier sah, mußte er seine eigene Wohnung als geradezu feudal empfinden. Dabei war überall Mühe erkennbar, sich von den Verhältnissen nicht ganz hinunterziehn zu lassen. An dem schmalen Fenster, durch das kaum Licht hereinkam, hingen nette bunte Gardinen, der Fußboden war weiß gescheuert und sauber, obwohl in dem Raum gekocht und offensichtlich auch gearbeitet wurde; denn es stand eine Schusterbank da und eine Nähmaschine, allem Anschein nach für Stiefelschäfte.
Auch ein zweiter Bub, der auf dem Fußboden herumkrabbelte, war, wie der andere, etwas hohläugig und ärmlich, aber durchaus nicht verwahrlost – und ein drittes Kind, noch ein Säugling, lag ordentlich gebettet in einem Wäschekorb.
Der Kriminalbeamte mußte bei diesem Anblick unwillkürlich an seine eigene, nicht viel üppigere Kindheit denken. Und dann fiel ihm mit einem Mal sein Kollege Bauriedl ein; so einem – aus einer alten Juristenfamilie – würde womöglich schon der ungewohnte Geruch der Armut bei der Wahrheitsfindung hinderlich sein.
Inzwischen war Frau Jablonka vom Schulhausputzen heimgekommen und hatte den Polizisten hereingelassen. Aber sie redete anfangs kaum mit ihm, beobachtete ihn nur verstohlen, feindselig und machte sich sogleich in der Küche zu schaffen, mit nervösen, fast hektischen Bewegungen – eine magere, verhärmte Frau von höchstens 35 Jahren.
Grandauer hatte sich wohl insgeheim ein anderes Bild von ihr gemacht – demütiger vielleicht, hilfsbedürftiger. Aber wie auch immer, es war seine Absicht, gerecht zu sein:

»Sie brauchen mir nix sagen, wenns net wolln, Frau Jablonka.«
Sie sagt auch lange nichts. Dann erst leise und pötzlich schrill:
»I sog aa nix. Weil unseroana sowieso nix zum sogn hod! Der wenn as Maul aufmacht . . . na hauns eahm oane nauf!«
Grandauer bleibt ruhig:
»Des kann ma net verallgmeinern. Und wenn Eahnam Mann a Unrecht gschehng is, dann muaß des aufdeckt wern. Für des bin i da.«
»Da lach i ja! Da lach i ja! – Eigsperrt hamsn auf der Wach, mein Mo . . . wia as eahna gsogt hod, daß er unschuldig is! Bis am Montag auf d' Nacht! Und am Montag in der Früah hätt er a Arbat kriagn soin, beim Reitmeier in der Schuahfabrik. Aber zu dem hamsn net rauslassn!«
»Und, hat ers dann nimmer kriagt, danach?«
»Na! – Jetzt hods a anderna. – Gibt ja gnua. – Und an soichan mog koaner, wo ma nochsogt, daß er politisch is . . . und eigsperrt war!«
»Wia lang is'n Eahna Mann scho arbatslos?«
»Auf Weihnachtn is a Jahr gwen.«
»Und kriangs koa Unterstützung?«

Langsam wird sie etwas zutraulicher:
»Scho . . . 23 Mark im Monat. – Arbeitslosenunterstützung. Des langert grod aus für d' Wohnung. – Jetz hama halt no an Bettgeher mitneignumma. Der zahlt uns zehn Markl fürs Zimmer.«
»Wiavui Zimmer hamsn dann no für Eahna selber?«
»Oans . . . und d' Küch da.«
»Mit die drei Kinder?«
»Vieri! Der Große is scho in der Schui. Und davor muaß er Zeitunga austrogn. Da verdeant er na aa allerwei no wos dazua. Vier Markl im Monat. – Und i kriag achte fürs Schuihausputzn. – Da Mo duat Schuah reparieren . . . halt so bei die Leit in der Nachbarschaft. – Und na hama no die Heimarbat da mit die Stiefelschäft . . . wo ma steppn müassn auf da Maschin. Die kriagn ma vo da Fabrik. Bei dem ko da Kloa aa scho a bißl mitdoa. – – Los, zoag's amoi dem Herrn, wia's d'as machst!«
Der größere der beiden Buben schlüpft mit den Füßen in die hözernen Stelzen, die seine Beine um ein Stück verlängern. Dann schwingt er sich auf den Hocker vor der Nähmaschine und treibt sie mit dem Tretwerk an.
»Die hod eahm da Mo extrig gmacht, aus Holz. Weil er mit die Füaß net abikummt, zum Tretn.«

*

Zehn Uhr vormittags. Im Königlichen Wilhelmsgymnasium begann die große Pause, in der es den Schülern, trotz der schneidenden Januarkälte, anheimgestellt war, den Schulhof aufzusuchen. Dem waren die üblichen Mahnungen vorausgegangen, sich gesittet zu betragen, keine Schneebälle zu werfen et cetera.
Von dieser Möglichkeit – einem gesunden Geist einen ebenso gesunden und winterfesten Körper angedeihen zu lassen – machten allen voran die 25 Edelknaben aus der Königlich Bayerischen Pagerie Gebrauch, die im Wilhelmsgymnasium ihre humanistische Ausbildung erfuhren.
Sie waren die Söhne hochangesehener Familien im Lande und wurden als Pagen bei Hofe nicht nur besonderer Gunst und Privilegien teilhaftig – sie wurden dafür auch hart in die Zucht genommen, gedrillt, Kadetten vergleichbar, in schönen bayerisch blauen Uniformen. Von den Lehrern manchmal als »Hoflackl« tituliert, von den Mitschülern offen beneidet, – vor allem von den vielen aus sogenannten niederen Volksschichten, denen dieses königliche Gymnasium ebenfalls offenstand – blieb ihre höhere Bestimmung dennoch unbestritten und wurzelte tief im Glauben an die gottgewollten Unterschiede.
Der einzige Schneeball, der das Pausenreglement an diesem Vormittag

durchbrochen hatte, traf ausgerechnet einen Edelknaben der Klasse 4a so
unglücklich am Kopf, daß er seine Herkunft für einen Moment vergaß und
vor Schmerz wie ein ganz gewöhnlicher Bub weinte. Der aufsichtshabende
Studienrat begann noch am Tatort mit dem Verhör:

»Wer war das?! – – Der Übeltäter meldet sich also nicht? – –
Ich laß euch alle einsperren! Alle, wie ihr da stehts, den ganzen Schand-
haufen!«
»Ich war's, Herr Professer.«
»Aha! Name?«
»Grandauer, Benno.«
»Klasse?«
»1b.«
»Du meldest dich nach der Pause im Direktorat!«
»Jawoi, Herr Professer.«

Gewissermaßen noch im Dunstkreis des Wilhelmsgymnasiums, in der Pfarr-
straße, wo man an heißen Sommertagen, wenn die Fenster der Klassen-
zimmer offenstanden, die Morgensalutationen herüberhören konnte – das
vielstimmige: »Morgen, Herr Professer!« oder: »In Ewigkeit Amen« – dort,
in einem der biederen Bürgerhäuser, hatte der königlich bayerische Schutzmann Kaut eine sogenannte Teilwohnung, was nichts anderes bedeutete, als
daß er sich mit einem königlichen Militärkassenbuchhalter und dessen Familie in eine Sechszimmerwohnung teilte.
Kaut, gegen den Klage wegen Amtsanmaßung, Mißhandlung und Freiheits-
beraubung erhoben worden war, litt seitdem unter Herzbeschwerden und
war deshalb vom zuständigen Bezirksarzt krankgeschrieben worden.
Der Kriminalassistent Bauriedl traf ihn an diesem Morgen in einem sehr de-
solaten Zustand an; bleich und eingeschrumpft, obwohl ohnehin nur knapp
über der Mindestgröße für einen Schutzmann, bot er nun ganz und gar nicht
den Anblick eines Mannes, der solcher Vergehen fähig gewesen sein könnte.
Auch seine Aussagen zeugten von abgrundtiefer Traurigkeit und einem
schlechtsitzenden Gebiß:

». . . und des war aa no ausgerechnet der Todestag von meiner Frau.
Könnens Eahna vielleicht vorstellen, was da in einem Menschen alles
vor sich geht. An so am Tag!«
»Wie lang sinds denn schon verwitwet, Herr Kaut?«
»Sieben Jahr. Aber . . . a Seele von einer Frau, mei Frau! Eine Seele.«
»Glaub ich Ihnen. Aber jetzt noch mal zur Sache, Herr Kaut. Sie haben
also gesagt: die Protestversammlung war schon in Auflösung begrif-
fen . . . «

»In Auflösung, jawohl. Dazu muß ich aber noch hinzufügen, daß bereits am Anfang, wie ich gegen eine Gruppe von diese Demonstranten eingeschritten bin . . . um sie zum Auseinandergehen aufzufordern . . . von diesen Gelächter ausbrach! Wogegen ich aber weiters nichts unternommen habe. Weil, ich bin ja gar nicht so kleinlich. So daß ich, als ich mich wieder abgewandt habe . . . vermutlich durch mehrere Umstehende begünstigt . . . auf dem Glatteis ins Rutschen kam und hinfiel. – I hob mi scho no so mit die Händ abgfanga, gellns. – Aber es ist mir dabei . . . durch den Aufprall . . . as Gebiß . . . oben hebt's nimmer gscheit, weil, es is a Stückl abbrochen. Sehng Sie's?«

»Ja ja, ich seh's schon, ich seh's schon.«

»Net, und auf des nauf . . . von der Verspöttung amal ganz abgesehn . . . war ich natürlich unangenehm beeinträchtigt. Sie verstehnga scho?!«

»Verstehe. Und in der Nähe vom Sendlinger Tor sind Sie dann von dem Schuster Jablonka angefallen worden. Nach Ihren Angaben.«

»Jawohl! Und zwar indem mir dieses Individuum den Helm vom Kopfe geschlagen hat.«

»Wie gehtn so was?«

»Ja mei, des is ja a derartiger Riesenkerl, der! Zwoa Meter! Und wie ich an ihm vorbei war und den Blick in die entgegengesetzte Richtung richtete . . . . auf amoi fliagt ma da Helm davo! Und er möcht ma'n aa no schnell wegnahma!«

»Hat er sich danach gebückt?«

»Jawoi. Daraufhin habe ich den Mann aufgefordert, sich auszuweisen, net wahr. Das konnte er aber nicht. Koane Papiere und nix! Jetzt bin i dagstanden!«

Der Kriminaler hat Mühe, den Ernst der Angelegenheit nicht aus den Augen zu verlieren:

»Hatten Sie Ihren Säbel zu diesem Zeitpunkt schon gezogen, Herr Kaut?«

»Jawoi. Indem daß der Mann eine sehr bedrohliche Haltung einnahm. Der Riesenkerl, net! Und auch noch von einigen Hinzukommenden Unterstützung erhielt. Die ham na aa no recht dreckert glacht! – Ich habe ihm sodann seine Festnahme angekündigt, worauf er heftigen Widerstand leistete. – Der hat ma an Sabel weggnomma!«

Kaut bringt das kaum über die Lippen. Tränen treten ihm in die Augen. Bauriedl beherrscht sich und bleibt sachlich:

»Ihren Säbel! Ja was! Und dann haben Sie ihn mit der Pistole in Schach gehalten?«

»Jawohl! Is ja net anders ganga! Der war ja so rabiat! Und außerdem betrunken!«

»Und diese anarchistischen Flugblätter, Herr Kaut . . . wann hams denn die bei ihm entdeckt?«

»Sofort! Sofort! Die san eahm nämli bei dem Gerangel aus da Jackn gfalln. Und für so was hob i an Blick!« – –

Kaut schluckt und seufzt ein paarmal schwer, bevor er seine persönliche Erfahrung mit diesen Dingen preisgibt:

»I hob ja . . . i mog's gar net sogn . . . Mei Älteste . . . drei Töchter hob i . . . und die Älteste zwoarazwanzg Jahr, is mit so am Schlawiner abghaut! Mit so oan, wo mit die Russn verkehrt! In Schwabing, in die Kaffeehäuser! – – Herr, i sog Ihnen: angst und bang muaß oam wern, wenn ma hört, wos die vorhabn! – Da bleibt kein Stein auf dem andern! Ois werd da mitgrissn! Und mir damit! Sodom und Gomorrha! – Und mit solche Versammlungen fangt's o! Und Streiks und aufrührerische Reden führn! – Wehret den Anfängen, hoaßt's! – – Mei eigene Tochter! Laßt sein Vater und seine Gschwister Gschwister sei . . . und geht mit so am Anarchisten auf und davo!«

*

Der Schüler Benno Grandauer verließ das Wilhelmsgymnasium an diesem Mittag anders als sonst: sehr dasig und ohne sich auf die beliebten Rempeleien mit seinen Kommilitonen einzulassen. Er nahm auch diesmal den kürzesten Weg nach Haidhausen.

Sein seltsames Verhalten konnte nur an dem blauen Brief gelegen haben, den er sich zuvor im Rektorat abgeholt hatte. Er sollte die Eltern von der Straftat ihres Sohnes in Kenntnis setzen, die mit einem strengen Verweis geahndet worden war. Dem Sträfling wurde überdies zur Pflicht gemacht, den Brief anderntags mit der Unterschrift des Vaters wieder zu retournieren.

Zu Hause angekommen, war er entschlossen, die drohende Katastrophe so lange wie möglich hinauszuschieben. Wenn sie sich nicht gar, durch bislang unentdeckte Fähigkeiten, ganz vermeiden ließ. Aus diesem Grund durchwühlte er in einem unbeobachteten Augenblick das elterliche Vertiko nach irgendeinem Schriftstück, das die Unterschrift des Vaters trug. Ein solches schon in Händen, wurde er jedoch durch den Auftritt seiner allgegenwärtigen Mutter gestört:

»Sag amal, Benno . . . was machstn du da?«
»Nix . . . so halt. Gschaut hob i halt.«
»Mit dir stimmt doch was net!? – Hast du was ausgfressen?«
»I?! Wos soin i ausgfressn ham?«
»Des möcht i ja gern von dir wissn!«
»Nix. – – Ehrli net, Mama!«

Um halb fünf war es schon so dunkel, daß Ludwig Grandauer das elektrische Licht einschalten mußte. Er saß alleine in seinem Dienstzimmer in der Weinstraße, und bedachte noch einmal die Darstellung des Falles, die ihm der Schuster Jablonka am Nachmittag gegeben hatte:

»... i sag's Eahna, wia's is, Herr Wachtmeister. Zerscht wollt i nämli gar net higeh. Weil, des Gschroa huift ja doch nix. Aber na hod er zu mir gsagt, unser Zimmerherr ... bal a jeder so denkt, na ändert si nia wos! – Oiso, bin i halt aa higanga. No ja ... mein Gott ... sama halt umanandagstanden auf'n Sendlinger-Tor-Platz und ham so a bißl rumgmurrt. War ja vui z' koid für was anders. Und danach, hod's ghoaßen, treff ma si im Münchner Kindlkeller. – Beim Sendlinger Tor ... i hob mi grod buckt ghabt, weil mas Schuahbandl aufganga is ... hör i scho von dem sein Sabel rasseln. Und drüben auf der andern Straßnseitn schmeißt a so a Lausbua in dem Augenblick an Schneeballn rüber. Und direkt auf dem Schandi sein Helm! Des hot der aber net sehng kenna, weil er scho vorbei war. – I hob no glacht aa und wollt eahm sein Helm aufhebn ... geht der auf mi los! Ziagt sein Sabel und fuchtelt mir damit vorm Gsicht rum! Jetzt ... i hob ma dann gar nimmer anders z' helfa gwußt ... der hätt mir den ja neigrennt aa! Hob i'n halt so bißl packt und habn eham abgnumma, sein Sabel. – Was hätt i'n doa soin?! – – So is des alles ganga. Und daß des Flugblätter gwesn san ... anarchistische! I schwör's Eahna, Herr Wachtmeister, des hob i selber net gwußt! Die hat ma zuvor oana in d' Hand druckt ghabt und gsagt: Do, verteils! – Und i habs eigsteckt ... gedankenlos ... und danach hob a ma denkt: die Kinder ham allerweil koa Papier zum Maln. Das is die Wahrheit!«

Grandauer hat nicht zum ersten Mal das Problem mit der Wahrheit. Er fängt an, seinen Schreibtisch aufzuräumen, die Schreibfedern zu putzen, all das zu tun, was sich leichter ordnen läßt. Der Kommissär tritt ein und kommt zur Sache:

»Und? Wie schaut's aus?«

»'n Abend, Herr Kommissär. Ja, also, ich würd sagen ... rein gefühlsmäßig ...«

»Interessiert mi net. Beweise, Grandauer! Zeugenaussagen!«

»Gibt es keine. Außer den Beteiligten.«

»Am hellichten Tag! In der Sendlinger Straß! Des kann ma doch koaner erzähln, daß' da keine Zeugen gibt, Grandauer!«

»Es hat sich niemand gemeldet bis jetzt.«

»Des müassen so Revolutionäre gwesen sei! Die zuschaun, wies einen von ihre Leut zu ‚Unrecht' abführn! Angeblich! Und setzen sich net amal für eahm ein!«

»Des warn koane Revolutionäre, Herr Kommissär. Des wern vielleicht erst welche.«

Auch der Gymnasiast Benno Grandauer hatte sich, als er um halb fünf von der Nachmittagsschule heimgekommen war, sofort den Gasglühstrumpf im Wohnzimmer angesteckt, um seine Hausaufgaben zu machen. Der Eifer, mit dem er diesmal ans Werk ging, war ungewöhnlich und mit der Erledigung schulischer Pflichten allein kaum erklärbar. Aber in dem Fall war die Wahrheit leichter zu packen. Als dann seine Mutter wieder überraschend hereinkam, ließ sie sich nicht mehr lange unter dem Aufgabenheft verstecken:

»Ja, was is'n jetzt los, Benno?«
»Warum?«
»Weilst du gar a so fleißig . . . was versteckstn da?! – – Wia, laß amoi sehng! – Zoag her! Ja, werd's boid!
Da er sich verbissen übers Heft beugt, schiebt sie ihn beiseite und entreißt ihm das Papier:

»Was is'n des? – Von da Schui! – Verweis!? So is' recht! – – Wieso hat denn da der Baba . . . – – – Ja, sag amoi . . . hast du da vielleicht an Baba sei Unterschrift probiert?!«
»I . . . hob's ja bloß . . . so, weil . . . weil er net do war . . . «
Frau Grandauer ist starr vor Entsetzen:
»Ja um Gottes willen! – – Ja, was machst denn du?! – Des is ja a Verbrechen!«
Der Benno erstarrt gleichfalls. Aber mehr wegen der Folgen als wegen der Moral:
»I hobs ja bloß probiert, Mama . . . «
»Da! Mit der Tintn! Auf den Brief nauf! Des geht doch nimmer weg! – – Der Baba wenn des siehgt . . . der Baba, der derschlagt di!«
Seine Angst ist fürchterlich. Nicht einmal weinen kann er:
»Net sagn! Bittscheen, Mama, nix an Baba sagn! I radier's raus! Mit'n Messer! Gib her, Mama!«
»Nix werd gmacht! – – Der derschlagt di! – I muaß ma des erscht überlegn . . . «

Und sie verbarg das Dokument in ihrer Schürze, wo es aber bald ein solches Zentnergewicht entwickelte, daß sie es im Küchenkasten hinter dem Sonntagsgeschirr deponieren mußte. Die ganze Angelegenheit hatte Frau Grandauer derart mitgenommen, daß sich ihre Gedanken gar nicht mehr auf diese Katastrophe hinlenken ließen – sie prallten einfach von ihr ab und liefen ihr in allen Richtungen davon.
So war es ihr gar nicht einmal unrecht, daß ihr Mann, als er spät abends nach Hause kam, über starke Kopfschmerzen klagte und deshalb der Schonung bedurfte.

Nach einer schlaflosen Nacht, in der die Dinge dann vollends apokalyptische
Ausmaße angenommen hatten, blieb nur noch die Mutterliebe von allem unbeeinträchtigt – und sie traf eine erste Entscheidung: der Brief sollte vernichtet, der Vater nicht belastet werden, und alles weitere würde sich schon irgendwie finden.
Am anderen Morgen, nachdem alle, bis auf den kleinen Adolf, das Haus verlassen hatten, ging Frau Grandauer an den Küchenkasten, griff hinter das Sonntagsgeschirr – und erschrak:

>»Mariaundjoseph! – – Wo is denn der Brief?! – I hobn doch . . . i hobn doch dahinter gsteckt! – Himmlischer Vater! Der werdn doch net am End abgebn ham?! Großer Gott im Himmi!«

Und weil im Küchenkasten auch die Sparbüchsen der Kinder ihren Platz hatten, machte sie bei dieser Gelegenheit noch eine andere erschreckende Entdeckung: Bennos Sparbüchse war ebenfalls weg.
Frau Grandauer hatte oft ihren Mann seines kriminalistischen Scharfsinns wegen bewundert. Aber zumindest in Familienangelegenheiten war sie mit ihrem Hausverstand zu ebenso messerscharfen Erkenntnissen gelangt. Nur der Weg von der Erkenntnis zur Tat wurde ihr nicht leicht, hatte sie es doch bisher noch nie – auch seinerzeit beim Schulantritt ihres Sohnes Benno nicht – über sich gebracht, den Tempel der humanistischen Bildung zu betreten. Und auch jetzt fühlte sie die warnenden Blicke der antiken Sophisten und Rhetoren von ihren Nischen oberhalb des mächtigen Eingangstores auf sich gerichtet, als sie vor dem Wilhelmsgymnasium stand. Aber dieses Mal mußte es sein, um zu retten, was noch zu retten war.
Der Pedell in seinem Unterstand hatte die scheue Frau sofort ausgemacht und fragte sie streng:

>»Wohin woins denn, Frau?«
>»Bittschön . . . Grandauer Benno . . . 1b.«
>»Stellns Eahna da oben hin und wartens, bis die Pause beginnt!«
>»Vielen Dank.«

Als dann die Türen aufflogen und die Schüler – auch der Klasse 1b – aus der Umklammerung durch den Lehrkörper heraus in die Gänge geströmt waren, hielt Frau Grandauer vergeblich Ausschau nach ihrem Sohn. Er war nirgends zu sehen. Und sie fragte einen Buben:

>»Kennst du an Grandauer Benno?«
>»Ja, der is bei uns in da Klaß.«
>»Weißt, i bin nämlich sei Mutter. Könnst ma'n net amal schnell herholn?«

»Der war doch heut gar net da, der Grandauer.«
»Net da?!«
»Weiln i selber ins Absentenbuch eigschriebn hab, an Grandauer.«
»So . . . ja, na werd er vielleicht . . . na woaß i's scho . . . dankschön.«

In ihrer Erregung entschloß sich Frau Grandauer, dann noch ein anderes Gebäude von düsterer Erhabenheit aufzusuchen, das sie ebenfalls noch nie betreten hatte; schon ihrem Mann zuliebe nicht, der dort tätig war und es nicht mit seiner Dienstauffassung vereinbaren konnte, wenn sich Amts- und Familienangelegenheiten allzu sehr verquickten.
In seinem Büro fand zur selben Zeit ein heftiger Austausch von Erkenntnissen im Fall des Schusters Jablonka statt, wobei sich die beiden Kontrahenten Bauriedl und Grandauer auf die jeweilige Logik ihrer eigenen Herkunft versteiften. Grandauer derb und einfach:

». . . die Umstände bei der Festnahme kenna doch gwesn sei, wias woin! Auf jeden Fall is der Mann zu spät dem Haftrichter vorgführt worn! Paragraph 241, Strafgesetzbuch! Sollte jemand aus einer alten Juristenfamilie eigentlich bekannt sei, moanat i!«
»Paragraph 341! – Wenn schon! – Deine Strafrechtskenntnisse in Ehren, Ludwig . . . woaßt, i hab nämlich den Kurs auch mitgmacht! Es is aber nicht unsere Aufgabe, den Schutzmann zu verurteilen, sondern lediglich die Angaben der beiden zu überprüfen. Und da steht Aussage gegen Aussage!«
»Ja ja . . . aber für mich is no net amal erwiesen, ob da überhaupt ein ausreichender Grund für die Festnahme vorgelegen hat.«
»Das ist eine reine Ermessensfrage. Paragraph 120, Polizeistrafverordnung! Kennst ja auch, net?! Wenn der Schutzmann eine Beeinträchtigung der Ruhe oder Sicherheit erkannt zu haben glaubte, ist er auch . . . «
»Mein Gott! Weil eahm sei Picklhaubn vom Kopf runtergfalln is!«
»Was aus seiner Lage heraus nur schwer von einem tätlichen Angriff zu unterscheiden war. Wenn's nicht überhaupt einer gwesen is! Hat ja niemand den Schneeball bezeugt bis jetzt!«
»Des woaß i aa, net. I bin ja net blöd! Aber des paßt doch ois hint und vorn net zamm! Hast du des no net gspannt! Entweder der Schuaster hat gwußt, daß des anarchistische Flugblätter san . . . dann legt er si doch net mit am Schutzmann o! Dann geht er eahm doch aus'm Weg. Und dann war er aa höchstwahrscheinlich net betrunken! Wie der Schutzmann behauptet hat! – Oder er war betrunken . . . na kann man ihn von mir aus wegen dem bis zur Ausnüchterung festnehma. Aber

hintnach net aa no wegen Landfriedensbruch! Landfriedensbruch! Des is doch absurd!«

Die Auseinandersetzung wird unterbrochen, Kommissär Grüner kommt herein. Hinterher ziemlich eingeschüchtert und verstört die Frau Grandauer. Bauriedl springt auf, wie es sich gehört und stellt sich vor. Grandauer schaut sie an wie eine Erscheinung. Der Kommissär überbrückt ihr beklommenes Schweigen:

»Ihre Frau ist gekommen, weil . . . aber vielleicht sagen Sie's ihm lieber selber, Frau Grandauer.«

»Was is'n los, Agnes?«

»I wär ja sonst gar net komma, weißt, Ludwig, aber . . . der Benno . . . es is ja weiters no nix passiert . . . «

Ihr Mann wartet sprachlos auf die Erklärung. Grüner sagt beruhigend:

»Naja . . . der Bua war net in der Schul, heut. Ihr Frau is grad dort gwesen, im Wilhelmsgymnasium . . . «

»Wiaso war der net in der Schui?!«

Anges kommt zaghaft auf die Ursache:

»Er hat si halt vielleicht gfürcht ghabt . . . weil er . . . «

»Gfürcht?! – Vor wem. Wegen was?«

»Weil er . . . an Verweis hat er kriegt. Gestern.«

»An Verweis?!«

»Der Vater werdn halt a bißl arg eingeschüchtert ham! Die Kinder nehma des manchmal sehr ernst, net. Und da habens Angst und machen alles mögliche.«

Grandauer fast ärgerlich, weil er ein Komplott ahnt:

»Ja, und was is jetzt? I versteh's allerweil no net.«

Bauriedl nützt, auch ein wenig im Hinblick auf Frau Grandauer, die Gelegenheit zu einer schönen Geste:

»Jetzt denk dir amal noch nix, Ludwig. Des krieg ma schon. – Daß ma vielleicht schon amal eine Beschreibung rausgehn lassen an die Polizeistationen, Herr Kommissär?«

»Des könnt ma auf jeden Fall machen, ja.«

Grandauer bremst die Aktivitäten eher, weil er es einfach nicht wahrhaben will:

»I mein, es is ja no gar net gsagt . . . wo will er denn hin, der Bua . . . ohne Geld und alles?! Oder? Agnes?!«

»Des hat mi ja eben so stutzig gmacht, woaßt. Weil er sei Sparbüchsn aa mitgnomma hat.«

»Sei Sparbüchs?«

»Wieviel warn da drin, ungefähr, Frau Grandauer?«

»Hatn ja sei Patenonkel vorgestern erst drei Mark neigsteckt! Und zuvor waren bestimmt aa scho zwoa, drei Mark drin!«

»Also, hungern muaß er amal net. Und zum Glück is Winter! Da brauchens Eahna, glaub i, koane allzu großen Sorgen machen, daß er in die Isarauen nächtigt.«

»Aber des kommt von dem, Agnes! Weil er die Kinder oiwei sovui Geld zuasteckt! Durch des kommas na auf solche Ideen!«
Bauriedl sagt ein wenig spitz und weiß sich damit von vornherein mit der Frau seines Kollegen einig:
»Meinst nicht, Ludwig, daß das auch noch andere Gründe haben könnte?«
»Aber wirklich, ja, Herr Bauriedl! – – Wissens, wenn er halt manchmal net gar so streng wär! Er moant's ja vielleicht net so.«
»Oiso, bittschön, Agnes . . . jetzt wolln ma daherin net . . . i muaß ja mei Arbat aa machn. Jetzt fahrst erscht amal hoam . . .«
Diese Ausflucht verbaut der Kommissär resolut:
»Die Arbeit da pressiert net a so! Der Bua geht vor! Sie können doch derweil alloa weitermachen, Bauriedl?«
»Selbstverständlich, Herr Kommissär. Wir sind ja im wesentlichen gar net so weit auseinander. – Kannst dich schon auf mich verlassen, Ludwig.«
Währenddessen bimmelt das Telefon. Bauriedl ist näher dran und nimmt es ab. Der Kommissär packt Grandauer aufmunternd an der Schulter:
»Des wär doch glacht, wenn wir den Saubuam ned finden täten.«
»Aber dann verzähl i eahm was, dem Bürscherl! Daß eahm Hörn und Sehng vergeht!«
»Na, Ludwig, des machst net! Von dem kommt's ja!«
So entschieden hat er seine Frau nicht oft im Ehestand erlebt. Noch dazu vor anderen. Er kann es nicht mehr zurechtrücken. Bauriedl ruft ihn ans Telefon. Er meldet sich:
»Grandauer! – Herr Dokter?! – Ja, grad hat's ma mei Frau . . . Bei Ihnen? In Griesbach?! – Mit der Eisenbahn! – Alloa? Ja, is denn das die Möglichkeit! – – An Moment, Herr Dokter, sie is nämlich noch da . . .«
»Was is, Wig? Wegam Benno?!«
»Er is beim Doktor Muggenthaler in Griesbach! Der Krüppl! Aber i hab ma doch scho so was denkt!«

Den unvorhersehbaren Folgen eines Schneeballs war es zuzuschreiben, daß der Doktor zwei Tage später erneut durch die Halle des Münchner Ostbahnhofs schritt. Neben ihm sein Patensohn Benno, der die Hand des Onkels immer fester ergriff, je näher sie anschließend der elterlichen Wohnung kamen. Daß man sich dort derweil auf ein festliches Abendessen vorbereitet hatte, für das die Gans, früher als geplant, ins Rohr geschoben wurde, war weniger im Sinne des Vaters, sondern mehr auf Betreiben der Mutter geschehen, die sich keinen freudigeren Anlaß hätte denken können als die gesunde Heimkehr ihres Buben. Mit Rücksicht darauf hatte sich auch Grandauer eine eingehende Behandlung von Bennos sittlicher Störanfälligkeit für einen günstigeren Zeitpunkt vorbehalten:

»Wo is er denn jetzt, der Kerl?«
»Ins Kammerl hat er si verdruckt! Studiern duat er!«
Der Doktor sagt lachend:
»Siehgst as: per aspera ad astra . . . heißt es bei die Lateiner: durch die Nacht zum Licht!«
Der Vater sieht es nüchterner:
»Aha, jawoi . . . des werd halten! Vo elfi bis Mittag!«
»Ich richt jetzt amoi schee langsam as Essen, daß ma ofanga könna, wenn er kommt.«
Und derweil sie hinausgeht, lenkt Dr. Muggenthaler das Thema auf öffentliche Angelegenheiten:
»Man weiß halt nie, wie viele Schneebälle sich da in so einem Menschenleben plötzlich zu Lawinen entwickeln. – Ihr habts ja grad noch so einen Fall in der Reißn. Mit dem Schutzmann. War doch auch ein Schneeball?«
»Vermutlich. Bewiesen is es nicht!«
»A komplizierte Gschicht! Nach dem, was Sie mir erzählt ham. Weil's so viele Gesichtspunkte gibt. Juristisch vielleicht noch am einfachsten: Je mehr Macht, um so mehr Verantwortung. Basta! Das is euere Hypothek, bei der Polizei! Für des habts ihr ja auch einen Säbel!«
»I hab koan.«
»Symbolisch ham auch Sie einen, mein lieber Ludwig. Aber jetzt kommt halt die menschliche Seite. Polizisten, heißt es, sind auch Menschen . . . mit einem Recht auf Unvollkommenheit. Und warum sollte denn das Schicksal, das sich doch reihenweise hochgestellter Persönlichkeiten . . . Politiker, Militärs, ja sogar Doctores wie mich, bedient, um Unglück in die Welt zu bringen . . . warum sollte es dabei ausgerechnet vor kleinen Subalternbeamten zurückschrecken . . . oder vor minderbemittelten Polizeichargen?! – War des jetzt net euer Türglocke, Ludwig?«
Grandauer holt tief Luft. Das, was sich damit ankündigt, hat er nur gebilligt, nicht gewollt:
»Ja, ja . . . des werd er scho sei. – Zur Versöhnung, hats gmoant, soll i'n eiladn. Naja . . . Frauen! San da komisch!«

Frau Grandauer hatte ihre Schürze in Erwartung des Gastes schon vorher abgelegt und war auch an ihrem Haarkranz lange genug tätig gewesen, um das Bestmögliche zustande zu bringen. Jetzt wagte sie keinen Blick mehr in den Flurspiegel, damit sie nicht wieder Zweifel überka-

men, und richtete ihre Aufmerksamkeit ganz auf die Begrüßungsworte, die sie in aller Unbefangenheit vorzubringen hoffte:
»– – Herr Bauriedl!«
»Gutn Abend, Frau Grandauer . . .«
»Gutn Abend, Herr Bauriedl. – . – . – Bittschön kommens doch herein.«
»Ich bin so frei . . .«
»Wenn Sie ablegen wollen . . . an der Garderobe . . .«
»Ich habe mir erlaubt . . .«
»Mei! – – Des hätt's doch net braucht! die schönen Blumen! – Herr Bauriedl!«
»Is doch seppverständlich!«
»Mei, jetzt bin i direkt . . . entschuldigens bitte – –! Ludwig!«
Grandauer, nicht ganz frei von Mißtrauen, hat sich der Szene bis an die Wohnzimmertüre genähert. Seine Frau flüstert ihm überwältigt zu:
»Blumen! – Vom Herrn Bauriedl! – – Also, i find den reizend!«

*

Der Schutzmann Benediktus Kaut wurde einige Monate später zu einer Geldstrafe von 200 Mark verurteilt und vorzeitig in den Ruhestand versetzt. Der Schuster Jablonka erhielt auf Grund der öffentlichen Beachtung, die sein Fall gefunden hatte, Arbeit in einer Schuhfabrik. Benno Grandauers schulischer Eifer war nur von kurzer Dauer. Und alle haben sie das Jahr 1905 überlebt.

Krise

München hatte zu dieser Zeit rund 545000 Einwohner; aber nicht in allen war das Verständnis für öffentliche Angelegenheiten schon so hoch entwickelt, daß sie von dem Ereignis am 13. November 1906 Notiz genommen hätten. Abgesehen von den kleinen Kindern, die es noch in ihren Windeln verschliefen, gab es ja auch bei den Erwachsenen verschiedentlich Lebensumstände, die ein Interesse für die Kultur nicht begünstigten. Ganz zu schweigen von Leuten, denen es an der rechten vaterländischen Gesinnung mangelte, so daß sie nicht einmal das persönliche Erscheinen des deutschen Kaiserpaares zu einer huldigenden Hinwendung hätte bewegen können. Im Gegenteil! Sie scheuten auch nicht davor zurück, ihren Mißmut über den kostspieligen Prunk und das hochtrabende Zeremoniell laut werden zu lassen, und ihre Empörung über die Selbstgefälligkeit, mit der sich die Durchlauchtigsten zu diesem Zwecke von Preußen allergnädigst nach Bayern herabließen.
Nichts gegen ein Deutsches Museum, konnte man sie sagen hören; aber wozu dieses Gewese, wenn es um nichts anderes geht, als den Grundstein dafür zu legen. Das Ende – nicht der Anfang – krönt das Werk.
Der Münchner Polizei war, wie üblich bei solchen Anlässen, die Aufgabe zuteil geworden, die Veranstaltung in geregelte Bahnen zu lenken, alles Anstößige aus dem Feld zu räumen und für den Schutz hoher und höchster Herrschaften Sorge zu tragen. Sie hatte, im ganzen gesehen, Hervorragendes geleistet. Kleinere Entgleisungen konnten polizeiintern bereinigt werden. Hierzu gehörte auch ein peinlicher Fall von Insubordination, in den sich der Kriminaloberwachtmeister Ludwig Grandauer verwickelt hatte. Der Hergang wurde in einem Beschwerdebrief des Sicherheitsbeauftragten Oberregierungsrat von Schleiß festgehalten, der an den Dienstvorgesetzten des insubordinierten Kriminalbeamten gerichtet war. Der Adressat, Kommissär Grüner, war indessen eher geneigt, der Problematik auf eine süddeutsche Art aus dem Wege zu gehen:

»Mein Gott, Grandauer, is denn das gar so schwer? – Gehns halt hin zu dem Herrn von Schleiß . . . denkens Eahna einfach das »l« weg und sagens: es tut Eahna leid!«
»Na. Entschuldigens, aber des siehg i net ei, Herr Kommissär!«
»Sie, gell . . . das is eine offizielle Beschwerde, und wenn der Mann genauso stur ist wie sie, dann hams in Nullkommanix a Disziplinarverfahren am Hals! --- Grandauer! Der saugt si des doch net aus die Finger! Oder wie erklären Sie sich das, was da steht: ,. . . wobei er den

endesunterfertigten Oberregierungsrat grußlos, und ohne ihm die gewünschten Auskünfte zu erteilen, stehen ließ und sich, ohne daß dies polizeilicherseits begründet war, aus seinem Aufgabenbereich entfernte.'«

Grandauer will, aber kann nicht verhehlen, daß es sich dabei um ein tiefgreifendes Erlebnis handelte:

»Des war so, Herr Kommissär: I bin . . . und was hoaßt Auskünfte?! – I hob auf der andern Straßenseitn . . . hob i wen gsehng ghabt. Hob i gmoant. Sonst nix.«

Grüner bedrängt ihn nicht, fragt nur nach einer Weile väterlich:

»Hams Probleme?«

»Nein! – – Keinerlei Probleme.«

»Sie können ganz offen mir reden, Grandauer. Ich mein, mir kennen uns jetzt lang genug, oder?«

»Nix . . . i wüßt net, über was. – – Alles in schönster Ordnung, Herr Kommissär.«

»Also, bitte . . . dann machens heut amal früher Schluß. Nehmens den Schrieb da mit heim und denkens bis Montag noch mal nach. Vielleicht hams eine Erleuchtung.«

Hätte jemand den Kriminaloberwachtmeister auf seinem Weg vom Stadtzentrum, wo sich die Königliche Polizeidirektion befand, heimzu nach Haidhausen beobachtet, so wäre ihm vielleicht aufgefallen, daß er seinen Gang mehr und mehr beschleunigte, je näher er seiner Wohnung kam; so, als ob ihn eine wachsende Unruhe dazu antriebe. Auch die drei Treppen hinauf zu seiner Wohnung nahm er in ungewöhnlicher Hast. Und dann stand er im Flur, wo ihm nicht wie sonst um diese Zeit der vertraute Lärm entgegenschlug. Nur sein Ältester, der Benno, saß in der Küche unter dem Gaslicht:

»Ah, du bist as! I hab gmoant, d' Mama is. Grüaß die Baba.«

Grandauer unterdrückt nur mühsam seine Erregung:

»Wo is'n d' Mama? Grüaß di.«

»I woaß net.«

»Hats gar nix gsagt?«

»Na.«

»So . . . aha! – – Dann woaß i ja Bescheid!« Und wo san die andern?«

»D' Mädi is in der Bibelstund, und da Adi is drunt im Hort.«

»Im Hort?! – – So! Na gehst jetzt nunter und holstn rauf! Der ghört net in' Hort! Ihr habts a Elternhaus! – – Saustall!«

Benno versteht nichts. Aber er ahnt, daß etwas Schlimmes passiert sein muß und gehorcht. Grandauer läßt sich noch mit Hut und Mantel am Küchentisch nieder. Sagt tragisch vor sich hin:

»Des hob i kumma sehng! – Die Schlampn, die hat des fertigbracht! Wia i's allerweil gsagt hab. I hab's ja kumma sehng! – – Aber für des hab i mi net aufgarbat! Und buckl mi ab! I Depp! Und die Madam treibt si derweil rum und macht an Hanswurschtn aus mir!«

Solche Fälle hatte er ja schon soundsooft mitansehn müssen. Um sie sich vorzustellen, brauchte er keine Phantasie. Durch seinen Beruf stand er ja mit der Kehrseite eines geordneten, gutbürgerlichen Lebens in dauernder Berührung. Und er wußte aus eigener Anschauung, wie verdammt schnell und unaufhaltsam der Weg nach unten führt, hat man ihn erst einmal eine Weile unbehindert beschritten.
Als seine Frau dann endlich nach Hause kam, hatte er sie schon so fest mit seinen schlechten Erfahrungen verstrickt, daß ihm alles, was er an ihr bemerkte, recht zu geben schien. Ihre Unschuldsmine, diese läppische Verlegenheit, das war alles nur angetan, um die Wahrheit zu verbergen. Aber er hatte ja gelernt, wie man ein Verhör führt, und er scheuchte davor nur noch die Kinder aus dem Schußfeld:

»So, und ihr bleibts jetzt solang in der Küch und rührts eich net raus, bis i's eich sag!«
»Mei, wenn i gwußt hätt, Wig, daß du heit früher hoamkommst . . . weißt, i hab . . .«
»Kumm rei ins Wohnzimmer! Weider! – – Daß ma's wenigstens die Kinder derspart! – – Mach die Tür zua! – – Der Kloa is im Hort . . . der ander hockt da und woaß net, wost bist! Koaner woaß was! I kim hoam . . . und die Madam luadert in der Stadt umanand! Sauberne Verhältnisse!«
» – – Du redst mit mir . . . wia mit deine Verbrecher!«
»Da drah i d' Hand boid nimma um! – Brauchst di bloß amoi in Spiegel schaugn, wiast ausschaugst! In deim Fetzn da . . . von deiner Zuchtl! Und soiche Ring unter die Augn! Den Typ kenn i! Die . . . die gibt's für a Fuchzgerl in der Müllerstraß!«
» – – Du bist so gemein, bist du, Ludwig! So gemein . . . daß du so was sagst!«
»Von was hod ma denn soiche Ring unter die Augn, ha?! – Des mecht i gern wissen!?«
»Mein Gott, was aus dir worn is! – Du siehgst bloß no die Schlechtigkeit in oim.«
»I siehgs scho so, wia's is! Und i dat's aa liaber anderst sehng! Des konnst ma glaubn.«
– – –
»Ludwig! Bittschön! – Jetzt bleib halt amal steh! – – Sitz di her da! Na red ma mitanand.«

»Laß mi aus! – – Die kenn i scho, eiere Weibertricks! Auf die fall i net rei!«

Man merkt, wie die Wut in ihr hochsteigt. Jetzt könnte sie auf ihn einschlagen. Aber sie schreit ihn nur an und rennt aus dem Zimmer:

»Dann machst, was d' magst! Werd selig du . . . du ganz unbarmherziger Kerl, du unbarmherziger!«

Sie möchte heulen. Aber sie kann nicht. Sie ist zu betroffen. Dann reißt sie plötzlich ihren Mantel vom Garderobenhaken:

»I mog nimmer! – – I mog nimmer! – – Und wenn i in am Kellerloch hausen müaßt . . . aber bei dem bleib i nimmer!«

Ihr Mann stand die ganze Zeit am Wohnzimmerfenster und rührte sich nicht von der Stelle. Er war wie angenagelt und sein Kopf wie ein aufgewühlter Bienenkorb; kein einziger Gedanke, der sich hätte fassen lassen, der ihn zu einem Entschluß befähigt hätte. Nicht einmal umdrehen konnte er sich, als nach einer Weile die Wohnzimmertüre aufging und der Benno ganz zaghaft fragte:

»D' Mama kimmt aber scho wieder, gell, Baba?«
» – – – Ihr sollts doch in der Küch bleibn, hab i gsagt!«
»Weils grad bei der Tür nausganga is . . . d' Mama.«

Die Stanglmänner, die allabendlich die Gaskandelaber anzuzünden hatten, waren schon auf dem Heimweg – der neuerbaute Tempel der Hygiene, das Müllersche Volksbad, hatte seine Pforten längst geschlossen und lag im Dunkeln – ein fader Südwind zog durchs Isartal stadtwärts, über die Kohleninsel hin, wo man vor fünf Tagen den Grundstein für ein Deutsches Museum gelegt hatte, rupfte den Fahnenwald und die Girlandenketten, die noch vom Kaiserbesuch hängen geblieben waren – als die Frau des Kriminaloberwachtmeisters Grandauer im Begriffe war, die Ludwigsbrücke zu überqueren.
Inmitten der Brücke blieb sie einmal kurz stehen, schaute, auf die steinerne Brüstung gelehnt, in den nachtschwarzen Fluß hinunter und war über sich selbst verwundert, daß ihr bei diesem Anblick mehr Trotz als Verzweiflung in den Kopf stieg. Und so faßte sie den Entschluß, noch nicht nach Hause zurückzukehren, sondern weiter durchs Isartor in die Alstadt zu laufen, wo sie eine gewisse Frau Fuchs anzutreffen hoffte, die dort nicht weit vom Königlichen Hauptmünzamt ihre Wohnung hatte.
Sie wußte, daß sie damit gegen den ausdrücklichen Willen ihres Mannes handelte, und nahm es in Kauf; denn sie konnte, im Gegensatz zu ihm, nicht nur Verwerfliches sehen an dem, was Frau Fuchs in ihr geweckt hatte.

*

Um das zu verstehen, muß man den Kalender von 1906 noch einmal um fast zwei Monate zurückblättern – zum Nachmittag des 21. September, an dem es in München ebenfalls ein kostspieliges, öffentliches Ereignis zu bestaunen gegeben hatte – unbestritten eines ohne jede kulturelle Bedeutung, aber von schöner Anschaulichkeit darüber, was bayrischer Fleiß und bayrische Faulheit in Idealkombination zu leisten vermochten.
Frau Grandauer war gerade, von »Gumpolds amerikanischem Zahnatelier« kommend, auf dem Heimweg nach Haidhausen, als sie in der Maximilianstraße plötzlich von einem Menschenstrom erfaßt und in eine Seitenstraße geschwemmt wurde, zur Rückseite des Münzgebäudes, wo die Leute schon zu Hunderten das leere Bett des Pfisterbaches säumten. Und sie fragte einen von den Umstehenden, den der Anlaß offenbar amüsierte:

»Entschuldigens, bittschön . . . wissen Sie vielleicht, was da los ist? Weil so vui Leut da san.«
»Eibrocha is worn! Ham Sie's net glesn? Gestern auf d' Nacht. Im Münzamt. 130 000 Goldfüchs hams rausgschleppt! 130 000!«
Und ein anderer Herr, gutbürgerlich wie der erste, ergänzt lachend die Auskunft:
»Goldstückl! Nagelneie! An ganzen Zentner! Aus am Kleiderschrank raus! Herrgottsakrament, des müassn da scho soichene Bazi gwesn sei!«
»Ham doch recht ghabt, Herr Nachbar! Wenn's eahna scho so bequem gmacht werd, oder?!«
Eine ihrer Garderobe nach wohlsituierte Dame in besten Jahren, etwas mollig und von feiner Blässe, fixiert Frau Grandauer schon eine ganze Weile. Jetzt kommt sie drauf:
»Die Stegleitner Agnes! Is sie's oder is sie's net?!«
Die Agnes weiß nicht, wo sie sie hintun soll:
»Ja . . . scho . . . «
»Gell, i hab ma's doch denkt! – Ja, kennst du mi nimmer?!«
»Im Moment wüssert i net . . . «
»D' Kellnerin vom Oberwirt!«
»Jessas na, d' Franzi! Freili! D' Reschreiter Franzi vo Bergham!«
»Also, i hab di glei kennt!«
»I war erst ganz . . . muaßt scho entschuldigen. Franzi, aber auf di hätt i jetzt net denkt! – Mei, wia lang is des her?«
»Zwölf Jahr amal gwiß. – Lebst du jetzt aa in München, Agnes?«
»Sechs Jahr scho. Du aa?«
»Seit Neunaneunzg.«
»Na! Jetzt so was! Die Franzi! – – Und fesch! Ja, sag amoi!«
»Man tut, was man kann.«
»Bist guat verheirat?«
»Verwitwet.«
»Ah geh . . . des duat ma leid.«

Die Franzi sieht es gelassener:
»Vierasechzg war er!«
»Ah so . . .«
»Vor drei Jahr. Im Dampfbad. Herzschlag, und aus war's.«
»Hat er wenigstens net lang leiden müssn.«
»Sag i aa. Und die Wohnung hab i bhaltn. Glei da vorn in dem gelben Haus. – Kumm halt amoi mit und schaug da's o!«
»Mei, i muaß ja hoam, Franzi!«
»Auf an Kaffee! Geh weider, jetzt dua net lang rum, Agnes, und kumm!«

Daß Frau Grandauer dann doch ihrer Neugier und nicht dem Pflichtgefühl gefolgt war, hatte sich gelohnt. Jedenfalls nach ihrem Dafürhalten. So eine Wohnung hatte sie noch nie betreten. Der Ludwig, ja, der kannte so etwas auch, von der Zylinderkriminalität. Aber da war dann gleich immer so viel Verachtung in seinen Erzählungen, daß sie sich nie ein richtiges Bild machen konnte. Jetzt sah sie es mit eigenen Augen. Das gab es also wirklich, und es gehörte einer ehemaligen Kellnerin vom Oberwirt in Bergham.

»Und das ist jetzt mein Salon! – Bittschön!«
»Mei! – Da traut ma si gar net nei . . . mit die Schuah!«
»Geh weider, des macht doch nix. I hab a Zugeherin. – Gfallts da, Agnes?«
»– – Glaubst, so was Scheens hab i no nia gsehng!«
»Aber ehrlich gsagt, i bin ja da aa bloß herinna in dem Salon, wenn i amoi an Bsuach hab. Sonst bin i lieber in der Küch.«
»Des is wia . . . in die Journale siehgt ma so was manchmal, gell? Mit soichene Quastln an die Vorhäng. – – Und die Lampn!«
»Lüster, hoaßt mas. – Vollelektrisch!«
Und die Franzi geht an die Schalter, um ihr das Wunder vorzuführen. Agnes ist geblendet:
»Mei . . . und erst bei der Nacht! Des muaß a Gfühl sei!«
»– – Er war a Privatier.«
»Dein Gatte?«
»Ja. – Magst zuvor an Likör?«
»Um Gods willn na, am helliachtn Dog!«
Franzi läßt sich nicht abhalten. Die Kristallkaraffe steht ohnehin zum Kredenzen bereit:
»Geh, jetzt stell di doch net so o, Agnes! Du warst doch frühers aa net so!«
»Früher, mei . . . Da war ma noch jung, Franzi!«

»I sag immer: man ist so jung, wie daß man sich fühlt! – Kumm, sitz di nieder.«

»Bin so frei. – – Aber durch'n Ludwig, woaßt . . . er is halt doch mehr a bißl sehr ernst. Net so, wia mir warn. – Scho a guter Mann. Herzensgut! Und für sei Familie . . . da daat er ois! Der trinkt net und raucht net und . . . Er is die Zuverlässigkeit in der Person. Da gibt's gar nix.«

»Also dann . . . Prosit Agnes. Auf unser Wiedersehn!«

»Mei, soll i jetzt wirklich? Oiso, dann sag i halt: Vergelt's Gott! Prost, Franzi! – – Ah! Der is fei stark! Aber schee süaß!«

Die Franzi hat ihr anfängliches Gehabe nun ganz abgelegt und gewinnt durch ihren Bauerncharme:

»Also, i muaß mi direkt stauna, Agnes! Du siehgst allerweil no grad a so aus wia damals!«

»So dünn, moanst, gell?! – I woaß aa net . . . an mi wachst einfach nix hi!«

»De Sorg hab i jetzt wieder weniger.«

»Sei doch froh, Franzi. Du warst ja oiwei scho eher ziemlich stark, gell?«

»Und durchs Korsett, woaßt, schopf i hübsch was zum Busen nauf. Na druckt's den raus. Schau her. Alles Beschiß! Aber die Mannsbilder machan soiche Augen!«

»Wia du des sagst . . . i kannt lacha!«

»An jedn sag i's net. D'Wirt verkaafa as Bier ja aa mit'm Schaum! Prost, Agnes!«

»Net so gschwind! Der steigt ma ja in' Kopf.«

»Macht nix! Vo dem kriagst scheene Augn!«

»Der Ludwig, der spannt des doch glei . . . als a Kriminaler!«

»Dann sagst eahm halt, des is vom Zahnarzt . . . des Mittel, wo er dir gebn hat!«

»Oiso, Franzi, woaßt! Du bist vielleicht a lüagats Luader! – Von dir, moan i, kaannt ma allerhand lerna.«

Zunächst schien es so, als ob Frau Grandauers Bedenken unnötig gewesen wären. Ihr Mann traf erst lange nach ihr zu Hause ein, und sie konnte ihm wie gewöhnlich das Gefühl vermitteln, daß sie auf ihn gewartet hatte. Sogar das Zeitungspapier war schon bereitgelegt, wenn er – wie auch dieses Mal wieder – mit schmutzigen Stiefeln heimkam. Aber da war etwas anderes, worüber er sich von ihrer Betulichkeit nicht hinwegtäuschen lassen wollte:

» . . . wiaso ham die Kinder net rei kenna, wias von da Schui hoamkemma san?«

»Warum? – Wer sagtn des?«

»D' Hausmoasterin hat ma's grad higriebn!«

»I war doch beim Zahnarzt, heut. Hab i dir doch gsagt, Wig. – Riacht ma des net . . . aus'm Mund?«

» – Da muaß ma halt na irgendwo an Schlüssel hinterlegn, net. – Was machtn des für an Eindruck, wenn d' Kinder auf d' Nacht no auf der Straß san . . . weils net in d' Wohnung kenna!«

»Mei, des kann doch amoi passiern! – – Dei Hosn is aa ganz voller Dreek! Schau her, bis nauf! Ziags glei aus, na dua i's in d' Wäsch!«

»Ja, ja . . . des muaß aa ois glüft wern. Der Mantel . . . ois stinkt nach dem Schlamm!«

» – – Was war denn?«

Er folgt ihr ins Schlafzimmer, wo sie erneut das schlechte Gewissen zwickt:

»Jessas na! Da hab i heut no gar net aufgräumt!«

»Des siehg i! – – Und allerweil die Schranktürn offen! Daß d' Mottn neikemma! – – Daß eich ihr des net abgwöhna könnts?! – – Genauso wia d' Schubladn! Der Benno und d' Luise und du! Die wern alle rauszogn, und dann werd drin rumgwühlt . . . und na bleims offen steh! – – Es is eigenartig!«

»Bist recht grantig?«

»Da bin i gar net grantig. In keiner Weise. I sag bloß: eigenartig. Weil i des halt net begreif, so was.«

» – – Übrigens, was war denn da los heit, Wig . . . beim Münzamt? Weil sovui Leit umanandgstandn san. A Einbruch hams gsagt.«

Grandauer entledigt sich erst seiner Hose, bevor er ihr Auskunft gibt. Dann, auch er, nicht ohne Schadenfreude:

»Unser neuer Herr Polizeidirektor ist auch höchstpersönlich durch den Schlamm gewatet! Das war schon ein erhebender Anblick! Der Herr Freiherr von der Heydte . . . in der Arbeiterjoppe! Um sich selbst davon zu überzeugen, wie es geschehen konnte.«

»Warst du am End aa dort?«

»Freili. Die halbe Kriminalschutzmannschaft war dort. – – – Net zum glaubn! Nicht zum glauben! Die Kerl ham des derartig raffiniert gmacht, die Einbrecher! Die san durch den laaren Pfisterbach . . . weil doch grad Bachauskehr is . . . sans durch und übers Wasserradl . . . wo die Prägemaschinen sonst otreibt . . . über des sans naufklettert . . . durch a Lukn durch . . . a Brettl mit vier Schräuberl! Daß d' bloß mit'm Dauma hidrucka brauchst, na fallts da auf'n Kopf! Und vo da war's na grad no a Spaziergang bis in' Justierraum. – Aber was jetza kummt, is ja das Allerschönste: Weils zu faul warn, die Herrn Münzbeamten, daß' die Goldfüchs über Nacht in ihrn Tresor sperrn . . . wia's aa vorgschriebn is . . . ham sie's in' Kleiderschrank neigstellt! In am Waschschaffel! 130 000 Goldmark!«

»Na?! – – Aber des muaß doch oaner gwußt ham, wia's da zuageht!?«

»Natürli, des liegt doch auf der Hand. Und wenns bei uns drin net so stur waarn . . . mei Chef hat völlig recht: Mit dem neuen Fingerabdruckverfahren hätt mas vielleicht scho längst überführt! – Machas ja anderswo aa. Sogar bei die Preißn drobn! – Aber nein, der Herr Oberschlauberger vom Dienst wühlt liaber im Schlamm herum und tut den Abdruck eines Gesäßes vermessen!«
»Wia?! – Da war richtig a Duin im Schlamm, von am Hosnbodn?!«
»Ein Gesäß! Aber so schmal! Wia a Brotlaiberl! Und mit dem is eahna na wenigstens der Beweis gelungen, daß es sich bei dem Täter unmöglich um einen Königlich Bayrischen Beamten handeln kann . . . weil, die ham für gewöhnlich broadere Arsch!«

Vielleicht wußte die Agnes selber nicht so genau, warum sie ihren Bericht über die ehemalige Kollegin Franziska Reschreiter, verwitwete Fuchs, bis zum folgenden Samstagabend zurückgehalten hatte, an dem es bei den Grandauers zur Tradition geworden war, daß man die große Zinkwanne aus der Rumpelkammer in die Küche holte, um darin dem Hausvater, und hinterher gelegentlich auch noch dem einen oder anderen Familienmitglied, ein Vollbad einzulassen.

»Probier amoi, Wig, ob's da recht is as Wasser?«
»Au! Ah! Du bist ja net gscheit!«
»Wart, na dua i no a bißl a koids nei. – – Ja, und stell dir vor: Bei dem wars na vier Jahr lang als Dienstmadl ogstellt, die Franzi . . . und dann hat ers gheirat!«
»So . . . hod er. – Jetzt dua halt weider, Agnes! Wenn i scho do steh . . . interessier i mi doch net für die Leit!«
»Ma sagt ja bloß. – Jetzt probier's amoi, Wig. – – Geht's jetzt?«
»Ja, ja . . . geht scho, einigermaßen. – Geht scho. – – Ah . . . is das eine Wohltat!«
»A Privatier war er! – Jetzt is sie natürlich fein raus, mit dem was er ihr ois hinterlassen hat, der oide Dattl. – Kumm, i seif die glei a bißl ei, am Rücken. – – – Ein Leben hat die! Da san mir ja direkt Grattler gega die!«
Seine Einwände verlieren sich vorübergehend im Wohlbehagen:
»Agnes! – Net . . . des kitzelt doch!«
»A Kriminaler muaß des scho aushaltn.«
– – –
»Hörst auf, Agnes! – Was duast denn do?!«
»I? – – Hab i da was do?!«
»Geh zua! Die Kinder wenn reikomma! – Des muaß ja net sei.«
– – –

»Und so was von unternehmungslustig wia die is, die Franzi! Ins Theater gehts! Und im Fasching auf sämtliche Redouten! Im Café Luitpold is' aa scho gwesen. Und in dem neuen Weltkinematographen in der Kaufingerstraß!«
»Lauter so Firlefanz! Daß dir so wos imponiert?!«
Die Agnes hustet manchmal, aber nicht so, daß man gleich an etwas Ernsteres denken muß:
»Der Dampf daherin . . . Woaßt, i möcht ja des gar net ois, was die hod, d' Franzi. Aber oamoi . . . irgendwos! – Glaubst, der Dampf . . . der kratzt mi dermaßen!«
»Schaug liaba, daß d' dein ewigen Huastn loswerst!
»Daß ma wenigstens amoi zu die Volkssänger geh. Oder ins Apollo.«
»Ja, freili! In so an Bums!«
»Für di is oiwei ois a Bums! Dabei waar's für di aa guat . . . amoi a bißl a Abwechslung.«
»I hab ma Abwechslung gnua in mein Beruf!«
»Ja, du! – – Jetzt lebt ma schon in so a großen Stadt . . . und war no net amoi im Botanischen Garten!«
»Du, Agnes, gell . . . wenn die fei nix anders net kann, als wia daß dir Flöh ins Ohr setzt . . . auf so an Umgang kannst verzichten! Mir ghörn net zu dera Lebewelt! I bin koa Privatier!«

*

Es hatte starke Herbststürme gegeben, und in der Budenstadt draußen auf der Oktoberwiese sah es eine Zeitlang ziemlich schlimm aus. Es hätte auch beinahe einen Streik der Wiesnkellnerinnen gegeben. Er ließ sich zum Glück abwenden. Etwas viel Einschneidenderes aber ließ sich nicht mehr abwenden: die Bierpreiserhöhung! Sie blieb auch, als die Stürme vorüber waren.
Dann wurde es noch einmal so, wie es sich für den bayrischen Oktober gehörte. Eine Wärme, ein Licht, eine Verführung! Auch Franziska Fuchs hatte die Fenster weit geöffnet, während sie die Frau Grandauer für ein Abenteuer ausstaffierte, mit einem Kleid und einem Hut aus ihrer eigenen Garderobe; Stücke, die sich schon bewährt hatten, bei Nachmittagskonzerten im Café Luitpold.

» . . . in der Läng wär's jetzt richtig, Agnes. Geh amoi vorn Spiegel.«
» – – – Na! Geh zua, des konn doch i unmöglich oziang, so a Kleid!«
»Warum denn net?!«
»Des is doch viel zu elegant für mi!«
»Du bist a Botsch! Freili kannst des oziang! Steht dir doch wunderbar zu deim Gsicht und zu deine Haar!«

»Aber so moger, wia i bin! – – Na . . . i ko mi gar net sehng, Franzi!«
»Muaß ma halt a bißl was oben neistopfn. Kann man doch alles.«
»Oder, daß ma mit am kloana Abnäher . . . wenigstens vorn rum, woaßt.«
»Daß der Busen scheener rauskommt!«
»Mei, du bist leicht a Luada, Franzi! I kannt mi über di amüsiern!«
»Hätt ma's net, dann tät ma's net!«
»Der Ludwig wann mi so sehng dat! Und mit dem Federhuat! I glaub, der jagert mi davo!«
»Dann hast d' an schlecht zogn. Die san doch allesamt wia die Kinder. Ma muaß eahna's bloß glei von Anfang an beibringa, wia ma's gern hätt. Beim ersten Laib Brot! Danach is' z' spät! Woaßt, der mei hätt des scho aa probiert. Der hat aa gmoant, er bräucht mi grad fuadern, na sing i wia a Zeiserl. I hab eahm aber was pfiffen! Und auf amoi hat *er* gsunga. In die höchsten Töne!«
»Oiso, Franzi . . . vo dir, moan i, ko ma wirkli wos lerna!«

Danach, auf dem kurzen Weg vom Hofgraben in die Brienner Straße, quälte Frau Grandauer immerfort die entsetzliche Vorstellung, sie könnte, wie es der Teufel will, ihrem Gatten begegnen. Frau Fuchs indessen schritt selbstbewußt neben ihr her und genoß die Blicke der flanierenden Lebegreise, die allerdings weniger ihr als ihrer Freundin galten.
Dann betraten die beiden Damen den Cafépalast, der mit allerhöchster Genehmigung den Namen des bayrischen Prinzregenten führen durfte. Er gehörte mit Recht zu den berühmtesten Etablissements von ganz Europa, und die Frau des Kriminaloberwachtmeisters, die ihn bis dahin nur von außen – und auch das nur aus respektvoller Distanz – betrachtet hatte, sie wurde nun im Inneren von einem beinahe religiösen Schauer erfaßt, so daß sie sich eine Weile gar nicht von der Stelle rühren konnte – gebannt von einem Wald schwarzer Marmorsäulen und Pilaster, die im elysischen Licht unzähliger elektrisch gespeister Glühfäden schimmerten. Decken und Wände waren mit den üppigsten Allegorien bemalt – da ein geflügeltes Kind in rührender Nacktheit, von Raben umkrächzt – dort zwei Liebende von Wonnewolken emporgehoben – und immer wieder Szenen der Fülle und Fruchtbarkeit, eines Daseins ohne Widerstände, wie es später der bayrische Landarzt und Dichter Hans Carossa formulierte.
Ohne den erfahrenen Beistand der Freundin hätte die Agnes hier niemals Platz genommen, ja, sie hätte vielleicht noch nicht einmal in den lautlos dahinschwebenden, schwarzgekleideten Elfen die Kellnerinnen erkannt, von denen sie aus eigener Anschauung heraus bislang ja ein ganz anderes Bild haben mußte.

»Mei Franzi . . . i bestell da so einfach a Portion Schoklad! Was magn die kostn?!«
»Agnes, bitte . . . i hab dir doch gsagt, du bist mein Gast, net!«
»Na, des kommt gar net in Frage! Des nimm i net o!«
»Staad bist! Und mach mi net fuchtig!
Das Orchester stimmt sich ein. Franzi wendet sich den Künstlern zu:
»Du, der Geiger von der Kapelle . . . ist ein Ungar! Muaßt amal genau auf dem sein kloana Finger schaugn!«
»I bin noch ganz durchanander . . . «
»Der Ring, den wo der da dro hat . . . ist ein lupenreiner Brillant. Von zwei Karat! Hab i in der Zeitung glesen.«
Agnes wird plötzlich bleich. Krallt vor Entsetzen Franzis Arm:
»Um Himmels willen! Net umdrahn! Bleib so!«
»Was is denn?«
»Mein Gott . . . was dua i denn jetzt?«
»Dei Mann?«
»A Kollege vo eahm . . . a ehemaliger!«
»Moanst, daß er di kennt?«
»Freili! – I muaß furt! Wo geht's 'n da naus?«
»Schmarrn! Duck di halt hinter mi! – Welchener is'n? Der Große?«
»Neben der Säule der.«
»Is das ein schöner Mensch! Kruzitürken! Vor dem laufert i net davo.«
»– – – Aus is'! Jetzt hod er mi gsehng. I kunnt in' Boden nei versinken!«
Es handelt sich um Herrn Bauriedl, der sein Äußeres noch weiter in Richtung »Mann von Welt« entwickelt hat:
»Das ist ja doch die Frau Grandauer . . . gell?! Ich hab sie im ersten Moment jetzt gar nicht gleich erkannt!«
Agnes, in ihrer Erstarrung, haucht nur:
»Grüß Gott, Herr Bauriedl . . . «
»Mein Kompliment! Sie schaun bezaubernd aus.«
»Sinds auch a bißl da herin?«
Er stellt sich mit eleganter Verbeugung vor:
»Bauriedl.«
»Die Dame ist eine Freundin von mir.«
»Fuchs mein Name.«
»Sehr angenehm. Ich will die Damen aber nicht inkommodieren.«
Franzi beeilt sich, ihn von diesem Irrtum abzubringen:
»Nein, bittschön, gar nicht. Im Gegenteil, wenn Sie nichts anderes vorhaben, dann würden wir uns sogar freuen . . . gell, Agnes?!«
»Ja, freilich . . . sehr.«
»Dann darf ich mir erlauben . . . also, das ist wirklich eine nette Überraschung! – – Wie lang ist das jetzt her, daß wir uns nimmer gesehen haben, Frau Grandauer?«

»Im Jänner werden's zwei Jahre.«
»Wie Ihr Bub damals durchgebrannt ist . . . zu seinem Onkel aufs Land. Da war ich dann hinterher zum Abendessen bei Ihnen. Nachdem er wieder daheim war. Eine Gans hat's gegeben . . . mit exellente Knödl! Und ein Blaukraut!«
»Das wissen Sie noch alles?«
»Sie waren eine so bezaubernde Gastgeberin. Dann merkt man sich das.«
»Und Sie haben mir die wunderschönen Blumen mitgebracht.«
»Das wissen Sie also auch noch.«
»Nelken waren's. Rote.«
»Rote, ja. – Es hätte auch gelbe gegeben, in dem Laden. – Aber ich hab lieber die roten genommen.«

Die Franzi nützt die Pause, um auch etwas beizutragen:
»Der Geiger ist ein Ungar.«
»Ein Ungar, ich hab's gehört, ja. Sehr bravourös, der Mann.«
»Und Sie sind jetzt nicht mehr bei der Polizei, Herr Bauriedl? Hat mir mein Mann erzählt . . . «
»Nein, schon seit einem Jahr nicht mehr.«
»Sehns ihn auch gar nicht mehr . . . meinen Mann?«
»Nein, leider, ich hab eigentlich . . . also, dadurch, daß ich diese Position jetzt übernehmen mußte . . . durch einen Onkel von mir . . . «

Die Agnes entspannt sich und überläßt ihn der Franzi:
»Darf man fragen, in welcher Eigenschaft Sie jetzt . . . tätig sind?«
»Im bayrischen Reisebüro von Schenker. Gleich vorn am Promenadeplatz.«
»Ach, was' net sagen! Da hätt ich Ihnen ja vielleicht sogar sehen können, heuer im Sommer, wie ich a paarmal davor gestanden bin, vor dem Reisebüro?!«
»Jaja, durchaus. Ich bin da normalerweise sehr oft drin zu sehen.«
»Mein Gott, reisen . . . das wäre ja meine ganze Passion! Ehrlich wahr!«
»Und was hält Sie davon ab, gnädige Frau?«
»Ach, als Dame allein . . . ich bin Witwe, wissen Sie . . . und das macht dann auch keinen sehr guten Eindruck.«
»Heute nicht mehr. Das ist lediglich eine Frage, in welcher Klasse daß man reist. Und in den gehobenen Klassen . . . Sie glauben nämlich gar nicht, wie viele alleinstehende Damen . . . ich habe da gerade einer Witwe . . . aus bester Gesellschaft . . . eine Reise um die Erde vermittelt.«

Die Damen sind perplex:
»Ganz rum . . . um die Erde?!«
»Mit was fährt man denn da?«
»Mit dem Schiff.«

»Und wie lang dauert so was?«
»Zweihundertfünfundzwanzig Tage.«
Agnes lacht und sagt geradeheraus:
»Z' doa derf oaner da aber nix ham! Zu tun . . .«
»Nein . . . also Zeit braucht ma schon.«
»Und was kostet so eine Reise?«
»11600 Mark«
Die Agnes kann es nicht fassen:
»11600 Mark! Da kriagt ma ja ganz Haus für des!«
»Allerdings. Aber das hat die Dame bereits . . . nehme ich an.«
»Leut gibt's, die ham einfach ois, gell.«
Und wieder überläßt sich Bauriedl seinem Hang zur Galanterie:
»Wer weiß, vielleicht tät die Dame ganz gern mit Ihnen tauschen, Frau Grandauer. Wenn Sie dafür auch so bezaubernd ausschaun würde wie Sie.«
Agnes wird verlegen:
»Gehns, Herr Bauriedl . . . jetzt hörns aber auf! Des is doch net wahr.«
»Pardon . . . ich wollte Sie nicht in Verlegenheit bringen. – Aber wahr ist es trotzdem.«

Am Abend, nach dem Besuch im Café Luitpold. Grandauer ist später heimgekommen als seine Frau. Alle Spuren sind bis dahin verwischt. Daß er nicht freudiger ist, hat andere Gründe:
»Mei, i bin halt müad. Des is doch koa Wunder. – – Von sechse in der Früah . . .«
– – –
»Der riacht scho wieder so . . . dei Mantl . . . so süaß! – Dei Anzug aa. Da hebt's mi glei!«
»Des woaß i scho. – – I riach's aa net gern. Aber wennst fünf Stund in a Wohnung bist, wo a Mo sei Frau und seine zwoa Kinder mit'n Hackl derschlagen hat, na riacht ma halt nach dem. – – Und net nach Patschuli.«
»Mein Gott! Des is ja grausam!«
»Ja, grausam . . . das ist die Welt! – Grausam!«
»Und i hab gmoant, du hättst no mit die Münzräuber zu tun.«
»Die eleganten Sachen machen derweil die andern. Die, wo groß in der Zeitung rauskemma. – Morgen früah konnst as lesen: Münzräuber gefaßt! Auf Grund der bekannten fieberhaften Tätigkeit! Und in mühseliger Kleinarbeit! Dabei hams bloß an Huat aufhalten müassn, solang, bis eahna die Äpfel einigfalln san!«
»Ham sies erwischt?«
»A achtzehnjährigs Bürscherl, a Hilfsarbeiter vom Münzamt, hod's

eigfadelt . . . und a Soldat vom Bekleidungsdepot hat den Zentner Gold außigschleppt! Alloa!«

»Der mit dem schmalen Hinterteil?«

»A Grischperl! Und a soichene Energie! – Wenns mit der was Bessers ogfangt hätten, waarns fein raus, die saudumma Teifin, die!«

Man hört sie schon eine Weile rumtoben, den Benno und seinen kleinen Bruder Adolf. Jetzt kommen sie in die Küche, wo sich Grandauer inzwischen niedergelassen hat. Benno trägt den Federhut auf dem Kopf, den sich seine Mutter für den Nachmittag ausgeliehen hat:

»Grüaß die, Baba!«

»Was hastn du da für an Huat auf?!«

»Ich bin eine feine Dame, schaugts her!«

Agnes reißt ihm den Hut herunter:

»Gibstn sofort her! Wenn der kaputtgeht!«

»Wem ghörtn der?«

»Unter der Mama sein Bett war er.«

Agnes, auf diesen Schock nicht vorbereitet, sucht Zeit zu gewinnen:

»Jetzt verschwinds! Weiter! Naus mit eich! – – – Des is a so, Wig . . . der is von der Reschreiter Franzi . . . der Huat. – Jetzt hoaßts ja Fuchs . . . woaßt as scho.«

»Ja und? – – Was duast na du mit dem Ditschi?«

»Sie hat man zum Richten, hats man gebn. – – Weils Futter innadrin . . . da schau her!«

»Du bist doch net dera ihr Putzmacherin, oder?!«

»Des net, freili. Aber i hab ma halt denkt . . . wenn i an ganzen Dog alloa bin . . . und die Kinder san in der Schui . . .«

»I mog des net, daß du für anderne Leit arbast! Als Frau von am Polizeibeamten! – Des hob i dir scho amoi gsagt! Und für de scho überhaupts net!

»Aber du kennst as doch gar net, die Franzi!«

»Ja ja . . . da brauch i mir bloß den Huat oschaung! Na woaß i scho Bescheid! Soiche laufan gnua rum und stehln am liaben Herrgott an Dog!«

*

Der Oktober war vorüber – und während die beiden Münzräuber Willi König und Willi Ruff im Untersuchungsgefängnis noch auf ihre Aburteilung warteten, hatte der Schriftsteller Dr. Ludwig Thoma draußen in der Haftanstalt Stadelheim die ersten zwei Wochen – von insgesamt sechs – bereits abgesessen, die ihm ein Münchner Gericht als Strafe für die Beleidigung von Vertretern des Sittlichkeitsvereins zuerkannt hatte.

Etwa zwei Wochen waren auch über Frau Grandauers gewagten Auftritt im Café Luitpold vergangen, ohne daß ihr Mann etwas davon bemerkt hatte. Und sie war nun, nach dieser Erfahrung, eigentlich eher gesonnen, dem häuslichen Frieden den Vorzug zu geben gegenüber solchen heimlichen Abenteuern, die nur Gefühle weckten, Bedürfnisse, die sich mit ihrem Dasein nicht vereinbaren ließen. Das konnte sich die Franzi erlauben, die niemandem Rechenschaft schuldig war und nicht ängstlich fragen mußte, was eine Portion Schokolade kostete.

Frau Grandauer hatte sich deshalb für eine Weile von ihr zurückgezogen, in der Hoffnung, die Freundin würde auf das hin an ihrem Lebenswandel weniger Anteil nehmen. Und jetzt saß sie halt doch bei ihr im Wohnzimmer, hatte den Weg nach Haidhausen nicht gescheut – nur um ihr eine Freude zu machen:

»... aber daß d' so gar nichts mehr hast hören lassen von dir ... du untreue Seele!«

»Mei, woaßt as scho, wia's is, Franzi. Der Kloa, der Adi, hat d' Mumps ghabt. Da hab i'n aa net alloa lassn woin. Es is halt oiwei wos daherkema!«

Die Franzi bereitet die Botschaft mit geheimnisvollem Lächeln vor:

»Er hat nämlich jedesmal nach dir gfragt!«

»Wer?«

»Der Herr Bauriedl!«

Agnes gibt sich unbeeindruckt, aber nicht überzeugend:

»Geh ... der Herr Bauriedl?!«

»Jedesmal!«

»Wieso? Hastn du gsehng?«

»Im Luitpold. Einmal war ich auch bei ihm im Reisebüro. Und jedesmal hat er nach dir gfragt.«

»Warum solltn der ausgerechnet nach mir ... der werd halt allgemein gfragt ham.«

»Nana ... net allgemein. Ganz angelegentlich hat er gfragt: ,Wie geht's denn Ihrer bezaubernden Freundin? Kommts nicht wieder amal mit'!«

»Geh, vazähl ma doch nix! –– Der Herr Bauriedl!«

»Mei, Agnes, bist du a Botsch! Hast du des net gspannt, damals ... wia di der ogschaut hat?! Der war doch total verschossen in dich!«

»In mi?! – Verschossen?! – Oiso, Franzi, jetzt spinnst!«

»Wenn i da's sag! Und auf des kannst dir fei scho was einbildn! Wenn so oaner wia der ... so ein fescher Mann ... und so ein gebildeter Mann! Aber fei ehrlich, Agnes!«

Man hört, daß draußen jemand die Wohnungstüre aufsperrt und in den Flur kommt. Agnes erschrickt etwas:

»Jessas na! Is des scho der Ludwig?! – – I sag einfach, du bist grad so vorbeikemma, gell, weilst . . . in der Gegend warst.«
Darauf die Franzi ziemlich spitz:
»Ich kann ja auch gehn, wenn ich deinem Gatten nicht willkommen bin!«
»Net so, Franzi . . . woaßt, er is halt da oft amoi a bißl . . . i hab d'as ja gsagt. – Jetzt bleib amoi da, i mach des scho . . . «
Sie nimmt einen Anlauf und geht mit aufgesetzter Unbekümmertheit in den Flur:
»Grad hab i mir denkt, da is doch wer komma! Bist aber heit früah dro. Grüaß di, Wig!«
Er nimmt das Bussi nur flüchtig entgegen, weil er von etwas Aufregendem erfüllt ist:
»Mei Reisetaschn . . . grüaß di, Agnes . . . werd auf'm Dachbodn sei, oder? Die brauch i nämli! Mei Reisetaschn!«
»Warum, zu was?!«
»Weil i morgen in der Früah nach Nürnberg muß. Mit'm Zug!«
Das ist schon etwas:
»Nach Nürnberg?«
»Bis zum Freitag. Dienstreise! Dua ma na glei ois zammrichtn, bittschön! Waschzeug und so weiter!«
Agnes, mit einem winzigen Nebengedanken:
»Bis Freitag! – So lang!?«
»Weils wieder amoi koan andern net gfunden ham, wia mi! – – Wem ghörtn der Mantel da an der Garderob?
Sie flüstert, ein wenig mit schlechtem Gewissen:
»Ah so, der . . . die Franzi is vorbeikommen. Unverhofft! I hab's ja selber net gwußt. – Sag ihra halt schnell Grüaß Gott. Sie geht ja glei wieder.«
»Da leg i gar koan Wert, auf dera ihre Bekanntschaft! Nicht den geringsten!«
»Jetzt sei halt net so, Ludwig! Weißt, sie schaut vielleicht a bißl aufgedonnert aus . . . aber sonst is sie eine Seele von einem Menschen. Jetzt komm halt mit nei!«
Er folgt ihr mit finsterem Gesicht. Die Franzi spürt gleich, daß es ihr gilt. Alle sind sehr verkrampft:
»Also, Franzi, das ist jetzt mein Gatte! – Ich hab dir ja schon von ihm erzählt . . . «
»Grüß Gott, Herr Grandauer.«
»Grüß Gott.«
»Frau Fuchs, heißts jetzt. – Frühers amoi die Reschreiter Franzi . . . vo Bergham. – – Mei, gell . . . wo ma so viele Erinnerungen hat. Scheene und weniger scheene . . . «
»Ja ja . . . «

Die Franzi macht einen Kräuselmund und sagt beleidigt:
»Aber ich will jetzt nicht mehr länger störn . . .«
Grandauer bestärkt sie noch, indem er ihr seine Weltläufigkeit kundgibt:
»Duat ma leid, aber ich muß morgen auf eine längere Dienstreise! Nach Nürnberg. Und da is noch allerhand zum richten davor.«
»Ja ja . . . ich reise auch sehr oft. – Und in Nürnberg war ich auch schon!«

Als sich die beiden Frauen anschließend an der Wohnungstüre verabschiedeten, war der Frau Fuchs keine Kränkung mehr anzuspüren. Dafür hatte sie ein auffallendes Mitgefühl in ihrem Ausdruck, eines, das ihre ganze Hilfsbereitschaft verlangte:

»Mei, Kindl, da hast freilich an schweren Stand, bei dem Mann.«
»Derfst as eahm bittschön net übelnehma, Franzi. Woaßt, er is halt jetzt in Unruhe wega seiner Reis.«
»Man muß halt als Frau manchmal a bisserl schlauer sein . . . wenns moanan, *sie* waarn die Stärkeren, gell?! – – Morgen bist ja alloa, Agnes. Kimmst zum Kaffee zu mir. Sagn ma, um drei. – Vielleicht kann ich dir a kleine Entschädigung bieten!«
»A Entschädigung? Wiaso, wia moanstn des?«
Schon ein paar Treppen tiefer, bleibt die Franzi nochmal stehen und raunt zu ihr hinauf:
»Unverhofft kommt oft!«

Und so kam es dann auch – wenngleich nicht völlig unverhofft. Es war ja bis zum verabredeten Zeitpunkt noch genügend Zeit verblieben; der einen, um es zu ahnen, der anderen, um es zu arrangieren:

»Komm nur rein, Agnes . . . und schau, wer da is!«
»Warum, wer is'n da? – Keine Ahnung.«
»Ein ganz lieber Besuch!«
Dann führt sie die Freundin in den Salon, wo die »Entschädigung« schon wartet:
»Die Herrschaften kennen sich ja!«
»Grüß Gott, Frau Grandauer!«
»Herr Bauriedl! Grüß Gott . . .«

Nur um ein paar Jahre älter als die Agnes und zum kampflosen Verzicht auf männliche Beachtung von Natur aus ungeeignet, hatte sich die Franzi in dem Fall ohne Bedauern auf die Mutterrolle eingelassen, und sie war glücklich, als sich die Kinder allmählich aus ihrer Befangenheit lösten. Sie hatte dazu auch hinlänglich mit Kaffee und Likör beigetragen, bis sich Herr Bauriedl – der sich wider Erwarten korrekt, ja, fast schüchtern gab – endlich mit seiner Idee hervorwagte:

»... ich dachte nur, weil Sie gesagt haben, Sie würden amal gern ins Gärtnerplatztheater gehen, Frau Grandauer.«
»Na, bittschön, hörns auf, Herr Bauriedl! Da derf i gar net dran denken.«
»Und das ist nämlich noch dazu die Münchner Erstaufführung! Im Oktober rausgekommen!«
»Hörns auf, hörns auf! Das wär ja zu schön, um wahr zu sein!«

Die Mutter kann es gar nicht mit ansehn:
»Also, Kinderl, da versteh i di net! So eine einmalige Gelegenheit! Und den Herrn Bauriedl kosten die Karten net amal was!«
»Scho... aber was glaubst, was mir der Ludwig vazählt, wenn i mit'm Herr Bauriedl ins Operettentheater geh?!«
»Mein Gott, des muaß ma eahm ja net auf d' Nasn bindn! Er ist doch noch in Nürnberg!«
»Aber die Kinder! Die kriang doch des mit! Und i konns aa net auf d' Nacht alloa laßn! – Na, des geht unmöglich!«
»Alles geht! Mit a bisserl Geschick! Da muaß ma si halt was eifalln lassen! Für des sin ma doch befreundet, Agnes... daß ma sich aushilft, wenn amal Not am Mann ist, net!«

Und das ist schon zwei Tage danach. Die Grandauer-Kinder sind in der Küche versammelt. Und die Franzi ist auch da, um sie an dem Abend einzuhüten. Es ist eine unheimliche Spannung, weil sich die Mutter so schön gemacht hat, und die Kinder lauschen ihr, weshalb das so ist und wohin sie geht:
»... es geht nämlich ums Christkind! Und wegen dem soll der Baba aa nix wissen! Weil i ihn mit dem überraschen möcht, an Baba. – – Des müaßts ma ganz fest in d' Hand nei versprechen, daß' nix sagts, Kinder!«

Die Kinder nicken feierlich. Die Franzi setzt die Erklärung etwas versierter fort:
»Die Mama geht nämli heit auf d' Nacht in an Nähkurs... wo ma so was lernt.«

Das verwundert den Benno:
»Die konn doch scho nahn, d' Mama, oder?«
»So was halt net. Da gibt's an großen Unterschied, woaßt.«
»Gell, und ihr gehts danach schee brav ins Bett und schlafts, bis i wieder da bin. I bin ja eh ganz bald wieder da. Und die Tante Franzi bleibt derweil bei eich, daß' net alloa seids.«

Vor einem Jahr in Wien uraufgeführt, war das Stück seit ein paar Wochen auch in München dankbar aufgenommen worden, wenngleich sich der etwas frivole Titel noch längst nicht bei jedermann einprägen wollte – »Die lustige Witwe«.
Frau Grandauer wäre unter normalen Umständen vielleicht darauf angewiesen gewesen, daß ihr Hinterhofmusikanten die Leharschen Melodien nach Haidhausen gebracht hätten, ehe sie Bestandteil von öffentlichen Platzkonzerten oder von Fräulein Liebknechts Übungen auf dem Pianoforte geworden wären. Auch das Lied der Hanna, in dem es heißt: »ich bin eine anständige Frau«. So aber hatte sie es im Gärtnerplatztheater neben Herrn Bauriedl erleben dürfen – und das Lied traf sie nicht zuletzt deshalb tief ins Herz.

»Bist ja scho wieder da, Agnes?! Wie war's denn, euer ‚lustige Witwe'? Erzähl!«
»Is was mit die Kinder gwesen, Franzi?«
»Nix, die schlafa ganz brav. Erzähl halt!«
Agnes nimmt die Freundin erleichtert in die Arme:
»Mei . . . Franzi! I bin dir ja so dankbar! – Wunderbar war's! Wunderbar! – – Aber i hab die ganze Zeit so vui Angst ghabt, daß was aufkommt! Furchtbar!«
»Mei, Kinderl, wie kann ma denn bloß so dumm sei!«
»Wenn uns wer kennt hätt! Glaubst, i bin dagsessen, als ob i's gar net selber gwesen wär! Wia aus Stein! Und hab mi net nach rechts und net nach links schaun traun!«
»Und wia war na er? War er recht scharmant?«
»Ja, sehr. Bis an d' Trambahn hat er mi no bracht, zum Schluß.«
»Und? Hat er dich geküßt?«
»Also woaßt, Franzi! Du bist ma vielleicht oane! I laß mi doch net küssen . . . auf der Straß!«
»Geh! Hätt doch koaner gsehng, bei der Dunkelheit.«
»D' Hand hat er mir küßt!«
»Und? Habts euch aber scho wieder zambstellt?«
»I woaß aa net . . . vielleicht. – Wenn's der Zufall will.«
»Der Zufall! Geh, der Zufall! Du bist a soicha Botsch, Agnes! Wenn's bei mir nach'm Zufall alloa ganga waar, derfat i leicht heit no Stiagnhaus putzn.«
»Aber des is doch bei mir was anderes, Franzi. I hab doch an Mann! – – Und i habn doch gern, an Ludwig. Wenn er aa manchmoi . . . Mei, hoffentlich erfahrt er des net! Daß si die Kinder vielleicht verplappern! Und dann . . . mei, furchtbar! Furchtbar!«

Freitagnachmittag war die Zeit, in der Frau Gschmeißner für gewöhnlich das Stiegenhaus herunterputzte, und jeder, der es sich irgendwie einrichten konnte, vermied es, ihr dabei zu begegnen. Denn sie konnte recht derb werden, wenn jemand den Erfolg ihrer Arbeit vor ihren Augen zunichte machte. Nur männlichen Respektspersonen gegenüber war sie nachsichtiger. Sie war eine Hausmeisterin von klassischem Zuschnitt, die sich der Sauberkeit und Ordnung nicht nur im Greifbaren, sondern auch im übertragenem Sinne annahm:

»Ja, der Herr Grandauer! So . . . sama wieder da?! Grüaß Eahna Gott!«
»Grüaß Gott, Frau Gschmeißner.«
»Von der Dienstreise, gellns? Da Bua hat ma's scho vazählt, der Benno. In Nürnberg warns, gellns?«
»Ja, ja . . . «
»Obacht, daß' net ausrutschn! Da is' no noß!«
»Ja, i siehgs scho . . . «

Er hat kein Verlangen, mit ihr zu reden. Aber um so mehr sie:
»Wissens, i hob's nämli erscht gar net glaubn wolln, daß sie furt san, gellns . . . wia i Eahna Frau so gsehng hob. Am vergangenen Mittwoch.«
»Mei Frau . . . wiaso?«
»Na ja . . . es geht oan ja weiters nix o, gellns. I hob ma bloß denkt: er werd na scho do sei, der Herr Grandauer . . . bei die Kinder! Sunst hätts ja mir aa was sogn kenna, daß i amoi nochschaug . . . wanns scho bei der Nacht furtgeht. Daß nix ostelln, in der Wohnung! Mit'm Gas, net. San halt Kinder! – Verstehngas mi scho?! – Und es war na halt doch scho elfe, wias hoamkema is. Weil, mir hörn ja des ois im Suterreng, net. Is ja bloß wega der Vorsicht! Wo sovui Gsindl bei uns rumlaaft in Haidhausen!«

Anschließend in der Wohnung, beim Verhör. Grandauer wendet die Überrumpelungstaktik an:
»A Nähkurs?! Wasn für a Nähkurs? Wo? Und wia hoaßtn der? Genau?! – – – Moanst, i spann des net, daß d' mi olüagst?! Und na aa no die Kinder mit neiziagn! Und zum Lüagn ohaltn! Schamst di du net?! – – – Sag die Wahrheit! I kriag's ja doch raus!«

Die Agnes bringt es einfach nicht anders heraus als schuldbewußt:
»Das war a einmalige Gelegenheit. Solang wünsch i ma des scho. Jahrelang! Und nie bist mit mir amoi ganga. Und jetzt war amal a Gelegenheit . . . weil d' Franzi a Billett übrigghabt hat. A Freibillett. Fürs Operettentheater. Und sie hat derweil auf d' Kinder aufpaßt. – Is na des gar so was Schlimms?!«

»Die schafft des scho no! Des Weibsbild des halbseidene! Daß ma koa Vertraun mehr ham ko. A so fangt's o! Mit'n Lüagn fangt's o! Wer einmal lügt, dem glaubt man nicht . . . und wenn er auch die Wahrheit spricht!«

*

Der November 1906 stand – wie schon gesagt – im Zeichen eines außergewöhnlichen Ereignisses, für das die gesamte Münchner Schutzmannschaft mit ihren annähernd 900 Mann aufgeboten wurde. Zugleich hatte sich auch der bekannte bayrische Schmucksinn, der in der Haupt- und Residenzstadt seine besondere Pflege fand, in durchaus vergleichbarer Stärke entfaltet; ging es doch nicht zuletzt darum, dem deutschen Kaiserpaar wieder einmal vor Augen zu führen, daß man sich im Süden des Reiches auf Kunst und Technik ebenso verstand wie auf Naturalien.
Das Ereignis selbst fand in den »Münchner Neuesten Nachrichten« eine fast poetische Würdigung: »Als der helle Tag mit Rosenwolken hinter St. Peter aufstieg, da erhoben sich die Klänge der Marschmusik. In diesem Augenblick schwoll die Festesfreude zum Herzen der Stadt, Jubelgebraus quoll aus der Weinstraße her – der Regent begab sich mit dem Kaiser, der Kaiserin und dem Prinzen Ludwig von der Residenz zur Kohleninsel. Daselbst ließen sich die allerhöchsten Herrschaften in die Vertiefung geleiten, welche um den Grundstein ausgehoben war. Als erster führte Seine Majestät der Kaiser drei kräftige Hammerschläge gegen den Stein – anschließend folgte Seine Königliche Hohheit der Prinzregent mit den Worten: ‚Möge das Deutsche Museum blühen – von Anfang bis zuletzt – mit Gottes Segen'.«
Dann ging es zum Eigentlichen, zum Herzstück aller Fürstenfestlichkeiten. Der Anlaß konnte sein, was er wollte – Kunst, Technik oder Wissenschaft –, den Glanz erfuhr er durch das Militär. Dann also ging es zur Parade! Die Truppen bewegten sich die Maximilianstraße hinauf zum Hoftheater und darüber hinaus. Soweit das Auge reichte, wogende Helmspitzen, Haarbuschen, Bajonette. Ein erhabenes Bild. Und in das hinein platze der Kriminaloberwachtmeister Grandauer in Verfolgung persönlicher Interessen und unter gröblicher Mißachtung des Sicherheitsbeauftragten Herrn Oberregierungsrat von Schleiß.
Folgendes hatte sich ereignet: Die Parade war in vollem Gange. Grandauer stand zum Schutz der Hoheiten am Fuße der Ehrentribüne – als er plötzlich auf der gegenüberliegenden Straßenseite, inmitten der jubelnden Menge, seine Frau erkannte – in Begleitung eines Herrn, der ihr auf eine sehr vertrauliche Art zugewandt schien, sich aber, noch bevor er ihn richtig gewahr wurde, abwandte, um mit ihr den Schauplatz zu verlassen.
Von diesem Anblick erschüttert, vergaß Grandauer seinen Auftrag, durch-

brach die Absperrung und rannte mitten auf die Maximilianstraße mit der Absicht, sich endlich über den Lebenswandel seiner Frau Klarheit zu verschaffen. Dort wurde er jedoch von einer Formation paradierender Hartschiere aufgehalten, die ihm den Weg versperrte. So hatte sein Einsatz nur unliebsames Aufsehen erregt, und als dann endlich eine Lücke in der Marschordnung entstand, war es für eine Verfolgung zu spät.

Wieder steht die Agnes im Verhör und ist nicht überzeugend. Nicht einmal vor sich selbst.
»Du lüagst und lüagst! Daß dir net graust vor dir selber?! – – Vorm Hauptpostamt seids gstanden! Und er hat an Arm um die rumglegt!«
»Na, des is net wahr!«
»I hab eich doch ganz genau gsehng! – – Und i mach mi aa no lächerlich vor alle Leit!«
»Des duat ma wirklich leid, Ludwig, aber . . . des muaßt da eibildt ham!«
»Du bist also net in der Stadt gwesn, heit?!«
»Na . . . net da, wo du moanst. Des war i net!«
»Aber i derwisch di scho no . . . eines Tages! Und dann gnade dir Gott!«

Am darauffolgenden Nachmittag in Franzis Wohnung.
» . . . Agnes! Laß di doch net gar a so ins Bockshorn jagn! Was hast denn scho Schlimms do? – Nix hast do!«
»Jo . . . glogn hab i! Ins Gsicht nei hab i'n oglogn. – – Glaubst, Franzi, i hab mi hintnach gschamt, wia a Bettnässerin. Vor mir selber hab i mi gschamt!«
»Sie woin's doch net anderst! Weils die Wahrheit net vertragn kenna. Was hatn a Frau scho für Aussichten, wenns oiwei bloß folgt und duat, was er sagt!?«
Aber die Agnes ist noch nicht reif für solche Idee, sagt nur leise:
»I bin ja net unglücklich mit eahm.«
»Ja ja, des sagst jetzt, weilst Angst vor eahm hast.«
» – – Aber so is des aa koa Weg, Franzi . . . mit'm Lüagn. Und mit soiche Heimlichkeiten.«
»Magst lieber dumm sein und brav?!«
»Wann ma nix Bessers eifallt, wia des . . . na scho. – – Und wega dem bitt i di gar schee, Franzi, daß d' danach highest für mi . . . ins Café Orlando. Und sagst an Herrn Bauriedl an scheena Gruaß . . . er möcht mi recht vielmals entschuldigen . . . und es duat ma sehr leid. – Aber des geht halt amoi net.«

Und damit schließt sich der Kreis.
Etwa um dieselbe Zeit stand Ludwig Grandauer im Büro seines Vorgesetzten und weigerte sich beharrlich – wie schon am Anfang der Geschichte zu erfahren war –, für sein insubordiniertes Verhalten bei Herrn Oberregierungsrat von Schleiß gehorsamst um Nachsicht zu bitten. Denn der Vorfall hatte sich so schmerzlich in seine Mannheit gebohrt, daß er eher bereit gewesen wäre, sich mit demonstrativem Trotz selbst zu vernichten.
Aus seiner Verbitterung heraus war es dann daheim zu jenem häßlichen Auftritt gekommen, der seine Frau um so mehr verletzen mußte, als sie sich gerade zu einem Geständnis entschlossen hatte. Sie war daraufhin Hals über Kopf aus dem Haus gelaufen – ziellos zunächst und dann mit der Absicht, sich bei der Franzi Rat zu holen. Aber als sie vor dem Haus der Freundin stand, kamen ihr Bedenken, ob sie dort das richtige Verständnis fände. Einem Leben in Schlauheit, so wie die Franzi es führte, fühlte sich die Agnes nicht gewachsen. Sie mußte es schon in ihrer Art ausstehen. Und den Mann auch.

Es war totenstill in der Wohnung, als sie wieder heimkam. Der Ludwig saß am Küchentisch, unter dem Gaslicht, ein Stück Papier vor sich. Nach einer Weile nahm er es, hielt es ihr hin, ohne sie anzuschaun und sagte leise:

»Da ... lies!«
»Was is'n des?«
»A Depeschn. ––– Grad kemma.«
–––
»Dr. Muggenthaler ... schwer erkrankt ... stop ... bittet dringend um Besuch ... stop ... Anna. ––– Um Gottes willen!«
Und nach langem, betroffenem Schweigen sagt er mit einem warnenden Blick auf seine Frau:
»Ja ja ... so schnell konns geh! –– Jetzt siehgst as amoi!«

Am darauffolgenden Sonntag fuhren die Grandauers dann mit dem Frühzug nach Griesbach. Sie hatten nur ihren Ältesten mitgenommen, den Benno, damit er seinen Patenonkel noch einmal – vielleicht zum letzte Mal – selber Vergelt's Gott sagen konnte, für alles Liebe und Gute, das ihm dieser Mann getan hatte.
Von dem Zerwürfnis, das am Abend zuvor entstanden war, wurde seither nicht mehr gesprochen, und auch während der Bahnfahrt herrschte nachdenkliches Schweigen. Die Dringlichkeit, mit der sie ihr väterlicher Freund zu sich gerufen hatte, ließ sie das Allerschlimmste erwarten, und gemessen daran erschienen ihnen ihre eigenen Dinge nicht mehr gar so schwerwiegend.
Seine Hauserin, die Anna, nahm sie schon unten im Hausflur in Empfang:

»Mei, da werd er si aber jetzt frein, da Herr Dokter . . . daß' kemma seids. Und der Buale is aa dabei! Und so groß is er worn! Ja, ja, gell, aus Kinder wern Leit!«

»Mir ham jetzt gar net gwußt, was ma mitbringa soin. Na san ma halt no gschwind bei der Friedhofsgärtnerei vorbei . . . «

»Auf des kimmt's eahm do net o, Frau Grandauer. Hauptsach, daß' do seids!«

»Wia geht's eham denn, Anna?«

»Besser! Vui besser! Er hod aa scho wos gessn, heit in der Fruah. Und da Herr Professer vom Krankenhaus, wo'n behandelt, der moant's aa: er hod a groß Glück ghabt, daß ma'n no beizeitn gfundn ham. – Aber bal i in dera Nacht net no amoi aufgstandn waar . . . vom Midwoch auf Donnersdog is gwen . . . und da is do na so a Wind aufkema und hod an die Läden gnackelt. Und wia i ans Fenster geh und schau . . . da siech i na sein Landauer drunt steh, vorm Hoftor, und denk ma no: warum fahrt er denn net eina? Und der Gaul hod aa so rumdo, so gspaßig! Hod er am End an Torschlüssel vergessen, der Herr Dokter? – Do hob i ma halt gschwind wos überzogn und bin nuntergnga. – Liegt er hint drin, im Wagerl, halbert am Boden . . . und rührt si net! Um Gods willn, denk i, wos is jetzt des?! – Aber, naja, leicht hod er ja aa bloß a wengerl z' vui derwischt. Er is doch bei a Kindstauf gwen, net! – Und er duat ja öfters amoi des Guten zuvui . . . leider! Aber es war halt na do wos anders. – – An Schlaganfall hod er ghabt! Und der Gaul hodn hoamzogn!«

Jetzt sitzen die Grandauers an seinem Bett, und so wie der Doktor aussieht, ist er gar nicht so übel dran:

»Equus hominis amicus est! – Also, Benno . . . zu deutsch?«

»Das Pferd . . . des Menschen . . . Freund ist.«

»Jawohl . . . so ist es, Bua! Und in meinem Fall hat es sich halt wieder amal erwiesen, wie gut es ist, wenn auch das Tier weiß, wo's hingehört. – – Und jetzt erzählts amal a bißl was von euch. War doch heidenmäßig was los in München. Habts an Kaiser gsehng?«

»I hobn gsehng, Onkel Muggenthaler. Mit'm Gymnasium. In der Schäsn is er vorbeigfahrn!«

»Naja, schau her, Benno, da hast doch was fürs ganze Leben! – No, und ihr von der Polizei, Ludwig . . . ihr werds an rechten Wirbel ghabt ham?«

Grandauer läßt sich nicht gern an diesen Tag erinnern:

»Ja ja . . . war scho allerhand los.«

»Denk ich mir. Wo's so viel Anarchisten habts in Schwabing! Hat keiner d' Zunga rausgstreckt . . . nach'm Allerdurchlauchtigsten?!«

»Da, wo i war, net, Herr Dokter.«

»Vielleicht nur hinter vorgehaltener Hand. Wie sich's ghört, für einen

bayrischen Revoluzzer. – – Na, und du Agnes . . . was hast du erlebt? Warst doch bestimmt auch in der Stadt, an so einem Tag?«
Sie kommt dabei sichtlich in Verlegenheit:
»In der Stadt net direkt . . . also, vorn bei uns halt. Mir hams ja net weit zur Kohleninsel. – – Aber in der Stadt war i aa . . . ja!«
– – –
Ihr Bekenntnis kam ganz plötzlich und geradeheraus. Muggenthaler bemerkt auch den Blick, mit dem der Ludwig darauf reagiert. Nach einer Weile sagt er augenzwinkernd:
»Soll der Bua amal a bißl zu meine Hasn nuntergeh, in' Hof? Wie wär's? Sind zwar nur Kinihasn und keine kaiserlichen . . . «
Grandauer wehrt verlegen ab:
»Na na, mir . . . mir san bloß so verwundert, weils scho wieder so guat beinander san, Herr Dokter. – Bleib nur da, Benno.«
»So, so, seids verwundert. – Ja, ich scho auch. Aber weißt, a alter Mensch stirbt ja net bloß einmal. Der stirbt andauernd. Wegen dem muß er ja nicht immer gleich tot sein.«

Als dann die Grandauers am Nachmittag wieder zum Bahnhof hinausgingen, waren sie, was den Zustand des Doktors betraf, recht zuversichtlich. Aber sie waren nicht wirklich erleichtert; denn nun konnten sich die eigenen Probleme erneut in den Vordergrund drängen.

»Geh ma halt solang in' Warteraum nei, Wig . . . bis der Zug da is.«
»Derf i no a bißl draußen rumschaung, Baba?«
»Ja, von mir aus. Aber gell, nix oglanga! Und lauf ma ja net aufs Gleis naus!«
Die Eltern gehen in den Warteraum. Es ist noch alles so wie damals. Agnes schaut sich um, erinnert sich daran und sagt nach langer Pause ruhig, fast heiter:
»Woaßt, wia lang des her is . . . daß i do gsessn bin? Auf dera Bank? – – Sitz di her zu mir, Ludwig. – – Zwölf Jahr! – Und i hob so gwart auf di . . . und du bist net kema. – Winter war's. Und der Ofa da hod bullert. – – Mei, war i damals unglücklich! Am liabsten waar i gstorbn. – – ,Tabakspfeifen müssen mit Deckeln versehen sein'. Des Schuidl is aa scho daghängt. – – – I hätt di net olüagn soin. I hätt's dir einfach sagn soin, daß d' as woaßt. Weil i halt aa amoi was anders sehng möcht wia bloß an Kochtopf . . . und an Putzkübi. Na hätt ma halt liaba gstrittn. Und du hättst gwußt, wiast dro bist. – – Es is nix gwesn, wegen dem i mi schama müaßt. – Und der Herr, mit dems du mi gsehng hast . . . bei der Parade . . . vor der Hauptpost, woaßt as scho . . . der hat sein Arm aa net um mi rumghabt. Auf Ehr und Seligkeit! Und er is mir aa sonst koa

oanzigsmoi . . . d' Hand hod a ma küßt. Nach'm Operettentheater. Des war ois. – Und du kennst'n ja aa.«
– – –
»Wen?«
»Den . . . wo i moan.«
– – –
»Wer soin na des sei?«
»Der Herr Bauriedl.«
Grandauer schluckt schwer an dem Namen:
»Der Herr Bauriedl! – – Ausgrechnet der! – – Bei der Polizei sans froh, daß'n los ham! – – Aber fürs Operettentheater . . . da is er der Mann!«

Auf der Heimfahrt wurde das Thema nicht mehr berührt. Man war froh, den Doktor wieder einigermaßen über den Berg zu wissen, und nachdem das Zugabteil bis auf den letzten Platz besetzt war, hatte sich eine erste körperliche Annäherung zwischen Herrn und Frau Grandauer auf ganz unverdächtige Weise herbeiführen lassen. Man konnte den Kriminaloberwachtmeister dabei sogar einmal lächeln sehen.
Die folgende Nacht hatte die Aussöhnung zwischen den beiden dann auch im Sinne des Gesetzgebers bekräftigt, so daß der Montagmorgen wieder, wie in normalen Zeiten, mit der vertrauten, ganz normalen Hektik beginnen konnte:

»Host du ois, Wiggerl? Deine Schuah hab i dir scho rausgstellt!«
»Ja ja . . . und Agnes! I hob da a Fuchzgerl herglegt auf'n Küchentisch. Aber gell, Schatz, gib's net wieder für andere aus! Und kauf dir den Haarkamm, wost gsehng hast!«
»Mama, der Benno spritzt mi oiwei mit Wasser o!«
»Weil er si in mei Handtuach neigschneizt hod, der Adi, die Sau!«
»Herrschaftsappralot, könnts ihr zwoa net in Frieden mitanand auskomma?! Raus da jetzt mi dir! Auf'n Abort! Danach müaßts wieder alle gleichzeitig . . . «

Und dann, mitten hinein in dieses Durcheinander, traf, von einem Depeschenboten überbracht, die Nachricht ein:

»Wos is'n, Wig? Wos stehtn drin? – – Was Schlimms?!
– – –
»Dr. Muggenthaler verstorben . . . stop . . . Beisetzung voraussichtlich am Dienstag . . . stop . . . Anna.«

»Mein Gott! – – Und mir ham gmoant, er is übern Berg. – – –
Benno! – Jetzt sei amal stad und komm her!«
»Wos is'n?«

– – –

»Dei Patenonkel is gstorbn.«

– – –

»Aber vo dem . . . hod er doch gar nix gsogt ghabt . . . gestern?!«

Wenig später im Büro von Kommissär Grüner, der sich einmal mehr als abgeklärter Mann mit viel Lebenserfahrung zu erkennen gibt:
»Na? Und? Wia schaut's aus, Grandauer, mit Ihrer Stellungnahme zu den Klagen des Herrn von Schleiß? Hams a Erleuchtung ghabt übern Sonntag?«
Und Grandauer antwortet ihm ernst:
»Ja . . . hab ich, Herr Kommissär. Eine große Erleuchtung. Und der Herr von Schleiß kann von mir eine jede Form der Entschuldigung haben . . . die er braucht, damit daß sein Hochmut keinen Schaden leidet.«
»Bravo! So gfallns ma, Grandauer. Das hätt mir nämlich sehr leid getan, wenn Sie sich da in was verbiestert hätten. – – Man darf sich selber nicht so wichtig nehmen! Das ist das ganze Geheimnis des Lebens!«
»Ja, da hams recht, Herr Kommissär.«
»Schauns mich an . . . ich laß mich in solchen Fällen prinzipiell nicht . . . «
In seine gemütvolle Selbstdarstellung hinein bimmelt schrill das Telefon. Er meldet sich, sein Ausdruck wird säuerlich, die Abgeklärtheit schwindet:
»Großartig! Der Haslmeier! Ausgerechnet der! Sie, jetzt sag i Eahna was: mir ham da gar nix verbatzt! Und ich scho überhaupt nicht! Das ist doch eine Unverschämtheit von dem, zu sagen . . . ja, wer bin ich denn?!! Ich bin doch net dene ihr Hanswurscht! – – Na, da bin i gar net kleinlich! Ich bin weder kleinlich noch nachtragend! – – Was hoaßt da: net so wichtig nehma?!! Der soll net so saudumm daherreden! Wer is denn der Herr?! Den steck i doch vorn nei und schiaßn hinten naus! Sagens eahm des! Ende!«

Abgründe

Das Jahr 1910 mit dem Folgenden zu kennzeichnen, wäre falsch. Es gäbe auch anderes zu berichten, Bedeutsameres, Erhebenderes. Aber für ein paar Menschen war es eben das, was sie mehr als alles andere in Anspruch genommen hatte.
Im Juni war die Isar wieder einmal angeschwollen, vom vielen Regen und von der Schneeschmelze in den Bergen, daß sie beinahe wie der Mississippi daherkam. Und so einen Vergleich konnte auch der Grandauer Benno anstellen, weil er wie so viele Buben in seinem Alter die »Abenteuer des Tom Sawyer« verschlungen hatte; von einem gewissen Mark Twain, der, wie man den Münchner Zeitungen entnahm, gerade vor vierzehn Tagen gestorben war.
An diesem Juniabend standen eine Menge Leute auf der Ludwigsbrücke, schauten in die reißende, dreckbraune Brühe hinunter, und es mag dem einen oder anderen ebenso ergangen sein wie dem Benno, der mit einem Male dachte, auf einem Schiff zu sein, das ihn davontrug, irgendwohin in die Ferne; denn er wäre jetzt überall lieber gewesen als daheim in München.
Und wie er so dastand und träumte, kam ein Bursche mit Ledermütze auf einem Motorrad angefahren und blieb hinter ihm stehen:

»Benno, servus . . . !«
»Der Biwi! Servus!«
»Wos is? Ham dir d' Henna as Brot weggfressen oder wos?«
»Mei Radl hams ma gstohln!«
»Na sag?! – – Wia des?«
»A Bier hobama kaaft beim Franziskaner. Wia i rauskumm, war's weg!«
»Hund gibt's! Da verreckst!«
»Mei Oider wann des erfahrt . . . wos glaubst!«
Der Biwi erkennt das Problem nicht an:
»I daat eahm halt nix sagn.«
»Moanst, daß der des net spannt?«
»Derweil kaafst dir an neus!«
»Von wos? Von meine acht Markl im Monat? Und vieri muaß i dahoam abgebn.«

Biwi hat schon mehr Lebenserfahrung:
»I hätt an todsichern Tip!«
»Geh, schleich di doch mit deine Heiter!«
»Jo, wenn a da's sag, Benno! Kimmst am Sonntag mit uns nach Daglfing zu die Traber. Dann hast auf oan Schlag a neus Radl!«

Seine Freundschaft zum Lichtl Biwi war mehr als nur eine nachbarschaftliche. Daß sie nebeneinander in Haidhausen aufgewachsen waren und in den Isaranlagen am Gasteig ihr gemeinsames Revier hatten, für den ewigen Kampf zwischen »Räuber und Schandi«, das bildete lediglich die Grundlage dazu. Vertieft aber wurde diese Freundschaft erst durch das Wilhelmsgymnasium, in dem die beiden vergeblich auf eine humanistische Bildung angesetzt worden waren. Der Biwi flog schon im Jahr 1908 und landete als Schlosserlehrling in der Beissbarthschen Automobilwerkstatt, indessen sich der Benno den Hosenboden noch ein Jahr länger auf der Schulbank abwetzte, bis auch ihn das gleiche Schicksal ereilte.
Seither ruhten die Hoffnungen des Kriminaloberwachtmeister Grandauer ganz auf seinem Jüngsten, dem Adolf, der willens war, die Schande wieder gutzumachen und dafür nun anstelle seines gestrauchelten Bruders das Gymnasium besuchen durfte.
Wenn es mit dem Benno dann doch nicht völlig bergab ging, wie der Vater schon prophezeit hatte, so war das nicht zuletzt den Vermittlungen einer guten Bekannten zu verdanken, einer Frau, die auf das Leben der Grandauers schon einmal starken Einfluß genommen hatte, wofür ihr seinerzeit allerdings der Dank versagt geblieben war. Damals war sie noch eine verwitwete Franziska Fuchs gewesen und als solche hatte sie, auf jene Vorkommnisse hin, vor den Augen des Herrn Grandauer keine Gnade mehr gefunden. Er duldete sie erst wieder in seinen eigenen vier Wänden, nachdem sie der reputierliche Hoflieferant Andreas Gassner vor den Traualtar geführt hatte.
Gassner war Photograph und handelte recht erfolgreich mit einschlägigen Artikeln. So ergab es sich, als man einmal mit ihm über Bennos gefährdete Zukunft redete, daß er sich anbot, den verkrachten Lateinschüler zu sich in die Lehre zu nehmen.
Seither waren die freundschaftlichen Bande zwischen den beiden Frauen noch enger geworden, und man sah die Franzi jetzt oft bei den Grandauers in Haidhausen, wo alles noch so anheimelnd einfach geblieben war und der Fortschritt ebensowenig Zugang fand wie in Fräulein Liebknechts Darbietungen auf dem Klavier.

»Also, sag amal, Agnes, die klimpert doch jetzt, solang ich da bin!«
»Mir hörn des scho gar nimmer, Franzi. Bloß wenns dazu singt, dann kriag i allerdings aa Zuaständ!«
»Macht die sonst nix wie Klavierspieln?«

»Du, die wohnt jetzt so lang in dem Haus wie mir . . . zehn Jahr. Aber ma siehgts eigentlich kaum. In der Früh kaufts ein . . . da trifft ma si hin und wieder. Na sagts ‚Guten Tag' . . . und ‚Auf Wiedersehn'. Woaßt, so a feins, oids Fräulein . . . allerweil mit Handschuhe und so am gstrickten Pompadur . . . unser Fräulein Liebknecht!«

Die Haidhauser Turmuhren schlagen sechs. Franzi schreckt auf:
»Jessas, scho sechse! I muaß sausen, Agnes!«
»Geh, Franzi, jetzt wart halt no, bis der Ludwig kommt.«
»A anders Mal. Zum Gschäftsschluß, woaßt, da hat er's gern, wenn i da bin, mein Gatte. Da is er a bißl eigen, in dem.«
»Hat er wieder recht viel um die Ohren?«
»Des kannst dir ja denken, als Hoflieferant.«
»Und mit unserm Benno is er no allerweil zufrieden?«
»Sehr . . . nach wie vor. Da ist er voll des Lobes.«
»Des hört ma gern, als Mutter.«
»Gell, und wegen die Karten fürn Sonntag . . . du mußt mir bloß sagen, wieviele. Weil, durch mein' Gatten kriegen mirs ja direkt vom Hofkämmerer, net.«
»Mei, di wann ma so hört, Franzi! Hofkämmerer! Und was ihr ois für Leut kennts!«
»Gell! Guat hama uns rausgmacht! Aber du scho aa, Agnes! Für zwoa Kellnermadl! Aus am Bauernkaff!«

Bald darauf kommt der Ludwig heim, erfährt, daß die Franzi da war, und fragt:
»Und . . . hats was vom Buam gsagt?«
»Voller Lob is er, der Herr Gassner! Daß er so anstellig is, der Benno, sagts, und so fleißig! Und daß er bestimmt seinen Weg macht.«
»Sein' Weg, freili . . . jetzt is er halt a Lehrbua, mit seine sechzehn Jahr!«
– – –
»Magst erst a Glaserl Bier?«
»Na, na, i hab ja heut auf d' Nacht Bereitschaft. – – – Wo is er denn?«
»Der Benno? I woaß gar net. Er is no net da.«
»Dreiviertel auf sieme! Er is doch heut in der Früah mit'm Radl gfahrn?«
»Vielleicht hat er no was ausfahrn müassn.«
»Und der Kloa?«
»Der . . . hockt im Kammerl und flennt!«
»Warum?«
»Weil er an Zweier gschriebn hat, im Lateinischen.«
»Siehgst as . . . so muaß ma sei! Dann schafft ma's. *Der* macht sein' Weg, der Adi!«

»Übrigens . . . ob ma Karten wolln, hats gfragt, d' Franzi. Fürn Sonntag. Für die Denkmalsenthüllung. Ihr Gatte kriegts direkt vom Hofkämmerer!«
»Des woaß i no net, ob i da Zeit hab.«
»Aber für uns vielleicht . . . für mich und die Kinder?«
»Na ja, wenns überall dabei sei müaßts . . . bittschön.«

Eigentlich war es üblich, daß Ludwig Grandauer von der nahegelegenen Polizeiwache verständigt wurde, wenn irgend etwas Dringendes vorlag, dessenthalben man ihn im Zentralbüro benötigte.
Aber in Ausnahmefällen verlief es auch einmal so wie an dem Abend. Die Familie saß noch vollzählig um den Küchentisch. Vater und Söhnen ging es um kleinere Schicksalsfragen, Mutter und Tochter mehr um den Haufen zerrissener Socken. Für den Gymnasiasten Adolf war es der versäumte Einser im Latein:

» . . . und des hod er ma aa ogstricha, bei dem Satz: dominus servis imperat, ut agrum arent. Der Herr befiehlt den Knechten, daß sie den Acker pflügen. Bloß, weil i des ,sollen' vergessen hab . . . ,pflügen sollen'! Es hätt nämli aa hoaßn könna: Der Herr befiehlt den Knechten, den Acker zu pflügen. Oder: Der Herr befiehlt den Knechten, sie sollen den Acker pflügen . . . «

Während sich der Benno aus eingefleischter Angst bemüht, dem Vater gegenüber seine Tagesmisere zu verschleiern:
»Kaputt?! Wieso kaputt? Des Radl war doch nagelneu!«
»Beim Fahrn, Baba . . . auf amoi . . . im Freilauf, woaßt . . . irgendwos. Der Biwi hod si's aa ogschaut. I hob's na glei bei eahm in der Werkstatt glassn.«

Manchmal bekommt die Mutter ihre kurzen Hustenanfälle auch im richtigen Moment, indem sie den Vater von anderem ablenkt:
»Also, i woaß net, du mit deiner Huasterei andauernd! Die gfallt ma fei gar net!«
»Mei, Wig, i hab mi halt verschluckt. Des is doch net so schlimm.« –

Dann bimmelt noch die Türglocke, und jeder weiß, daß es dem Vater gilt. Das Bedauern ist nicht bei allen gleich tief. Agnes geht hinaus und öffnet. Wachtmeister Lederer meldet:
»Der Herr Kommissar Grüner läßt dem Oberwachtmeister ausrichten, daß er sich in einer dringenden Angelegenheit . . . i bin nämli extrig mit der Autodroschkn hergfahrn!«
»Mit der Autodroschke sinds da?!«
»Jawohl! Drunten stehts, vor der Haustür!«

Es war durchaus kein alltäglicher Anblick, und für die Haidhauser schon gar nicht, daß ein Automobil vor der Haustüre stand. Aber bedauerlicherweise war es schon dunkel, sonst hätte man sicher mit mehr Zuschauern rechnen dürfen als nur mit der eigenen Familie, die sich das Schauspiel vom Fenster aus ansah.
Im Fond des Automobils gab Lederer unter heftigem Schütteln erste Instruktionen an seinen Vorgesetzten Grandauer weiter:

». . . der Herr Kommissär ist eben leider unabkömmlich und hat den Herrn Oberwachtmeister mit der Tatbestandsaufnahme betraut.«
»Um was gehtsn eigentlich, Herr Lederer?«
»A Routinesache vermutlich, soweit ma jetzt scho was sagen kann. Selbstmord. A gewisser Dr. Mandel. Vielleicht hams den Nama scho amal wo glesen? In der ‚Neuesten' tut er immer groß inserieren. Mit so einem Institut, wissens . . . für höhere Töchter. ‚Privatschui', sagt ma halt. Am Bavariaring draußen, im Villenviertel.«
»Wann is'n des passiert?«
»Jetzt . . . vor a paar Stund hama die Meldung reinkriegt. Der Mägerle vom Erkennungsdienst is derweil scho nausgfahrn.«

Das Pädagogium des Dr. Mandel hatte sich bislang nur für hohe und höchste Gesellschaftsschichten empfohlen, und das konnte es auch, aufgrund seines tadellosen Rufes.
Es gab sich schon von außen als ein erstrangiges Institut zu erkennen, durch klassizistische Strenge, verquickt mit maßvollen Bekenntnissen zu den reformerischen Ideen des Jugendstils.
Als die Kriminalbeamten das Gebäude betraten, herrschte eine bedrückende Stille. Man hörte nur das Geräusch ihrer Schritte auf dem spiegelblanken Marmor – Kriminalschutzmann Lederer trug aus Sparsamkeitsgründen Nagelschuhe.
Eine Angestellte nahm die Männer an der Treppe in Empfang und führte sie zum Privatkontor im ersten Stock. Auch hier kein Laut, kein Huschen durch die Gänge, wie man es in Anbetracht der Ereignisse und eines Hauses hätte erwarten können, das fünfzig höhere Töchter beherbergte.
Das Privatkontor: hell erleuchtet von zahlreichen Glühbirnen – ohne dadurch seine diskrete Noblesse einzubüßen, die Aura ehrfurchtgebietender Tradition.
Hier hatte auch Kriminalwachtmeister Lederer seinen Hut abgenommen. Grandauer sah sofort den Toten, in sich zusammengesackt in einem Lederfauteuil, das Gesicht blutüberströmt, ebenso das weiße Hemd, die Deckkrawatte, die seidene Weste – ein älterer Herr offensichtlich, schmal, weißhaarig, eine militärische Erscheinung, rittmeisterlich, selbst noch in diesem

Zustand. Einer der Anwesenden – Arzt und Leichenbeschauer – lenkte die Aufmerksamkeit des Oberwachtmeisters auf eine Dame, die abgewandt am Fenster stand: die Gattin des Verstorbenen.
Ludwig Grandauer war von ihr auf den ersten Blick eigenartig berührt. Vielleicht, weil er sie sich ebenfalls älter vorgestellt hatte, würdiger und weniger mondän. Oder war es nur der Kontrast, der ihn stutzig machte: hier ein alter Mann, der nicht mehr leben wollte – und gegenüber eine junge, schöne Frau, bei der man sich eher das Gegenteil denken konnte.
Sie gab ihm Auskunft, mit schwacher, bebender Stimme – ein wenig theatralisch, wie es ihm erschien, oder vielleicht auch tatsächlich noch so unter dem Schock stehend, was ja durchaus begreiflich gewesen wäre:

»... ich weiß nicht, warum ... ich kann es Ihnen nicht sagen. Ich habe nur den Schuß gehört ... in meinem Zimmer ... bin sofort hierhergelaufen und ... sah ihn ... und konnte nichts mehr tun. Es war entsetzlich!«
»Und es lag auch nirgends ein Abschiedsbrief oder ... ich meine, wenn jemand so etwas vorhat ... dann hinterläßt er doch ...«
»Nein, nichts. Die Herren haben sich überall umgesehen.«
»Der Kollege sagt, daß Sie die Pistole, mit der sich Ihr Mann ... daß Sie die hinterher in die Hand genommen haben?«
»Kann sein, ja ... in Gedanken. Sie lag auf dem Boden. Da hab ich sie wahrscheinlich aufgehoben.«
»Es ist nämlich wegen der Fingerabdrücke.«
»Bitte ... Sie müssen entschuldigen. Ich habe keine Ahnung von solchen Dingen.«
»Ihr Zimmer ... in dem Sie den Schuß gehört haben ... ist im selben Stockwerk?«
»Am anderen Ende des Ganges, ja.«
»Und Sie sind sofort hierhergegangen in das Kontor.«
»Ja.«
»Sonst haben Sie niemand gesehen ... vom Haus jemand oder ...«

Sie fällt einen Moment aus der Rolle – gereizt:
»Nein. Das habe ich Ihnen doch schon alles gesagt.«
Er schweigt eine Weile, dann fährt er hartnäckig fort:
»Später ... also, nachdem Sie schon hier in dem Raum waren, ist auch niemand mehr gekommen?«
»Eine Angestellte ... Fräulein Nieröse, glaub ich. Ich habe sie gebeten, den Arzt und die Polizei zu verständigen. – – Mehr kann ich Ihnen wirklich nicht sagen.«

Nach einer Stunde etwa hatte Ludwig Grandauer das Kontor wieder verlassen, zusammen mit den Kollegen – und mit etwas gemischten Gefühlen – ansonsten aber ohne einen konkreten Anhaltspunkt dafür, daß es sich um etwas anderes gehandelt haben könnte als um Selbstmord. Fräulein Nieröse, der man nachsagte, daß sie ein wenig zur Hysterie neigte – was nach fünfundzwanzig Jahren opfervoller Tätigkeit als Lehrerin und Präfektin in einem solchen Institut nicht verwunderlich gewesen wäre –, Fräulein Nieröse war zunächst nicht auffindbar. Man hatte ihr deshalb die Mitteilung hinterlassen, sie möchte sich anderntags mit der Polizeidirektion in Verbindung setzen. Doch kaum, daß die Beamten das Haustor hinter sich geschlossen hatten, trat ihnen aus der Dunkelheit eine verstörte Frauenperson entgegen, die sich als das besagte Fräulein zu erkennen gab.
Ihre Aussage bedurfte keiner Fragen. Sie kam, wenn auch stockend und mit kaum hörbarer, tränenerstickter Stimme, wie eine Anklage aus ihr heraus:

» . . . ich bin weggelaufen. Ich hab den Anblick nicht mehr ertragen! – Diese Frau . . . ich muß es Ihnen sagen . . . diese Frau war sein Untergang! – – Fünfundzwanzig Jahre habe ich ihm gedient. Ich hätte mein Leben für ihn hingegeben! Aber nie . . . niemals . . . Gott ist mein Zeuge! Bitte verzeihen Sie mir meine Erregung. – – Ich habe diesen wunderbaren Menschen verehrt. Dr. Mandel war uns immer ein Vorbild. Sie müssen das wissen! Aber diese Frau, glauben Sie mir, sie . . . sie hat ihn auf dem Gewissen! – – Man hat sie nämlich gesehen . . . mit einem jungen Offizier! Und nicht nur einmal! Es gibt Zeugen! Seriöse Zeugen! Sogar aus unserem Lehrkörper!«

Polizeidirektion. Kommissar Grüner zieht ein erstes Fazit aus den Ermittlungen seines Mitarbeiters:
»Ja, ja . . . hörens ma auf! A eifersüchtige, alte Jungfer! Solche Zeugenaussagen kenn i, Grandauer! Mir wolln ja net mit aller Gewalt an Fall aus der Gschicht machen, net wahr! I bin froh um an jeden, der sich selber umbringt!«
»Mich hat bloß des stutzig gmacht, Herr Kommissär, was sie danach no gsagt hat, die Nieröse. Nämlich, wie sie in des Zimmer reinkommen is, in sei Kontor . . . glei nach dem Schuß . . . und da wär angeblich sei Frau dagstandn, sei Gattin . . . und hat in der einen Hand die Pistole ghabt und in der andern . . . ein Schriftstück, hats gsagt . . . oder so a Briefkuvert.«
»Und? Des gibts ja auch an, die Gattin, daß sie die Pistole vom Boden aufghoben hat, net.«
»Aber den Brief leugnets ab! Von dem weiß sie angeblich gar nichts. Und es is aa nirgends a Abschiedsbrief gfunden worn.«

Grüner winkt ab, kategorisch:
»Was sagt der Erkennungsdienst? Hat sich der Mann selber erschossen oder net?«
»So wie's ausschaut . . . ja.«
»Bitte! Motiv scheint's auch eins zu geben: a junger Offizier!«
»Leugnet sie aber ebenfalls ab, die Gattin.«
»Zuagebn werd sie's! Außerdem, wie alt war er . . . vierundsechzig! Und sie?«
»Fünfunddreißig.«
»Also, was wollns denn! Des alloa is doch scho Motiv genug! Er werds halt nimmer derrittn ham, der oide Daddl! Und a Scheidung . . . mein lieber Freund . . . in dem seiner Position! Mit so einem Institut! Da is er doch ruiniert hinterher!«
»Aber irgendwas is faul an dera Gschicht, Herr Kommissär.«
»Mit dem soll sich ihr Beichtvater beschäftigen. Da wärat ma ja gar nimmer fertig, wenn ma uns auch noch um das Triebleben von unsere Münchner Großbürger kümmern wollten!«

*

Der heilige Benno war den Bayern schon seit dem 16. Jahrhundert ein besonderer Intimus und ein Schutzpatron, den ihnen auch der Martin Luther nicht madig machen konnte, mit seiner Streitschrift »Wider den neuen Abgott«. 1910, an seinem Namenstag, hatten die Münchner ihrem Benno ein weiteres Bekenntnis geliefert, in Gestalt einer fast zwölf Meter hohen Säule aus rotem Porphyr – darauf ein Standbild aus der Millerschen Erzgießerei.
Am selben Tag, nach dem Zwölfuhrläuten, griff der Hoflieferant Andreas Gassner einmal außerplanmäßig in die Ladenkasse und sagte anschließend zu seinem Lehrling:

»So . . . jetzt geh her, Benno! Da hast a Markl! Schaust dir dein' Namenspatron amal an, heut nachmittag. Und danach kaufst dir a Halbe Bier und a Paar Weißwürscht!«
»Dankschön, Herr Prinzipal!«
»Is scho recht . . . und jetzt verdruck di!«

Draußen, auf der Kaufingerstraße, überschlug der Grandauer Benno dann in aller Ruhe die Möglichkeiten, die es noch gab, wenn man auf die Besichtigung des Säulenheiligen verzichtete. Vorne, im Weltkinematographen, lief zum Beispiel ein Film mit dem Titel: »Die Wahrheit«. Aber der weckte eher

unangenehme Erinnerungen in ihm, so daß er im Hinblick darauf beschloß, das Markl in Gänze für ein neues Fahrrad beiseite zu legen.
Und wie er so in Richtung Marienplatz dahinging, kam ihm auf der Straße ein Fuhrwerk nach und blieb neben ihm stehen. Der Bursche, der das Pferd am Zügel hatte, rief:

»Hä, Benno . . . wo aus?«
»Der Willi . . . grüaß di!«
»Magst mitfahrn?«
»Vo mir aus.«
»Steig auf!«

Auch er, den sie Metzger-Willi nannten, war in Haidhausen daheim und hatte mit dem Benno gemeinsam das Lesen und Schreiben erlernt, wollte aber nie so recht Gebrauch davon machen, weshalb ihm der Aufstieg in eine höhere Bildungsanstalt von vornherein erspart worden war. Er kam stattdessen zu einem Metzger in die Lehre, wo er sich bald das Vertrauen seines Lehrherrn erworben hatte, und darum durfte er jetzt auch schon ab und zu dessen Traberpferd vor den leichten Tafelwagen spannen, um Fleisch auszufahren.
Aber der Willi hatte sein starkes Selbstbewußtsein nicht alleine von daher, es war ihm mehr aus der Erkenntnis heraus gediehen, daß es der Bildung nicht unbedingt bedarf, um sich auf dieser Welt zu behaupten:
»Kloaweis kimmst zu gar nix, Benno! Da bist a oida Mo, bis d' des Geld für a neus Radl beinander hast. – Ideen muaß ma ham!«
»Und . . . hast du vielleicht oane, Willi?«
»I scho. – Aber i bin koa Photograph.«
»Zu wos a Photograph?«
»Photographiern wann i kannt! Mei!«
»Sag halt!«
»I sag da's na scho . . . wann i s' so weit hab, die Matz.«

Dann trabten sie vom Marienplatz linkerhand in die Weinstraße hinein, vorbei an der alten Schutzmannkaserne, wo noch immer die Königlich-Bayrische Polizeidirektion untergebracht war, und wo in diesem Augenblick Kriminaloberwachtmeister Grandauer in seinem Dienstzimmer – 1. Stock, Abteilung für unnatürliche Todesfälle – einer Dame gegenübersaß, die ihr hübsches, jugendliches Gesicht hinter einem schwarzen Schleier verbarg. Frau Mandel war aus freien Stücken, wenn auch nicht leichten Herzens hierhergekommen, um etwas Licht in die intimen Abgründe des Toten zu bringen:

»Es war sehr, sehr schwer für mich, glauben Sie mir. Und ich habe mich erst mühsam dazu durchringen müssen . . . hier öffentlich Dinge auszusprechen . . . die dem Ansehen meines verstorbenen Gatten leider wenig zuträglich sind. Aber . . . er hatte nun einmal diese fatale Neigung . . . zu Frauen billigster Sorte. – Und das war auch der Grund, der eigentliche Grund, weshalb ich mich von ihm trennen wollte. Alles andere sind nichts als bösartige Verleumdungen.«

»Sie wollten sich von ihm scheiden lassen?«

»Ja.«

»Und dieses Hausmädchen, von dem Sie gesagt haben, Sie hätten sie mit Ihrem Gatten . . . in flagranti . . . «

»Eine Detektei war das. Ich hatte . . . in meiner Verzweiflung . . . die ganze peinliche Angelegenheit einem Detektiv übergeben, der meinen Mann, während ich verreist war . . . bei Verwandten in Augsburg . . . Man hatte mir dringend angeraten, ihn beobachten zu lassen.«

»Das Mädchen ist aber jetzt nimmer bei Ihnen?«

»Nein, natürlich nicht. Und ich weiß auch weder ihren Namen noch sonst irgendetwas von ihr. Mein Gatte hatte sie eingestellt . . . für das Institut. – – Aber ich muß annehmen, das war nur ihre Nebentätigkeit.«

»Und wann ist sie zu Ihnen ins Haus gekommen?«

»Sechs Wochen etwa vor seinem Tod.«

»Hat dieser . . . Ehebruch, hat der in einem Hotel oder . . . wo hatn der überhaupt stattgefunden?«

Frau Mandel bringt es nicht gleich über die Lippen. Dann, angewidert:

»In unserem eigenen Haus! In seinem Schlafzimmer! – – Das ist ja das Ungeheuerliche! Entschuldigen Sie meine . . . ich weiß, man soll Verstorbenen nichts Schlechtes nachsagen.«

Etwas will ihm nicht in den Kopf. Er läßt ihr Zeit sich zu fassen, bevor er fragt:

»Aber dann hat ja der Detektiv . . . der hat doch dann irgendwie unbemerkt in das Haus hineinkommen müssen . . . wenn er die beiden dort in flagranti . . . oder wie is'n das sonst möglich gwesen?«

Ist es Unsicherheit, was mitschwingt, oder Verzweiflung? Man kann es nicht unterscheiden:

»Das war so arrangiert . . . ich gab ihm die Schlüssel . . . und er verständigte mich . . . in Augsburg, als er schon ziemlich sicher war, durch seine Beobachtungen. Man mußte das riskieren. – Und es war ja dann auch . . . leider wahr. Aber fragen Sie mich nicht danach, was ich in diesem Augenblick empfunden habe. – Fragen Sie mich das bitte nicht!«

Kommissär Grüner hat sich die Aussagen der Witwe vortragen lassen und zeigt sich nur insofern beeindruckt, als er fragt:

»Wia hoaßt die Schriftstellerin, die allerweil solche Gschichten schreibt? – – No, sagen Sie's mir, Grandauer! Ganz bekannt!«

149

»Keine Ahnung. I kumm net zum Romanlesen.«
– – –
»Mir wenn halt amal so vorgeh daaten wie diese Hintertreppenkriminaler! Dann guat Nacht!«
»Sie ham scho recht, Herr Kommissär, es geht uns eigentlich nix mehr o. – Aber den Detektiv . . . den daat i ma gern amoi oschaung!«
»Hams sei Anschrift?«
»Hab i!«
»Courths-Mahler hoaßts?«
»Wer?«
»Die Schriftstellerin, die allerweil solche Gschichtn schreibt.«

Daheim, in der Grandauerschen Wohnung, war indessen Ungewöhnliches nur insofern geschehen, als sich die Agnes nach einigem Zögern aufs Sofa ins Wohnzimmer gelegt hatte, weil sie, wie öfters in der letzten Zeit, eine bleierne Müdigkeit überfiel. Sie wußte eigentlich auch nicht, warum. Und der Benno, wie er hereinkam, war über den Anblick ganz erstaunt:

»Geht's dir net guat, Mama?«
Sie erhebt sich sofort und sagt leichthin:
»Wieso . . . warum solltsn mir net guat geh?«
»Weilst auf'm Sofa glegn bist.«
»I bin net glegn! I hab bloß meine Füaß a bißl naufgetan.«
»Des kennt ma gar net bei dir . . . am Dog.«
»Ja mei . . . mir geht's sehr gut! Wunderbar. Und am meisten freut's mich, daß du so gut zurechtkommst, in deiner Lehrstell. Und der Herr Gassner gibt dir sogar frei, an deim Namenstag. Des heißt fei scho was!«
»Aber am Sonntag soll i eahm dafür helfa, hat er g'sagt . . . bei der Denkmalsenthüllung. Weil er da alles photographieren muaß.«
»Na ja, schau, Benno, das ist doch eine Ehre für dich.«
»Was is'n übrigens in dem Packl drin . . . auf der Flurgarderob?«
»Hast des aa scho wieder entdeckt?! Eigentlich derferst des ja no gar net wissen. – Vom Baba! Zum Namenstag! So a Fahrradglockn . . . wo si dreht, vorn am Radl. Hast dir doch allerweil gwünscht ghabt, so oane. – – Freust di net?«
Der Benno denkt an die wahren Umstände mit seinem Fahrrad und sagt gequält:
»Jo, freili freu i mi.«
»Also . . . jetzt kümmer di halt drum, daß d' as bald wieder kriagst, dei Radl!«

Ludwig Grandauer verließ an diesem Tag sein Büro einmal pünktlich, aber nicht, um sogleich nach Hause zu fahren. Es zog ihn vielmehr in die Entenbachstraße, wo sich ein Detektiv namens Pavel Hajek für Beobachtungen aller Art und auch für sonstige diskrete Anliegen in Bereitschaft hielt.
Sein Geschäftslokal befand sich drei Treppen hoch in einem Mansardenzimmer, und das war über und über mit altem Gerümpel, Zeitungsbündeln, Adreßbüchern, Zigarrenschachteln und ähnlichem Kram vollgestopft. Auch der Detektiv selbst machte keinen geordneten Eindruck, ließ den Kriminalbeamten jedoch bald erkennen, daß es in seiner Praxis auf andere Fähigkeiten ankam:

»Schauns, ich bin a Mensch, Herr Oberwachtmeister ... der wo iberall zu Hause is. Und als Österreicher hab ich a feines Gespier ... is was koscher ... is es nicht koscher ...«
»Ihre Arbeitsmethoden, Herr Haschek ...«
»Hajek, bitte, Pavel Hajek.«
»Ihre Arbeitsmethoden sind auf jeden Fall nicht koscher! Wenn Sie net amal Namen und Anschrift wissen von der Frauensperson, mit der Sie diesen Dr. Mandel angeblich, in flagranti, erwischt ham! – Wie hättens denn des vor Gericht handhaben wolln!? Ohne Angaben zur Person?!«
»Sehns, das hab ich mich auch gefragt. Aber wer denkt schon auf so was. Wenn so a Mädl im Haus angstellt ist. Das Luder hat sich natürlich anschließend verflüchtigt. Und der Herr Dr. Mandel, mit dem was sie also im Bett gelegen is, kann leider auch nicht mehr reden.«
»Da könnens froh sei!«
»Es is schon a sehr traurige Angelegenheit, und das müssens mir glauben, Herr Oberwachtmeister: wann ma hätte ahnen können, daß sich der alte Herr das so zu Herzen nimmt und bringt sich gleich um ... Jeschasch, Maria und Josephe! Für so was hätt ich mich doch nie zur Verfigung gestellt!«
»I frag mi bloß, wo da ihr feines ‚Gspier‘ blieben is, Eahna österreichischs?!«

*

Am 19. Juni 1910, einem Sonntag, vormittags, wanderten etliche tausend ereignishungrige Münchner zur Isar, in die Höhe der Corneliusbrücke, um dort einem Staatsakt beizuwohnen, bei dem sich, wie es hieß, der gesamte Hof und in dessen Gefolge alle sonstigen bayrischen Nobilitäten zur Schau stellen würden.

Auch die Frau Grandauer war unter den Neugierigen, mit ihrer Tochter Luise und ihrem hoffnungsvollen Pennäler Adolf.
Vater Grandauer näherte sich der Veranstaltung auf eigenen Wegen, um sich seine Berechtigung, als Amtsperson daran teilzunehmen, nicht durch den Familenanhang schmälern zu lassen.
Anlaß war die feierliche Denkmalsenthüllung weiland Seiner Majestät, König Ludwigs II., durch Seine Königliche Hoheit den Prinzregenten Luitpold.
Der Lehrling Benno Grandauer genoß den Vorzug, mit seinem Prinzipal und dessen Apparaturen in vorderster Linie zu stehen. Diesem war die Aufgabe zugefallen, den Festakt im Bild festzuhalten. Selbst ein starker Raucher, empfand Herr Gassner schon deshalb ein elementares Bedürfnis, den Prinzregenten photographisch hervorzuheben:

>»Schaug hi, Bua! Des is a Mo! Der lohnt as Material! Nächstes Jahr werd er neunzig! Und wia er no allerweil dasteht... unser Prinzregent! Raucht jeden Tag seine vierzehn bis siebzehn Stück Ziiigarn, gell! Das nenn ich einen Monarchen!«

Am Nachmittag verteilten sich die Münchner dann wieder je nach Gusto auf andere Örtlichkeiten, die ihnen ein Sonntagsglück versprachen. Das konnte daheim auf dem Kanapee sein oder im Biergarten, in den Isarauen oder draußen in Daglfing auf der Trabrennbahn, wo einem das Glück mit allerhöchster Genehmigung sogar in barer Münze winkte; vorausgesetzt, man hatte einen Pferdeverstand oder einen todsicheren Tip oder ganz einfach Glück.
Aber die drei Haidhauser Spezl hatten gar nichts, und das traf den Grandauer Benno besonders hart:

>»Du host gsagt, du bläder Hund, daß der Erlkönig gwinnt!«

Der Lichtl Biwi ist selbst enttäuscht:
>»Hätt er ja aa... wenn er net gsprunga waar. Oder sag du, Willi?!
>»Er hodn z' stark gfordert!«
>»Hätt er... ja! Und jetzt?! Des war mei letzts Markl.«

Der Metzger-Willi kommt zur Sache:
>»A Radl, wiast as du brauchst, Benno, des kost' sechzg Mark. Oiso, da san ma jetzda nämlich scho in am Geldbetrag drin, wo ma kaufmännisch denga muaß. Weil, mit'm Glück... des hast ja gsehng... des war a Kaas! Oiso...«

Biwi erträgt die Spannung nicht mehr und drängt:
>»Sag eahm halt dei Idee, Willi!«
>»Des liegt jetzt an dir, Benno. Sonst find ma uns leicht an andern. Na macht halt der des Gschäft. Ghört ja net vui dazua. Photographiern muaß er könna, sonst nix.«

»Du kannst doch scho alloa photographiern, Benno, oder?«
»Wenn i an Apparat hab . . . warum net.«
»Oiso . . . und an solchn kannst da doch ausleihn . . . oder?«
»Da hob i no net gfragt!«
Willi winkt ab:
»Daat i aa net. So . . . einfach amoi mitnehma . . . übern Sonntag. Und nachher stellstn wieder nei. Des spannt doch der gar net.«
»Zu was?«
Biwi feixt bei dem Gedanken:
»Woll' mas eahm sogn, Willi?«
»Freili . . . der halt des scho aus, der Benno. – – Oiso, paß auf: Hast du scho amoi a Nackerte gsehng? – Ohne ois!«
Benno gesteht nach etwas Zögern seine Unerfahrenheit ein:
»Na.«
»A solcherne bring i her. Vo uns oane, von der Metzgerei. A Einwicklerin is'. Zu die andern sagts, sie is scho Aufschneiderin! So oane, woaßt! A bißl bläd! Aber des siehgt ma ja net auf'm Photo.«
»Und die hod an Willi versprocha, daß se si ausziagt.«
»Für des kriagts natürli aa a bißl wos . . . wenn ma die Photo verkaaft ham, versteht si. Spuit aber koa Rolln net, weil i alloa scho so vui Leut kenn, die wo uns die Buidl grad aso aus der Hand reißn. Und der Biwi aa. Gell?!«
»Autler, woaßt . . . Gspickte! Wo beim Beissbarth ihre Karrn richten lassen. Da san so vui Saubärn drunter . . . des mecht ma gar net glaubn!«

*

Grandauer betritt das Büro seines Chefs zur Unzeit:
»Entschuldigens, Herr Kommissär . . . komm i grad ungelegen?«
»Ham Sie des grocha? Grad hab a ma an Leberkaas rüberholn lassen, vom Spöckmeier.«
»An Guatn . . . i komm danach noamal . . . «
»Warum? Was gibt's?«
»Es ist bloß, weil Sie immer gsagt ham: die Weiberleit waarn die geborenen Kriminaler . . . «
»Und Verbrecher! Sowohl als auch. Die san bloß no net alle draufkomma. Aber eines Tages . . . da wern sich die dann nur noch unteranand bekämpfen. Und mir dean derweil die Kinder hutschen!«
»Die Nieröse hat mi nämlich antelefoniert!«
»Wer is'n des?«

»Die oide Lehrerin . . . vom Dr. Mandel. Die wo ausgsagt hat, daß sei Gattin . . . «

»Ah, die! Die eifersüchtige Amsel, i woaß scho. Is jetzt da no koa Ruah?«

»Sie hat's rausbracht, wia des Mädchen hoaßt . . . die Hausangestellte, mit der er sich angeblich eingelassen hat.«

»Sehngs, was i sag: lauter Kriminaler!«

»Übern Zahnarzt! Da hat sies zufällig amal sitzen sehng, im Wartezimmer. Und der Zahnarzt hats in seiner Kartei ghabt . . . mit Namen und Adresse! Aber net die vom Dr. Mandel. Ihre eigene.«

»Und . . . was bringt uns des?«

»Insofern vielleicht scho was . . . weil mir die Dame auch in unserer Kartei ham!«

»Als was?«

»Als Kartendame!«

»A Schnalln! Aha . . . jawoi! Dann is ma alles klar.«

»Mir aa, Herr Kommissär. – – Aber den Hund . . . den tauch i nei!«

In der Nacht. Herr und Frau Grandauer liegen schon lange im Dunkeln ohne zu schlafen. Schweigend bislang. Sie hat wieder diesen Husten und versucht, ihn zu unterdrücken.

»Jetzt, wennst fei net bald amal zum Dokter gehst, Agnes . . . dann hol i'n her.«

»I hab denkt, du schlafst scho lang? – – Kannst aa net schlafa?«

»I schlaf dann scho . . . «

— — —

»Warm is daherin! – – Des is aber aa a Wetter bei uns, zum Narrischwern! Gestern der koide Wind . . . heit glei wieder so schwül, daß i gmoant hab, es kommt a Gwitter.«

»As Weder . . . war früher aa net anders.«

»Jo, i find scho.«

— — —

»Mir warn anders . . . «

»Mir zwoa? Geh, Wig, mir san doch heut aa net anders. – – Wegam Alter moanst?«

— — —

»Mei Vater is gstorbn . . . da war er so oid, wia i jetzat bin.«

»Aber du bist doch a ganz anderer Mensch wia dei Vater.«

— — —

»Und dei Muatter . . . is no ehnder gstorbn.«

»Die hat si ja aa buchstäblich z' Tod garbat, die Frau. – – Gega die . . .

da leb ja i wie im Paradies. – – Mir hams doch wirklich schee, Ludwig . . . sag amal selber!«

– – –

»Und dann gibt's Leut . . . die ham alles! Die leben in Samt und Seide! Und dann schaugst amal dahinter, hinter dene eahnane stolzen Fassaden! – Und dann werd's da schlecht!«
»Nimm dir halt net immer alles so zu Herzen, Wig! Unser Herrgott hat an großen Tiergarten!«
»Ja, ja . . . Sag amoi, schwitzt du so?! Du bist ja ganz patschnoß!«
»Ja, des is des dicke Nachthemad! – – Jetzt ziag i's aber aus! Mir war's zerscht scho so hoaß.«

– – –

»Jetzt laß di halt endlich amal durchleuchten! Daß ma beruhigt sei ko!«
»Du wennst da koane Sorgen machen kannst . . . bist net zfrieden! – – I hob nix auf der Lunga, Wig. I woaß' doch no vo meiner Schwester . . . bei der hat des damals ganz anders ogfangt. Der hat ma des aa ogsehng, der Leni!«

– – –

»Ja, ja . . . «

*

Die Isar war mittlerweile in ihr zuständiges Bett zurückgekrochen und überließ es der Junisonne, den Schlamm wieder begehbar zu machen, den sie zuvor auf die Auen entlang der beiden Ufer geschwemmt hatte. Und weil die Sonne damit noch längst nicht fertig war, mußte sich die Regie etwas anderes einfallen lassen; denn der Metzger-Willi hätte es freilich am liebsten gehabt, wenn die Einwicklerin ganz natürlich und so, wie Gott sie erschaffen hatte, aus dem Wasser gestiegen wäre. Das wäre auch dem Mädchen leichter begreiflich zu machen gewesen, als irgend etwas auf Gras darzustellen oder vor einem Baum.

Ein Gassnerscher Photoapparat ist in Position gebracht. Benno und Biwi halten sich noch scheu im Hintergrund. Der Willi führt Regie. Noch tut er es entgegenkommend. Aber die Lisbeth hat auf einmal keine Freude mehr an ihrer Rolle und bockt:

»Na, da mog i net.«
»Warum denn net, Lisbeth?«
»Weil i da net mog!«

»Geh weida, des is doch vollkommen wurscht . . . obst du jetzt da stehst, am Wasser, oder auf der Wiesn.«

»Aber auf der Wiesn is' bläd!«

»Na sag halt du wos, Lisbeth. Mogst liaber da . . . vor dem Busch da? Des waar doch guat, ha?! Daß ma moant, du kummst aus dem Busch raus!«

»Des is aa bläd.«

»Oiso . . . jetzt ziag di halt zerscht amoi ganz aus, Lisbeth. Na find ma uns scho wos.«

»Na . . . i mog jetzt überhaupts nimmer.«

Willis Geduld ist erschöpft:

»Zefix, du werst vielleicht so a Henna sei! – – Zerscht verspricht sie's oam großmächtig . . . «

Biwi hat sowieso schon kalte Füße:

»Des werd nix, Willi! Gib's auf!«

Benno auch:

»I pack mei Zeigl wieder ei . . . «

Aber Willi bleibt hart:

»Nix, Der Apparat bleibt da steh, Benno! Ausgmacht is ausgmacht! – Los, ziag di aus!! Goaßmarie, depperte!«

Dem Biwi wird es unheimlich:

»Aber net mit Gwalt, Willi!«

»Des könnts scho mir überlassn! Weil i des dick hab! – – Und wennst jetzt no lang umanandaduast, Lisbeth, na huif a da, gell!!«

Sie schlüpft vorsichtshalber aus ihrem Unterrock:

»Aber ihr müaßts wegschaung!«

Willi weiß, daß einem nichts im Leben geschenkt wird, und macht danach seinen Plan:

»Also, bittschön . . . draahts euch um! – – Wenns auszogn is, muaß' glei losgeh! Ruckzuck! Da Biwi nimmt ihra die Kleider weg . . . «

»Warum i? I mog des aa net.«

»Es is ja bloß, daß' net rückfällig werd. Am Schluß gebn mas ihra ja wieder. Und i treibs derweil vor sein' Apparat. Es derf ruhig so ausschaung, als wia wenns verfolgt wärat. Im Kino macha sie's aa so. Bloß halt net nackert. Weil, als Schönheitskönigin oder so wos kannst ja die eh net verkaafa, den Dotschn. – Oiso, gell, wia i gsagt hab! – – Bist jetzt soweit, Lisbeth?«

»Aber d' Strümpf laß i o, gell!«

»Des is uns wurscht. Oiso . . . auf los geht's los! – Los!«

Der Willi ringt um Gestaltung. Die beiden anderen bleiben angewurzelt stehn. Es gilt, die nackte Einwicklerin in eine fluchtartige Bewegung zu versetzen. Aber die schämt sich nur:

>»Net . . . laß mi! I mog des net!«
>»Passiert da doch nix! Hupf halt umanand! So . . . hupfen! Wia wannst auf der Flucht waarst! Aber zum Photoapparat nüber! – – Da hi! Zum Photoapparat! – – Benno . . . Aufnahme! Aufnahme!«
>»Ihr spinnts ja!«

Willi, in künstlerischer Ekstase:
>»Wunderbar! Hast as drin, Benno?«
>»Ja . . . aber eich aa!«

Das Modell ist erschöpft:
>»I mog nimmer!«
>»A bißl no! Bittschön! Hupf, Lisbeth, hupf!«

Vater Grandauer hatte sich ebenfalls in einen Abgrund begeben, wenngleich in anderer Eigenschaft als sein Sohn Benno. Es waren dazu mehrere Anläufe nötig, bis er sie endlich in ihrer Schwabinger Bude antraf – die Person, mit der man Herrn Dr. Mandel des gemeinsamen Ehebruchs und eines ehrlosen unstandesgemäßen Verhaltens überführen wollte, wenn er sich diesem Verfahren nicht durch die Flucht in den Tod entzogen hätte.
Das Fräulein zeigte sich dem Kriminaler gegenüber zunächst von ihrer besten Seite:

>»Mei . . . am Anfang hab i mir ja aa weiters nix denkt, wissens. A Mädchenpensionat! Da hat ma doch a anderne Vorstellung, von so was. Und so a gebildeter Herr . . . hab i gmoant! Bis er dann as Luren ogfanga hat . . . und is ma so komisch nachgstiegn. Und wia na die gnädige Frau verreist war, hat er's auf amal probiert und hat mir unsittliche Anträge gemacht. Und glei so unverschämte, wissens!«

Grandauer hat geduldig geschwiegen. Jetzt wird er grob:
>»So . . . und jetzt packst dei Zahnbürschtl ei und an Waschlappn, und dann gehn ma!«
>»Wieso denn? Wohi soll i denn geh?«
>»In' Polizeiarrest! Wohi denn sonst!«
>»Wegen was, bittschön?«
>»Wegen gewerbsmäßiger Unzucht! Weiter, los, pack dei Zeigl zamm!«
>»Des is net wahr! Mit dem hab i nix mehr zum doa!«
>»Du verlogene Schlampn! Aber di bring i scho no zum Redn! Di und dein' saubern Kompagnon! Der wo dir des Gschäftl zuagschanzt hat!«
>»Na, des is net wahr! Den kenn ja i gar net!«
>»Wen?«
>»Den Detektiv!«

Jetzt ist sie reingetappt, und er dreht sie fast genüßlich durch die Mangel:
>»So . . . wia kommstn dann auf den?!«

»Auf wen?«
»Auf den Detektiv!«
»Des ham doch Sie gsagt.«
»Na, des hast scho du gsagt. Und jetzt spuck's aus! Geh weider, geh weider! Wieviel hat er dir denn zahlt dafür, der Detektiv, daß d' di in des Bett von dem alten Herrn legst?! – – – Gell, des woaßt scho, daß si der auf des nauf umbracht hat!«
Sie wird sehr kleinlaut, und man kann es ihr glauben:
»Für des hab i ja nix dafür kenna. Mir hat der gsagt, der Detektiv, daß er dera Frau helfen will . . . weil sich der Herr nicht scheiden läßt. Und es wäre eine große Hilfe . . . weil sie so unglücklich is . . . die Frau.«
»Und was hat dir diese ‚große Hilfe' eibracht?«
»An Lohn. – I hab ja garbat dort. – – Und von der gnädigen Frau . . . hundert Mark. – – Muaß i die jetzt wieder zruckgebn?«
»Des muaßt die gnädige Frau fragen. Vielleicht ziagts dir was ab . . . für des, daß' jetzt koa Scheidung mehr braucht!

*

Am Tag des Peter und Paul ließ der königlich-bayerische Hoflieferant Gassner seine Geschäfte ruhn und fogte, gemeinsam mit seiner Gattin, einem Drang nach dem Süden. Man war diesem Drang, da er in München immer sehr stark gewesen ist, auch städtischerseits entgegengekommen, indem man die Trambahnschienen nun endlich über Großhesselohe hinaus bis in das geschichtsträchtige Dorf Grünwald verlegt hatte.
Während der Fahrt kam Gassner immer wieder auf seinen Lehrling Benno zu sprechen, der ihn so oft mit seinem Eifer erfreute. Auch an diesem Feiertag hatte er sich freiwillig angeboten, im Geschäft zu bleiben, um das Warenlager zu ordnen.
Indessen aber nützte der Lehrling die Abwesenheit des Prinzipals nur dazu aus, seine photographischen Naturstudien zu entwickeln. Und als er sie dann unter dem Vergrößerungsapparat hervortreten sah – die Natur in ihrer zugkräftigsten Erscheinung, mit der sie für sein ungeübtes Auge selbst noch in der Gestalt der Einwicklerin das ihre tat, – da vergaß der Benno Zeit und Raum und ließ den Lichtl Biwi länger als ausgemacht vor der Ladentüre warten.

»Mensch, wo bleibst denn, Benno? Is wos?«
»Ois erledigt.«
»Zoag her?«
»Net jetzt. Wenn's jemand siehgt! Fahr ma!«

»Oans wenigstens!«
»Danach dann, wenn ma beim Willi san!«
»Oiso, schiab o!«

In seiner Ungeduld war es dem Biwi schlechterdings unmöglich, sich an die Verordnung der Königlichen Polizeidirektion von München zu halten, die allen Kraftfahrern untersagt hatte, im Stadtbezirk schneller als 20 h/km zu fahren.
Er holte einfach alles heraus, was sein Motorrad hergab. Und das war der Anfang vom Ende eines aussichtsreichen Nebenerwerbs.
Denn ausgerechnet am Gasteigberg – also gar nicht mehr weit vom Sternekkerbräu, wo sie mit dem Willi zwecks Auswertung des Bildmaterials verabredet waren – da geschah es auf einmal, daß ihnen der vordere Pneumatik platzte, worauf der Biwi die Beherrschung über seine Maschine verlor, mit dem Randstein anbandelte und samt Sozius kopfüber auf den Bürgersteig flog.
Daß dabei ihre photographischen Frühwerke, die der Benno unter seiner Jacke trug, ans Licht des Tages kamen, das hätte sich vielleicht gar nicht so folgenschwer ausgewirkt, wenn nicht unglücklicherweise gerade in diesem Augenblick der Schutzmann Ringseis dahergekommen wäre, auf dem Rundgang durchs Revier. Und sein Auge fiel sogleich auf die Sittenwidrigkeit:

»Ja, was hama denn da für Buidl, meine Herrn?! Ah, ah, ah, ah, ah, ah! Ja, so a Sauerei! – – Halt, halt, halt! Her damit! – Die andern aa!«

Der Biwi versucht es noch mit Geistesgegenwart:

»Bittschön . . . die könnas scho ham, Herr Wachtmeister. Mir hättens sowieso weggschmissn.«
»Hätten Sies weggschmissn, so . . . «
»Weil . . . mir hams nämlich gfundn, zuvor, wissens.«
»Aha, jawohl! – – Und wia is na des ganga, daß Sie auf dem Buidl da drauf san, ha?!«
»Na, na, des . . . gibt's ja gar net! Des is ganz unmöglich, gell, Benno.«
»Zoagns ma amoi Eahnan Führerschein! – – Und du, Freinderl . . . oder muaß i zu dir aa scho ,Sie' sagn? Name?«
»Grandauer . . . Benno.«
»Der Bua vom Kriminaloberwachtmeister Grandauer?!«
»Ja.«
»So is recht! Der werd a Freid ham! A solcha Mo . . . und an so an Buam!«

Im Sterneckerbräu, wo der Metzger-Willi auf sie gewartet hat. Benno und Biwi haben jetzt keine Hoffnung mehr. Aber der Willi bleibt Herr der Situation:

»Na hod ers halt beschlagnahmt . . . und?! Wega dem mach ma i doch net in d' Hosn!«
»Di hod er ja ned aufgschriebn! Aber uns!«
Bennos Angst ist noch begründeter:
»Mei Vader . . . der daschlagt mi, Willi!«
»Wega dem? Geh weida! – – Maler malen ja aa nackerte Weiber, oder? Da kannt er ja aa nix sagn, wennst du a Maler waarst.«
»Er hat leicht reden, Benno.«
»Und der Gassner! Was moanst, wos ma der vazählt, wenn der des erfahrt? Daß i eahm sei ganz' Zeigl gnomma hab . . . an Apparat und as Material und ois!«
Der Willi bleibt souverän im Vertrauen auf die menschlichen Schwächen:
»Oiso, mi wennst fragst: i daat mi jetzt amoi ganz ruhig verhalten. D' Schandi san oft die größten Hund! Danach gfalln eahm die Buidln selber so guat, daß ers gar nimmer hergebn mog!«

An diesem Nachmittag hatte der Benno zwei Halbe Bier mehr getrunken als sonst, so daß sich die Last des Daseins nun etwas gleichmäßiger auf seinen ganzen Körper verteilte und ihm nicht mehr wie zuvor mit ihrem vollen Gewicht auf der Seele lag. Einem Instinkt folgend, hatte er sich auch bald darauf nach Hause gewagt, um die drohende Katastrophe nicht auf einmal, sondern lieber etappenweise durchzustehen.

»Grüaß di, Mama . . . «
»Ja, um Gottes willn, Bua! Wia schaugst denn du aus?! – Im Gsicht, überalln aufgschürft! – Und dei Anzug! Der is ja vollkommen . . . mei, und die Hosn! An die Knie! – – Was is'n gwesen?!«
»Is der Baba da?«
»Na . . . jetzt sag ma's doch endlich . . . was is denn passiert?! Bist in a Schlägerei neikomma? – – – Du werst ma doch net betrunken sei?!«
»Na.«
»Sag ma's halt, Bua! – Brauchst doch koa Angst net ham, vor mir.«
Benno fängt, vielleicht auch ein wenig vorsorglich, zu weinen an:
»Mama . . . i . . . i siehg mi nimmer naus.«
»Kumm her, Bua . . . «
»I . . . i siehg mi nimmer naus, Mama!«
»Ja, ja . . . jetzt woan di erst amal aus. Und dann sagst ma alles . . . wennst magst. – – Und dann wern ma scho an Weg finden . . . «

Nachdem der Benno sein Geständnis abgelegt hatte, angefangen vom gestohlenen Fahrrad bis hin zur beschlagnahmten Einwicklerin, war er wenigstens

nicht mehr alleine mit seiner Angst vor den unabsehbaren Konsequenzen, die der Vater daraus ziehen würde.
Aber die Mutter ließ es mit der Angst nicht bewenden:

»Des wär ja furchtbar! Der Baba! Na . . . da derf i gar net dran denken! – – Los, ziag da was anders o! A saubers Hemad! Wasch da as Gsicht! Und dua di anständig kampeln. – – – Wenn's der Ringseis waar . . . mit dem Mo kann ma vielleicht redn.«

In der Schutzmannstation Haidhausen. Die Mutter hat ihren leidgebeugten Sohn vor den Wachtmeister Ringseis geschleppt, und der ist gar nicht so sittenstreng, wie er ausschaut:
» . . . i hab ma's ja aa hin und her überlegt, Frau Oberwachtmeister. Und dann hab i die Buidln halt derweil in mei Schubladen neiglegt, net. Ma möcht ja an junga Menschen aa net sei ganz' Leben verpfuschen, wega so was.«
»Mei, glaubens ma's, Herr Wachtmeister . . . da fallert mir ein großer Stein vom Herzen! Es is ja aa wegen meinem Gattn! Wo der so . . . akkurat is, mit solche Sachen!«
»Woaß i doch. I kenn ihn ja, an Herrn Oberwachtmeister!«
Er entnimmt seinem Schreibtisch die verhüllten Beweisstücke und gibt sie Frau Grandauer mit den Worten:
»Also, da . . . bittschön . . . nehma Sie's mit. I hab's a bißl eipapierlt . . . daß ma's net so direkt oschaun muaß.«
»Na! Und i mog's aa gar net sehng! – – Benno, geh her da! Und jetzt gibst an Herrn Wachtmeister die Hand und bedankst dich! Er hat dir viel Leid erspart . . . durch seine Großmütigkeit!«
»Dankschön.«

Etwa zur gleichen Zeit stellten auch die diensthabenden Kriminaler Betrachtungen an, über Schuld und Sühne – während man von St. Peter die Turmbläser herüberhörte zum Ausklang des Tages von Peter und Paul.

»A so a Frau, Herr Kommissär . . . eine Dame! Und legt ihram Mann a Hur ins Bett . . . daß'n los werd!«
»Des san halt die modernen Waffen, Grandauer. Früher hamsn vergift. War aa net schöner.«
»Und passiern kann ihr gar nix!«
»Aber den Detektiv, moan i, dem werns auf des nauf die Bude zuasperrn. Immerhin etwas.«

»Des is doch dem wurscht. Dann geht er halt zu die Preißn nauf und macht bei dene weiter. Der is ja ‚iberall zu Hause'.«
»Hab i nix dagegen. In Berlin sans sowieso scho viel weiter mit der Kriminalität. Da is ja bei uns herunt noch das reinste Biedermeier.«
»Aber mir holns scho no ei, Herr Kommissär!«
»Freili, wenn ma in zwoa, drei Jahr umziehn, ins neue Präsidium nüber, in d' Ettstraß . . . na hama Platz und können uns vermehrn . . . und, werdens sehng, Grandauer, dann kriegen auch unsere Verbrecher wieder an neuen Auftrieb!«

Ihr erfolgreiches Einschreiten in der Polizeiwache hatte die Frau Grandauer ermutigt, die Angelegenheit auch andernorts zu bereinigen – noch am selben Tag und in einem Aufwaschen. Und darum hatte sie ihren Sohn, wie ein reuiges Schaf, von Haidhausen in die Innenstadt getrieben, zur Wohnung seines Lehrherrn.
Herr und Frau Gassner waren inzwischen gestärkt aus Grünwald zurückgekehrt, so daß sie sich der Offenbarung durchaus gewachsen zeigten. Mit einem gütigen Verständnis hatte Frau Grandauer insgeheim schon gerechnet, aber nicht, daß sie Bennos Lehrherrn damit ein solches Vergnügen bereiten würde:

»Großartig! Ja, wunderbar! Ha, was sagst, Franziska? Packt dich der Neid?«
»Die macht ja direkt dera Barfußtänzerin Konkurrenz! Wia hoaßts?«
»Isadora! Isadora Duncan! A große Ähnlichkeit! – – Ja und da . . . schau nur grad! Da is ja der Deifl los! Hats da a Weps gstocha, Benno, oder was?«
»Also, geh, Andreas!«
»Ja, sag amal, Bua, wo habts denn bloß den begnadeten Dotschn auftriebn?!«
»Jetzt bring ihn halt net so in Verlegenheit, Andreas!«
»Na ja, da kann er vielleicht gar nix dafür, für des Modell! Oder?«
Die Mutter kann der heiteren Betrachtungsweise nicht folgen und sagt treuherzig:
»Er hats ja eigentlich bloß wega dem Radl gmacht. Weils ihm des doch gstohln ham zuvor.«
»Aber photographisch durchaus einwandfrei. Belichtung . . . alles gut. Ausgezeichnet! Begabt, der Bursche!«
»Bloß der Vader derfat's halt net erfahrn, Herr Gassner!«
»Um Gottes willen! Niemals! Aus waar's! Der lassert uns ja sofort alle in Verhaft nehma! Mi damit . . . weil ich den Verbrechern aa no mit meiner Ausrüstung Vorschub geleistet habe!«

Frau Grandauer schlägt zaghaft vor:
>»Vielleicht, daß mas lieber gleich vernichten, die Aufnahmen?!«
>»Vernichten?! Die Aufnahmen da?! Ja, des kommt ja gar net in Frage, Frau Grandauer. Das sind doch Dokumente! Was glaubens, was die eines Tages für einen Wert kriegen?! Wenn die Leut amal nimmer so kleinkariert san.«

Benno ist indessen etwas aufgefallen:
>»Oane fehlt sowieso.«
>»Von die Aufnahmen?«
>»Wieso . . . woher weißtn des?«
>»Weil's zehne warn. Und jetzt sans bloß no neun.«

Die Mutter rätselt:
>»Ja . . . und wer soll na die ham?«

Und Benno ahnt es:
>»Der Schandi wahrscheinlich!«

Abschied

Am Morgen des 8. Dezember 1912 – dem 2. Adventssonntag und Fest von Mariä Empfängnis – fuhr ein Automobil der Königlichen Polizeidirektion München Richtung Süden, hinaus nach Forstenried, das vor kurzem erst in die Haupt- und Residenzstadt eingemeindet worden war.
Dichter Nebel hing zwischen den Baumreihen, die rechts und links die Fahrbahn säumten, und auf der Straße lag, über hartgefrorenem Untergrund und noch kaum berührt, eine hauchdünne Neuschneedecke. Der Fahrer des Wagens bemühte sich, die Zeit wieder einzuholen, welche offenbar bei der Benachrichtigung der Kriminalbeamten verbummelt worden war. Aber Kommissär Grüner mäßigte seinen Eifer:

»Jetzt pressiert's aa nimmer. Deans langsam, Hierhager! Wenn a Wildsau über d' Straß rennt, sama verratzt!«
»Jawoi, Herr Kommissär!«
Im Fond neben ihm sitzt sein Mitarbeiter Grandauer, schweigend, mit einem noch verschlossenerem Gesicht als sonst. Der Kommissär gibt hi und da einen übellaunigen Satz von sich:
»Hat ja zuvor aa net pressiert, net! – – Um sechse in der Früah hams den Mann gfunden! Jetzt is' glücklich neune. – – Der neue Außenposten! Da werns scho solche Nachtwächter aufgstellt ham, für da draußen! Die erst in der Dienstvorschrift nachlesen müassen, was' doa solln, wenns a Leich finden! Oh du mein Heimatland! – – – Is Eahna kalt, Grandauer?«
»Na na...«
»Weils so staad san. – – Wegen Ihrer Frau? – – Müassens scho entschuldigen, i hab ganz vergessen... wie geht's ihr denn?«
»Net guat.«
»Net guat. – – Oh mei, oh mei... Hams mit'm Doktor gsprochen?«
»Gestern abend. Er hats Ergebnis kriagt... von dieser bakteriologischen Untersuchung.«
– – –
Muß' ins Krankenhaus?«
»Ja.«
»Und hat sich doch scho so gut gfühlt... nach dem Sommer... wos immer da naus gfahrn is, in des Walderholungsheim... nach Holzapfelkreuth.«

»Ja, ja . . . des is eben des Tückische an dera Krankheit. Es geht so lang auf und ab, bis . . . amoi gar nix mehr geht.«
»Sie ham aber heut scho Mittel und Wege, Grandauer. Also, ich weiß halt von am Bekannten, dem sei Frau hats auch ghabt . . . ganz schwer . . . offene! Und die is heut wieder pumperlgsund, die Frau. Der fehlt gar nix mehr.«
»Ja, ja . . . gibt's. – – Aber . . . i war drin . . . in dem Tuberkulosemuseum, in der Herrenstraße. Wenns des gsehng ham . . . 15 000 Tote jedes Jahr! In Bayern! Jeder dritte in Arbeit stehende Mensch, hoaßt's, stirbt an dem. – – Des is halt die andere Seite, Herr Kommissär.«
»Eine Geißel der Menschheit! – – Aber in der Luft rumfliagn, des hams gschafft! Rennauto! Maschinengewehr! Für alles hams a Hirn! – – Weiß sie's scho, daß' ins Krankenhaus muß?«
»Na, i hab's ihrer no net gsagt. Die Kinder aa no net.«
– – –
»Und Weihnachten vor der Tür. Es is a Kreuz!«
»Ja, ja . . .«
»Wärns halt dahoam bliebn, Grandauer. Des is doch jetzt wichtiger.«
»Ja mei . . . i kann ja aa nix ändern. Des muaß halt jetzta durchgstandn werdn.«

In dem Waldstück, nicht weit hinter dem Dorf Forstenried, hatte der Schutzmann Heldwein an diesem Morgen die Leiche eines Mannes aufgefunden, der allem Anschein nach mit dem Fahrrad unterwegs gewesen war.
Inzwischen hatten sich mehrere Leute am Tatort eingefunden, Neugierige, die von dem schaurigen Ereignis gehört hatten – aber auch ein Doktor aus Thalkirchen, der als Leichenbeschauer fungierte. Ansonsten war kaum Verkehr auf der alten Landstraße, die in südlicher Richtung nach Starnberg und entgegengesetzt in die Innenstadt führte.

Der Doktor gibt als Todesursache an:
»Mehrere Kopfverletzungen . . . nach den Augen zu schließen, Schädelbasisfraktur. Möglicherweise auch noch innere Verletzungen . . . «
»Wie lang is er denn scho daglegn, bis Sie gekommen sind, Herr Doktor? Ungefähr?«
»Kann ma schwer sagen, Herr Kommissär, bei der Kälte. Ich schätz, so zirka vier bis fünf Stund.«
»Also, dann . . . ab in die Gerichtsmedizin! – – Is jetzt der Leichenwagen no net da?!«
»Ich wär ja dann soweit fertig, oder?«
»Ja, ja gengas nur hoam, Herr Doktor! Unds Protokoll, des wissens

ja . . . Geh, Grandauer sinds so guat . . . den Schutzmann möcht i noch amal sprechen. Wia hoaßt er?«

»Heldwein.«

»Mehr Wein als Held, moan i allerweil!«

Grandauer zitiert den Schutzmann herbei. Der ist von der Sache her ziemlich überfordert und will es mit strammer Haltung wettmachen. Er salutiert:

»Zu Befehl, Herr Kommissär!«

»Ja, is scho recht. Also . . . keine Tatzeugen, hams gsagt?«

»Nein, Herr Kommissär. Oiso . . . vielmehr jawohl, Herr Kommissär!«

»Und wer hatn erkannt? Den Toten?«

»Vom Dorf oaner . . . also, ein Mann, der wo zufällig vorbeikomma is, in der Früah.«

»Wo is der jetzt?«

»Hoamganga. Es wäre ihm zu kalt, hat er gsagt.«

»Und was hat er noch gsagt?«

»Daß er'n kennt.«

»Weiter! Und? Mi friert's aa! Wer is der Tote? Name? Beruf? Adresse?«

»Es handelt sich bei der Leiche um den ledigen Tierausstopfer Wurm. – An Vornama hab i jetzt direkt . . . aber i hab ma's aufgschriebn, Herr Kommissär.«

»Ja, ja, lassens Sie's derweil . . . Namen hams alle, die kannt ma gar net besser erfinden! – Wohnhaft? – – Wo er gewohnt hat . . . der Wurm . . . zuvor . . . Herr Heldwein?!«

»Ah so . . . entschuldigens, Herr Kommissär . . . jetzt muaß i doch nachschaung. Weil, i bin nämli neu da heraußen.«

»Des merkt ma.«

»Am Unteranger. Glei da vorn, wenn ma aus'm Wald rauskommt. In dem kloana Häusl.«

»Hat er da allein gwohnt?«

»Jawohl. Also, nach dem was der . . . wo'n kennt, ausgsagt hat. Einen Gselln hat er noch und an Lehrbuam. Aber die kommen bloß am Tag . . . weil er d' Werkstatt auch drin hat, in dem Häusl.«

»Warens scho dort heut?«

»Nein. I hab ja net wegkönna von da.«

»Guat, dann sorgens jetzt dafür, daß die Leut da verschwinden! Die solln hoamgeh!«

»Jawohl, Herr Kommissär.«

Während sich Heldwein den Passanten gegenüber mühsam Autorität verschafft, untersuchen Grüner und Grandauer nochmals die Fundstelle. Ohne große Erwartungen, wie man den Äußerungen des Kommissärs entnehmen kann:

»Und überall sans rumtrampelt! Da is natürlich jetzt nix mehr mit Spuren!«

Grandauer betrachtet das Fahrrad des Toten:
»Des muaß an ziemlichen Schlag kriagt ham. Schauns her, Herr Kommissär . . . des is net bloß von am Sturz so verbogen.«
»Na, na, des werd scho so sei, wie ma gsagt ham.«
»Und da liegen überalln Glasscherben auf der Straß.«
Grüner sieht einen Buben, der sich offenbar mit einem Fundstück davonmachen will und pfeift ihn her:
»He, du! Xaverl! Komm amal her! Was hastn du da in der Hand?«
»Nix . . . i woaß aa net. So a Bleech halt . . .«
»An Messingring . . .«
»Wo hastn den her? Derfst mas scho sagen, i dua da nix.«
»Gfunden. Zerscht grod. Da, auf der Straß is er glegn.«
»Das ist eine Tatbestandsaufnahme, Grandauer! Wunderbar! Läßt sich von die Kinder die Beweisstücke wegschnappen! Der Herr Weinheld!
– – Also, Xaverl . . . kannst di scho wieder schleicha. Des Blech ghört jetzt uns.«
»Schaut aus wia so a Einfassung . . . von a Autolampn oder so was ähnliches.«
»Ja, ja . . . der is angfahrn wordn. Weiter nix.«
»Mich wundert bloß des, Herr Kommissär . . . er is ja, scheints, von dahoam weggradelt in aller Früah . . . hat aber bloß des dünne Jackerl o. Und drunter . . . des schaut eher aus wia a Nachthemad! – – Komisch . . .«

*

Die Frau des Kriminalbeamten Grandauer war tagsüber – wie sonst auch, seit ihr der Doktor Bettruhe verordnet hatte, und an diesem Adventssonntag erst recht – vom Schlafzimmer auf das Kanapee im Wohnzimmer umgezogen, wo sie nicht gar so abgeschieden lag und die Vorgänge in ihrem Hauswesen besser dirigieren konnte:

»Gell, und Mädi, wennst as ins Backrohr duast, die Blatzln, mußt aufpassen, daß d' a schöns, gleichmäßiges Feuer im Herd hast!«
»Ja, ja, is scho recht, Mama.«
»Sonst werdns nämlich schwarz! – Und der Benno soll dir zuvor noch a Bündel Holz aus'm Keller holen!«
»Hat er scho, Mama.«
»Und der Adi soll net so vui Teig schlecken! Sonst werd's eahm wieder schlecht! – – – Gläut hat's, an der Tür!«

Benno ist schon unterwegs, um zu öffnen. Es war ja ausgemacht, daß der Lichtl Biwi vorbeikommt mit seinem neuen Musikapparat.

»Servus, Benno . . . «

»Mei, hostn dabei, Biwi! Bärig!«

»Für dei Mama dua i ois! – – Dei Baba aa da?«

»Na, der kummt erst auf d' Nacht.«

»Is vielleicht gscheiter!«

Sie gehen ins Wohnzimmer und tun sehr geheimnisvoll.

»Mama . . . der Biwi! Was moanst, was er dabei hat?! – – Kumm rei, Biwi!«

»Grüaß Gott, Frau Grandauer!«

»Ja, Biwi, grüaß di Gott! – Was schleppst denn du da daher?!«

»A bißl was zu Eahna Ihra Unterhaltung . . . hama uns denkt.«

»Stell man auf'n Tisch nauf, Biwi.«

Frau Grandauer richtet sich neugierig auf. Sie ahnt wohl, um was es sich handelt. Aber genau weiß sie es nicht:

»Des is ja so a . . . wie heißt ma's denn?«

»Also, des meinige hoaßt Chronophon. Es gibt ja verschiedene, wissens. – – Halt amal den Trichter, Benno. Der muaß in des Loch nei.«

»Ja, und da wollts ihr mir jetzt a Konzert damit vorspielen?«

»Freili . . . is ja heit Sonntag, net.«

»Ihr zwoa . . . Ideen habts ihr allerweil!«

»Schauns, Frau Grandauer, so wird er aufzogn. Mit der Kurbl.«

»Braucht ma da koan elektrischen Strom dazua oder was?«

»Nix. Ois mechanisch.«

»Ja, sag amal, Bua, und is der net recht teuer, so a Apparat?«

Benno ereifert sich, ein wenig auch im eigenen Interesse:

»Na! Der kost' eben gar nix . . . gell, Biwi?!«

»Ma muaß bloß von dene, also von dera Gesellschaft, jeds Monat zwoa Schallplatten abnehma. Dann kriagt ma den ganzen Apparat umasunst!«

»Umsonst?!«

»Gschenkt, Mama!«

»Und jetzt müassens amal zuahorcha, Frau Grandauer! Jetzt spiel i amal . . . weil, des paßt grod so schee: ‚Christkinds Einkehr'. – – Moment . . . Achtung! Laaft scho . . .«

Es ist ein großes Ereignis. Eine Weile krächzt nur die Nadel – dann ein Kinderchor: »Kling, Glöckchen, klingelingeling, kling Glöckchen kling . . . . «

»Gfallt's Eahna, Frau Grandauer?«

»Wunderschön! Also, des is kaum zum glauben! Direkt ein Wunder! – – Wenn ma denkt, gell . . . daß da jetzt aus so was a Musik rauskommt!«

*

Die beiden Kriminalbeamten hatten sich anschließend noch in der Behausung des Tierausstopfers Wurm umgesehen. Und dabei war ihnen als erstes aufgefallen, daß die Haustüre offenstand.
Sie führte direkt in seine Werkstatt, wo es sehr unangenehm nach Chemikalien roch, und die auch vom Anblick her nicht gerade anheimelnd wirkte. Aber das lag eben in der Natur der Sache, mit der sich Herr Wurm beschäftigt hatte, nämlich: Vögel, Wiesel, Füchse, Marder und dergleichen für Anschauungs- oder Dekorationszwecke zu präparieren, beziehungsweise auszustopfen.
Hier zeigten sich zunächst auch keinerlei Verdachtsmomente – im Gegensatz zu seinem Schlafzimmer, das die Beamten in einem sehr seltsamen Zustand vorfanden.

Sie stehen vor der Bettstatt des Toten, und Grandauer folgert aus deren Zustand:
»Für mi schaugt des so aus, als ob da oaner rumgwurlt hätt, in dem Bett . . . als ob er was gsuacht hätt.«
»Was suacht ma denn in am Bett? Flöh oder Wanzen . . .«
»Es gibt aa Leut, Herr Kommissär, die wo eahna Geld im Bett verstecka.«
»Gibt's auch, ja. Mei Vater . . . der hats im Strumpf ghabt. Und den Strumpf im Strohsack.«
»Vielleicht is er hoamkema, hat gsehng, daß' eahm sei Geld gstohln ham . . . dann wollt er zur Polizei radln . . . und bei der Gelegenheit is er zammgfahrn wordn.«
»Ausgezeichnet, Grandauer! – Aber wieso is er dann mit'm Nachthemd losgradelt?!«
»Ah so . . . stimmt aa wieder. Demnach müassert er ja zuvor scho im Bett glegen sei . . . «

Frau Grandauer hatte nach »Christkinds Einkehr« noch die Originalstimme des deutschen Kaisers vernommen, sowie: »Ich hab einen Liebsten jenseits der Elbe« und: »Das Gebet während der Schlacht«. Das alles hatte sie sehr erregt. Als der Benno dann gegen Abend seinen Spezl im Treppenhaus verabschiedete, kam gerade der Vater heim, von einem langen und wenig erfreulichen Sonntagsdienst.

»Grüaß di, Baba.«
»'n Abend, Herr Grandauer!«
»Grüaß euch. – Was is'n los? Was habts denn da?«
»Der Biwi . . . für d' Mama, woaßt . . . sein Musikapparat hat er mitbracht.«
»Daß' a bißl a Abwechslung hat, hama denkt, wissens.«

Grandauer, von der guten Absicht versöhnlich gestimmt:
»So . . . na ja . . . hat sies aber net recht ogstrengt?«
»Na, na, Baba. Im Gegenteil . . . gell, Biwi?!«
»Also, i hab scho gfunden, daß ihra des a Freud gmacht hat. Bestimmt, Herr Grandauer.«
»Is' ihr einigermaßen ganga heut?«
»Vui besser, Baba! Gell, Biwi?!
»Gegas letzte Mal, wia i da war . . . da hats schlecht ausgschaugt. Aber heit . . . «
»An ganzen Dog scho, Baba. Sie hat aa wieder rumkommandiert. Jetzt is' grad a bißl eigschlafa, auf'n Tee nauf. Aber . . . i glaub scho, daß' übern Berg is, gell, Biwi?«
»Glaub i aa . . . ganz bestimmt.«
Grandauer ist sich dessen nicht so sicher. Aber er will es sich nicht anmerken lassen:
»Ja, ja, Buam . . . glaubn ma's halt amal so lang. – Und wia bringt'n jetzt des Trum da hoam? Dein' Musikapparat.«
»Auf'm Motorradl. Hint drauf, mit am Reahma. Koa Problem.«
Grandauer ist schon an ihnen vorbei, da dreht er sich noch einmal um und fragt den Biwi:
»Du bist doch a Autoschlosser, gell?«
»Freili, beim Beissbarth draußn.«
»Wenn i dir an Messingring zoag . . . ungefähr so groß wia a Teller . . . angenommen, er is von am Auto . . . bringst du dann den Fahrzeugtyp raus, zu dem der ghört?«
»Des kummt jetzt natürli drauf o . . . is' a Serienwagen oder a Einzelanfertigung. Wenn er von am Serienwagen is, bring i's raus. Kein Problem.«

Der Lichtl Biwi hatte seinen Optimismus durch manche Schlappen hindurch bewahrt, und in diesem Fall standen seine Chancen vielleicht gar nicht einmal so schlecht, wenn man bedenkt, daß in München nur an die eintausendvierhundert Kraftfahrzeuge zugelassen waren, die sich auf nicht allzuviele Fabrikate verteilten.

Am anderen Tag in aller Früh fuhr Kriminaloberwachtmeister Grandauer ein zweites Mal nach Forstenried hinaus, weil er sich vom Gesellen und vom Lehrling des Tierausstopfers, wenn diese pflichtgemäß an ihrem Arbeitsplatz erscheinen würden, einige Aufschlüsse erwartete.
Aber der Geselle blieb aus. Es kam nur der Lehrbub, und aus dem war nicht viel Vernünftiges herauszuholen:

»Hod er vielleicht mit wem an Streit ghabt, dei Moaster?«
»Des woaß i net.«
»Du hast doch Ohrwascheln, oder? Des hört ma doch, wenn er mit wem schimpft!«
»Ja . . . gschimpft hod er scho amoi.«
»Mit wem?«
»Mit alle.«
»Um wos is'n da ganga?«
»Mei . . . halt so. I woaß aa net.«
»Mit'm Gselln aa?«
»Ja . . . scho aa.«
»Wega wos?«
»Wegan . . . Lohn oder wos.«
»Bsinn di amal genau, Bua! Was hat er'n da gsagt?«
»Sie ham mi na oiwai ums Bier gschickt.«

An eines konnte sich der Lehrbub dann wenigstens noch genau erinnern – und das war ein Haus in Thalkirchen, ein ziemlich altes, heruntergekommenes, in das er den Altgesellen mit Namen Pötzinger Hans schon ein paarmal hatte hineingehen sehen, woraus zu schließen war, daß er dort wohnte. Und das bestätigte sich dann auch.
Grandauer mußte ein paarmal an die Wohnungstüre klopfen, bis sich endlich eine Frau von drinnen – ohne ihm zu öffnen – mit zaghafter Stimme meldete:

»Wer is'n da?«
»Sind Sie die Frau Pötzinger?«
»Ja . . . warum?«
»Bittschön, machens auf. I möcht gern Eahnan Mann sprechen.«
»Mein Mann . . . «
Von drinnen hört man verdächtige Unruhe. Dann sagt sie hektisch, laut:
» . . . der is net da!«
Grandauer wird massiver:
»Deswegen könnas trotzdem aufmacha! Bittschön, sans so guat!«
»Wer san denn Sie?«
»Von der Polizei.«
»Wega wos?«
»Sie, wenns jetzt net glei aufmacha, Frau Pötzinger, dann passiert was!«
Sie öffnet zögernd die Türe. Die führt ohne Vorraum in eine ärmliche Wohnküche. Grandauers Blick fällt als erstes auf das offene Parterrefenster. Ein Säugling, nahe dem Fenster, schreit erbärmlich. Ein kleines, blasses Mädchen steht verschüchtert daneben. Die Situation ist eindeutig. Er fragt nur:
»Wo is er denn, Eahna Mo?«

»In der Arbat.«
»So . . . in der Arbat!«
Dann fragt er das Mädchen:
»Wo is'n der Baba?«
»Des sag i net.«
»Beim Fenster naus?«
»Na.«
»Warum stehtn na des auf . . . bei dera Kältn?«
Die Frau antwortet ihm barsch:
»Damit der Kloa a frische Luft kriagt.«
»Kumm, Deandl, machs zua, sonst derfriert er eich ja no! – –
Und Eahna gib i den Rat, Frau Pötzinger: Wenn er hoamkommt von der ‚Arbat', Ihr Mann . . . soll er si bei uns drinna melden. Und zwar sofort! I schreibs Eahna auf, wo. – – Sonst holn ma'n uns, sagns eahm.«

*

Frau Gassner ist zu Besuch bei ihrer Freundin, sitzt an ihrem Krankenbett und will sich keine Betroffenheit anmerken lassen:
» . . . und gell, Agnes, wenn i euch irgendwas helfen kann . . . ich komm auch amal zum Saubermachen!«
»Na, na, dank dir schön, Franzi. Aber für des hab i ja d' Mädi. Die muß halt jetzt öfter amal von der Schui dahoam bleiben. Bei ihr is' net so schlimm.«
»Und immer auf Weihnachten kommt so was daher, gell! – – Was sagtn der Dokter? Meint er, daß d' bald wieder aufstehn kannst?«
Die Agnes macht sich nichts vor, trägt es ohne Wehleidigkeit:
»Gar nix sagt er. Er duat mi bloß allerweil beruhigen. Aber . . . i glaub des nimmer. I glaub scho eher, daß' mi fortdoa müassn!«
»Ins Krankenhaus?«
»Aber bittschön, Franzi, sag's neamd! Vielleicht, daß i des Jahr no dahoam rumbring. Der Ludwig . . . und die Kinder, die brauchen's ja no net wissen.«
Franzis Worte lösen sich allmählich in Tränen auf:
»Na, na, i . . . i versteh di scho, Agnes. – Mein Gott, des wär ja furchtbar . . . mei, furchtbar waar des!«
»Jetzt geh weider, Franzi . . . wegen dem muaß' ja no net glei aus und vorbei sei. Sin ja scho viele gheilt wordn.«
»Freili . . . des is aa wahr. – – I bin allerweil glei so bleed, wenn i so was hör. – – Dabei kenn i selber an Fall . . . von a jungen Frau, die hat's ganz schlimm ghabt. Und heut is' wieder so guat beinander!«

In der Polizeidirektion. Wachtmeister Lederer hat Auskünfte eingeholt und berichtet Grandauer:

»... also, im Verbrecheralbum is er net drin, der Pötzinger Hans. Und er is aa, scheints, no net vorbestraft. Weil nix vorliegt.«

»Jetzt laß ma'n halt amal boazn. Wenn der wirklich was auf'm Kerbholz hat...«

»Soll i dann heut nimmer nausfahrn, Herr Oberwachtmeister?«

»Der kummt scho von selber. Mir ham ja aa nix gega eahm in der Hand.«

»-- Ah, so... da hab i mir no was aufgschriebn: Da hat auf Mittag a gewisser Lichtl antelefoniert...«

»Der Autoschlosser, ja... und?«

»Der Messingring, den wo Sie ihm zeigt ham... des hätt er scho rausbracht, sagt er. Der is von einem Horch-Auto. Vorn, von der Lampn. Und er kennt wen von dera Niederlassung in München... und läßt Eahna fragn, ob er sich mit dene in Verbindung setzen soll.«

»Na, na, des mach ma mir scho selber, Lederer. Schauns glei amal nach im Adreßbuch. Und fahrens zu dene hin.«

»Jawohl, Herr Oberwachtmeister.«

»Die solln uns sofort verständigen, wenn jemand an Wagen zur Reparatur bringt, bei dem a Lampn kaputt is. – Sonst nix. Keine Auskünfte, warum und so weiter!«

»Jawohl, Herr Oberwachtmeister. -- Und wenns mi fragn?«

»Sagens: ... a Überprüfung! Und aus!«

»Jawohl, Herr Oberwachtmeister!«

Während sich Grandauer den Mantel anzieht:

»I geh jetzt dann, gell. – Der Herr Kommissär woaß Bescheid.«

»Jawohl! -- Nach Harlaching naus?«

»Ja, ja...«

»Ois Guade, gell.«

Auf dem Gang kommt ihm Kommissär Grüner entgegen, sehr erregt von einer Nachricht der Hoffmannschen Korrespondenz:

»Ham Sies scho ghört, Grandauer? Unser Prinzregent! Jetzt, moan i, gehts halt doch dahi mit eahm! -- Mein lieber Freund... des kann was werdn!«

Aber Grandauer ist zu sehr mit seinen eigenen Sorgen beschäftigt:

»Ja mei, der Tod macht koa Ausnahm. I habs scho ghört.«

»Da werdns wieder von überall daher komma, die Hoheiten und Würdenträger alle mitanand! Daß ma nimmer wissen, wo uns der Kopf steht!«

»Ja, ja... bei unseroam geht des lautlos.«

Etwas völlig Belangloses lenkt sie für einen Augenblick von ihren wichtigeren Dingen ab. Ein höflicher junger Mann sucht etwas im Amtsgebäude und fragt:
»Entschuldigen Sie vielmals . . . Aufenthaltsbescheinigungen für Ausländer?«
Der Kommissär gibt Auskunft:
»Einwohnermeldeamt . . . gradaus, den Gang vor. Da sehng Sie's dann scho.«
»Vielen Dank, die Herren, dankeschön.«
– – –
»Also, jetzt fahrns halt amal nach Harlaching naus, Grandauer, und schaungs, net . . . «
»Ob überhaupts a Bett frei is.«
»Wenn's scho amal sei muaß . . . da wärs halt gut aufghobn, in dem Sanatorium. Des hört ma allgemein.«

Und während Ludwig Grandauer anschließend die Treppe zum Ausgang in die Weinstraße hinunterging, kam der liebenswürdige junge Mann seiner Meldepflicht nach, der er als Ausländer unterlag.

Der Beamte sucht den Akt, und weil er einen guten Tag hat, ist er leutselig und scherzt ein bißchen mit dem Antragsteller:
» . . . ein Kunstmaler, aha! – – Da sans aber net der oanzige in München!«
»Ich war zuvor in Wien, Herr Inspektor! Das ist eine Phäakenstadt! Wo Sie hinschaun: Juden, Plutokraten, Marxisten! Und ein Volk ohne nationale Begeisterung!«
»Ja, was' net sagen! Wo aus Wien so eine schöne Musik kommt!«
»Ich habe dort etliche Jahre gelitten! Aber München! Das ist ein gesundes Volk! Das ist eine deutsche Stadt!«
»Gell, mögens lieber bei uns bleim!«
»Wenn man mich hier brauchen kann . . . bleib ich gern.«
»Na ja, hama halt an Maler mehr. Des wern ma na scho aa no verkraften! – – Aha, und da haben wir ihn auch schon: Hitler, Adolf, geboren: 20. 4. 89, in Braunau am Inn. Wohnhaft zur Zeit in München, bei Schneidermeister Popp, Schleißheimer Straße 34. – Des san doch Sie, oder?«
»Jawohl, Herr Inspektor.«

Auf dem Marienplatz war ein Pferdewagen der Firma Kathreiner umgestürzt, so daß infolgedessen eine Ladung Malzkaffee die Trambahngleise blockierte. Herr Grandauer hatte sich darum für die Linie 35 entschieden, die vom Hauptbahnhof nach Harlaching fuhr.

Der Weg dorthin wäre für ihn unter normalen Umständen sicher kurzweiliger gewesen. Die Läden hatten ihre Auslagen schon alle für das Weihnachtsgeschäft dekoriert. Und jetzt wäre er wahrscheinlich auch bedenkenlos in das Kaufhaus Oberpollinger hineingegangen, um seiner Frau die schwarzseidene Bluse zu kaufen, die er ihr im vorigen Jahr aus Sparsamkeitsgründen versagt hatte – ja, jetzt wäre er auch liebend gerne bereit gewesen, ihr einen neuen Wintermantel zu schenken, wenn nur etwas mehr Hoffnung bestanden hätte, daß sie ihn jemals wieder brauchen würde.

Vor dem Photoladen des Hoflieferanten Andreas Gassner erwog er noch im Vorbeigehen, ob er schnell einmal hineinschauen und Grüß Gott sagen sollte, um sich bei der Gelegenheit nach seinem Sohn Benno zu erkundigen, der dort seit drei Jahren in der Lehre war. Aber er unterließ es und er warf auch nur einen flüchtigen Blick nach rechts in die Ettstraße, wo das neue Münchner Polizeipräsidium im Bau, ja, sogar schon unter Dach war, so daß man es vielleicht tatsächlich im nächsten Jahr, wie es immer hieß, würde beziehen können.

Am späten Nachmittag, als Ludwig Grandauer dann in Harlaching aus der Trambahn stieg, war alles grau in grau, und der dicke Nebel ließ auch nichts mehr von der herrlichen Natur erkennen, die das städtische Sanatorium umgab. Und er dachte daran, wie schön sie es hier noch im vergangenen Sommer angetroffen hatten und wie gut die Agnes noch beisammen gewesen war, damals bei ihrem gemeinsamen Ausflug in den neueröffneten Tierpark – ganz in der Nähe, an der Isar unten, in Hellabrunn.

Jetzt kam er hierher, um ein Bett für sie zu bekommen, und das war gar nicht so einfach; denn die Abteilung für tuberkulös erkrankte Frauen war ständig überfüllt.

Die Krankheit hatte sich ja zum Glück nicht von heute auf morgen eingestellt. Sie war ganz allmählich, sozusagen schleichend aufgetreten, so daß sich wenigstens die Kinder nach und nach an alle die Einschränkungen gewöhnen konnten, die sich aus dem Zustand der Mutter ergaben.

Die Luise besaß nun, mit ihren vierzehn Jahren, schon genügend Umsicht und Reife, um den Haushalt zu führen, freilich, auf Kosten ihrer schulischen Leistungen; aber in diesen hätte ja ohnedies niemand von der Familie ihre Bestimmung gesehen. Das war dem Lateiner Adolf vorbehalten, der nicht so recht wachsen wollte und seinen Eifer allein schon gegen die körperliche Überlegenheit des großes Bruders, mehr aber noch gegen dessen angeborene Bevorzugung, so hoch entwickeln mußte.

Die drei Grandauer-Kinder in der Küche. Luise am Herd. Adolf bei Laubsägearbeiten am Tisch. Benno mit nichts anderem als Hohn für den kleinen Bruder:
»Und . . . was werd des nachher, wenn's fertig is?«
»Kripperlfigurn.«

»Ah so! Wer is'n er?«
»Vo die heiligen drei König oaner.«
»Ah, der schaugt aber eher aus wia der Graf Koks von der Gasanstalt!«
»Spinn di doch aus.«
»Jo, glaub mas. Schaug her, Luise . . . gell!?«
Adi wird wütend:
»Du konnst bloß oiwei bläd daherredn!«
Der Luise ist das Gefrotzel zu dumm:
»Net so laut! D' Mama schlaft doch.«
»Es is halt net jeder so gscheit wia du, Adi, schaug! Du bist ja auch der Stolz der Familie!«
»Weil i amoi net rausfliag aus'm Gymnasium, gell! So wia du.«
»Na na, des is ja bekannt. Du bist ja scho mit der Bruin auf d' Welt kumma!«
»Und du bist a Zigarettenbürscherl! Des hot der Baba aa gsagt!«
»Magst oane, Adi? A Zuban? Muaßt da aber zuvor d' Hosn unten zuabinden!«
»Hockerbleiber!«
»Bruinschlanga!«
»Stenz!«
Luise hat gehört, daß jemand in die Wohnung kommt und beendet die Aufzählung:
»Der Baba kummt!«
Sofort ist Ruhe. Dann kommt Grandauer herein mit einem müden, ernsten Gesicht. Aber so schaut er ja in der letzten Zeit oft aus. Und dann sagt er nur:
»So, Kinder . . .«
Und die Kinder sagen:
»Grüaß di, Baba.«
Die Luise bringt ihm die Pantoffeln:
»Deine Botschn, Baba.«
Er zieht die Stiefel aus, langsam, in Gedanken:
»D' Mama schlaft?«
»An ganzn Nachmittag scho.«
»Hab grad bei ihr neigschaut. Is' recht schwach?«
»Eigentlich net. So wia gestern.«

– – –

Der Adi bricht das Schweigen. Kostet voll aus, was er zu berichten hat:
»D' Lateinschuiaufgab is heit rauskumma, Baba!«
Aber der Vater hat nicht das Interesse wie sonst:
»Ah ja . . . und?«
»An Oanser hab i gschriebm.«
»An Oanser . . . brav, Adi, brav . . .«
»As Essn is na aa glei fertig, Baba.«

»Pressiert net, Luise. I hab no koan Hunger.«
»Des war die letzte vorm Weihnachtszeugnis. Jetzt kriag i in die Noten aa an Oanser, Baba!«
»Kriagst aa oan . . . des is recht.«
Jetzt schiebt sich der Benno vor den Lateiner:
»I wollt nämli aa was mit dir beredn, Baba . . . wega Weihnachten.«
»Weihnachten! – – Mei Bua . . . des werd heier a traurigs Weihnachten.«
»Aber wegen dem, woaßt . . . hab i mir eben denkt, daß ma der Mama a Freid machen. Weils doch am Sonntag so begeistert war, wia der Biwi mit seim Grammophon da war. Und wos doch die Musik so gern mog . . . daß ma ihr vielleicht so oan schenken . . . so a Grammophon. – – Und i kannt aa wos dazuazahln, Baba. Weil, der Herr Gassner gibt ma ja allerweil wos auf Weihnachten. Vorigs Jahr warn's zwanzig Mark.«
– – –
»Also Kinder . . . kumm, Luise, sitz du di aa amal her . . .«
Wenn der Vater so anfängt, muß es was Wichtiges sein. Dann folgen sie schweigend. Grandauer sagt es ihnen so nüchtern, wie er nur kann:
»Unser Mama . . . werd heier auf Weihnachten gar nimmer dahoam sei.«
»Nimmer dahoam?!«
»Wiaso?«
»Weils ins Krankenhaus muß.«
Benno versteht es überhaupt nicht:
»Aber es is ihra doch scho wieder vui besser ganga!?«
»Tja . . . so is des. Und mir müssen uns auch alle durchleuchten lassen!«
»Duat des weh, Baba?«
»Na, Adi, des duat net weh. – – Des net.«
»Und muaß' da lang bleibn!«
»Des woaß der liebe Gott. – – – Und no oans: Der Dokter hat ihra bis jetzt no nix gsagt. Und i aa net. Und i möcht aa net, daß sie's erfahrt! Bis' soweit is . . . daß a Bett für sie frei werd. – Habts des verstanden?«
»Ja, Baba . . .«

*

Am Dienstag, den 10. Dezember 1912, hatte man morgens den Wagen Seiner Königlichen Hoheit, des Prinzregenten Luitpold, noch durch den Englischen Garten fahren sehen, und es hieß, er habe sogar einmal anhalten lassen, um einem Spaziergänger die Hand zu geben.
Dem Kriminaloberwachtmeister saß zu der Zeit ein dünner, ausgemergelter Mann gegenüber, der ihm zuvor 284 Mark und 30 Pfennig auf den Schreib-

tisch gelegt hatte. Und anstatt kleinlaut zu sein, wie es seiner Lage eher entsprochen hätte, war er auch noch patzig, dieser Pötzinger Hans aus Thalkirchen.

»Und?! Was soll i jetzt mit dem Geld, Herr Pötzinger?«
»Zruckgeben wollt i's. – Hab i ja gsagt, oder!«
»Damit, moanas, is ois ausgtandn?«
»Vo mir aus sperrns mi aa ei. I bin ja so jetzt arbatslos.«
»Des waar Eahna wurscht?«
»Waar ma wurscht. Dahoam kriag i no weniger z' fressen.«
»Und von was Eahna Frau und Eahnene Kinder derweil leben, des is Eahna aa wurscht?«
»Wia's ma net wurscht war, war's aa net recht.«
»Wos hoaßt des?«
»Hab i doch gsagt . . . daß i bloß higanga bin zu eahm, weil er mir sechs Wocha an Lohn schuldig gwen is.«
»Und deswegen hams in der Nacht bei ihm eingebrochen?!«
»Net eibrocha! I hob ja an Schlüssl für d' Werkstatt.«
Dem Kriminaler ist der Mann eigentlich gar nicht so zuwider. Und seine Fragen zielen auch nicht darauf ab, ihn hereinzulegen:
»Sagens amal, wia kemmas denn überhaupts auf so a Idee?«
»Weil i a Wuat ghabt hab auf den geizigen Hund, den geizigen! – – Und a bißl . . . bsuffa war i vielleicht aa.«
»Und da sans dann einfach nei zu eahm ins Schlafzimmer und ham gsagt: Geld her . . . oder i hau da was nauf?!«
»Nix: hau da wos nauf! Des hab i net gsagt. – Auf des hab i an Anspruch . . . hab i gsagt!«
»Und was hat er gsagt?«
»Schleich di . . . oder . . . i woaß' aa nimmer so genau. – Auf amoi hod er halt an Hammer in der Hand ghabt, der wo auf seim Nachtkastl glegn is, und wollt man naufschmeißn.«
Grandauer schaut ihn schlitzäugig an:
»Und wiaso is na am End er am Bodn glegn und net Sie?«
Da muß auch der Pötzinger grinsen:
»Weil i mi duckt hob.«
»Und von dem is er na umgfalln, der Wurm, und war bewußtlos?!«
»Na, na, vo dem no net. – Aber . . . wia i mi so buck, hob auf amoi i den Hammer in der Hand ghabt. – Und vo dem is er umgfalln.«
Allzu verständnisvoll will Grandauer ihm auch nicht erscheinen, wenngleich er sagen muß:
»Da host eahm aber a sauberne naufzundn, gib's zua!«
»Gar net so arg. Er hod ja no weitergwuiselt. – Bloß, daß er si halt jetzda nimmer grührt hod.«

»Und dann hams eahm sei Geld aus'm Bett rauszogn. Woher hams denn überhaupts gwußt, daß er's im Bett hat?«
»Weil so oaner wia der Wurm auf'm Geld schlaft. Damit er's bei der Nacht aa no gspürt!«
Grandauer überblickt nochmal das vor ihm liegende Geld:
»284 Mark und 30 Pfenning. – Und wiavui war er eahna schuldig?«
Jetzt wird der Pötzinger beinahe kleinlaut:
»140 Markl.«
»Mei liaber Freind, da host net schlecht aufgrundt!«
»Mei . . . i hob halt gnumma, wos i derwischt hob. – – Dahoam hab i's na scho aa gmerkt. – – – Und wenns mi wega dem eisperrn wolln . . . bittschön! I hab's Eahna scho gsagt . . . «

*

Ein überaus schneidiger Herr, schon hoch in den Sechzigern, als Automobilist und Herrenfahrer an der militärisch orientierten Sportkleidung erkennbar, hatte seinen Wagen – einen dunkelgrünen Horch – in der Münchner Werksvertretung vorgefahren, um ein paar unbedeutende Reparaturen ausführen zu lassen. Seine Anordnungen dem biederen Werkmeister gegenüber ähnelten ein wenig dem hierorts nicht sehr beliebten, aber Respekt heischenden Tonfall des deutschen Kaisers:

»Die werdense ja vorrätig haben, so ne Laterne, nichwahr?«
»Hama vorrätig, jawoi.«
»Und die Delle da, im Kotflügel . . . könnse ja rauskloppen. Bißchen mit grünem Lack drüber, nichwahr . . . und fertig is die Laube.«
»Wird gemacht. Wenns ma bittschön nur noch Ihren Führerschein . . . wegen der Adresse und so weiter.«
»Könnse haben. Is ne Berliner Nummer . . . sehnse ja. Ich wohne hier zur Zeit im Hotel Bayerischer Hof. Schreibense auf . . . «
Der Mechaniker liest den Namen und erstarrt:
»Herr von Hagen . . . Oisbert . . . Generalmajor a. D. . . . «
»Rufense dort an, wennse fertig sind! Aber machense 'n bißchen dalli, dalli, wenn ich bitten darf!«
»Jawohl, Herr General!«

In der Polizeidirektion. Grandauer verwendet sich für den Pötzinger, aber der Kommissär hat Bedenken:
»Ja, mei . . . ganz untern Tisch könn' ma'n net falln lassen, Grandauer.

Er hat immerhin sein' Meister tätlich angegriffen und beraubt.«

»Des hab i ja aa net gmoant, Herr Kommissär. Aber . . . es is ja nimmer feststellbar: Hat er'n angegriffen, oder hat er si bloß gwehrt? Und so arg kann der Schlag ja net gwesn sei . . . sonst hätt er doch nimmer mit'm Radl fahrn könna, der Wurm.«

»Machens halt a entsprechendes Protokoll . . . dann laßtn der Untersuchungsrichter vielleicht laufen.«

Das Telefon klingelt, Grüner hebt ab, ist über die Meldung hocherfreut. Dann kommt das dicke Ende:

»Sehr gut! – Ausgezeichnet! – – Au weh! A Generalmajor!? Herrschaftzeitn! – Und a Preuß aa no dazua! A, a, a, a, a, a . . . da kriang ma wieder an Ramasuri! Deans amal glei über Berlin a Auskunft einholn über den Mann. – Das is der Kriminalkommissär Krüger. Sagens ihm an schönen Gruß von mir . . . na, na, des is a recht a kommoder Mensch, der Krüger. Also, dann . . . «

Er hängt ein, erhebt sich, faßt einen Entschluß und eröffnet ihn seinem Untergebenen, indem er ihm zunächst vertrauensvoll die Hand auf die Schulter legt:

»So, Grandauer, jetzt könnens beweisen, was' bei mir glernt ham.«

»Hams des Auto?!«

»Möglicherweise! Kann natürlich auch falsch sein. Bloß, was mich stutzig macht: grüne Kotflügel! Und die Lackspuren an dem Fahrradl waren doch auch grün, gell?!«

»Dunkelgrün.«

»Aber! – Jetzt kommt der Pferdefuß! – – Des Auto ghört einem Generalmajor! Aus Berlin! Und der is, scheint's, a Herrenfahrer . . . ohne Chauffeur!«

Grandauer zeigt Mitgefühl:

»Da beneid i Eahna fei ned . . . um die Vernehmung. Mit am preußischen General!«

»Brauchens aa gar net. – Weil Sie des machen!«

»Na! Na, bittschön, sans ma net bös, Herr Kommissär, aber . . . der laßt doch mi abfahrn. An kloana Beamten! Na, des müassen scho Sie machen!«

»Des kommt eben jetzt ganz auf Ihre Geschicklichkeit an, Grandauer. Wia ma so was eifadelt! Elegant!«

»Na, na, für des bin i net der richtige Mann.«

»Muß man auch können! Duat ma leid, Grandauer, aber i kann jetzt net weg. Ich hab anschließend noch a Unterredung mit der Direktion. Also, dean ma net lang rum, gehns nüber in' Bayrischen Hof, da is er abgestiegen. Vorher meldens Eahna an. Alles korrekt und höflich. Keine direkten Fragen! Keine Anschuldigungen selbstverständlich! Mir wollen bloß wissen: Wo war er mit seinem Auto in der Nacht von Samstag aufn Sonntag!«

Der solchermaßen Beauftragte nickt betreten:
»Bloß, jawohl . . . is ja aa bloß a General!«
»So is es! Und wenn er der Ludendorff selber wäre! Sie kommen im Namen des Volkes! – Aber natürlich mit allem schuldigen Respekt!«

Ludwig Grandauer war in Ausübung seines Amtes vereinzelt auch schon an höhere Kreise herangetreten – nicht sehr oft allerdings, und wenn, dann jedesmal mit Blei in den Beinen! Und er hatte auch jetzt wieder das gleiche dumme Gefühl, daß er schon beim Eintreten in die Hotelhalle stolpern oder hinterher in den dicken Perserteppichen versinken könnte, die dort überall herumlagen. Dazu kam noch die herablassende Art, mit der das Hotelpersonal seinesgleichen behandelte:

» . . . Seine Exzellenz lassen ausrichten, Sie möchten sich bitte kurz fassen, weil Seine Exzellenz sehr beschäftigt sind. – – Wenn Sie mir bitte folgen wollen.«

Grandauer hatte sich mehrere Sätze vorbereitet, die so beschaffen waren, daß sie ihn vielleicht der Wahrheit näherbringen könnten; andernfalls sollten sie ihm wenigstens einen tadellosen Rückzug sichern. Aber dann, als es soweit war, fiel ihm keiner mehr ein.

»Also, bitte . . . kommense zur Sache! Der Horch gehört mir, jawoll. Ich habn gekauft und nicht gestohlen! Genügt Ihnen das? Oder wollense etwa Belege?!«
»Nein, nein, das . . . seppverständlich, Herr General. Um das geht es auch gar nicht . . . «
»Naja, also, Menschenskind, um was denn dann?!«
»Ob der Herr General das Auto vielleicht am vergangenen Wochenende verliehen haben?«
»Nee, hat er nich. – – Hat er nich . . . warum?«
»Oder ob der Herr General mit seinem Auto . . . in der Nacht vom Samstag auf Sonntag vielleicht selber unterwegs gewesen sind?«
» – – Sagense mal, is das 'n Verhör, oder wie?!«
Grandauer kann es nicht verhindern, daß ihm plötzlich der Gaul durchgeht:
»Nein, das ist kein Verhör, Herr General. Das ist nur . . . weil nämlich, wenn Sie in dera Nacht mit ihrem Auto unterwegs gewesen sind, dann besteht der begründete Verdacht, daß Sie einen Kilometer vor Forstenried einen Radler angefahren haben. Und der Mann ist tot!«
Der General fixiert den Kriminaler mit souveräner Gelassenheit, bis diesen die Angst vor der eigenen Courage packt. Dann fragt er militärisch knapp:
»Wie war Ihr Name?«

»Grandauer.«
»Rang?«
»Kriminaloberwachtmeister.«
»Also? Herr Oberwachtmeister, nu gehnse mal zurück zu Ihrer Dienststelle, nichwahr, und meldense da, daß sich der Herr von Hagen auf so ne Art und Weise nich ausquetschen läßt, klar!?«

Hinterher berichtet Grandauer seinem Chef von dem mißlungenen Auftritt. Grüner ist sehr beunruhigt:
»So . . . jetzt hama die Bescherung! – – Herrschaftzeitn noamal!«
»Ja, mei . . .«
»Ja mei, ja mei . . . i hab Eahna doch gsagt: keine Anschuldigungen!«
»Dann hättens mi net hischicka derfa. Sans ma net bös, Herr Kommissär, aber der Mo hat mi derartig greizt! Wia an Putzer hat er mi dasteh lassn! So a oider Depp, so a . . . preißischer!«
»Bittschön, jetzt werns ma net unsachlich, gell!«
Grandauer mit dem Mut der Verzweiflung:
»Gar net . . . und des is meine Meinung: Bei dem daat's mi net wundern, wenn er oan zammfahrt und merkt's net amoi!«
»Ihre Meinung! Die sagens amal am Staatsanwalt! Ob der so an Mann auf des nauf zum Verhör vorführn läßt?! Geh, Grandauer! Sans doch net so weltfremd!«
»Aber vielleicht aufgrund des Beweismaterials?«
»Wegen der Dulln?! Und der Lampn?! Des kann eahm woanders aa passiert sei!«
»Außerdem läßt er sich vom Hotelpersonal mit ‚Exzellenz' titulieren!«
»Ja und? Warum net? Als Generalmajor!«
»Erst ab Generalleutnant! Da kenn i mi nämlich aus, Herr Kommissär!«
Grüner mag jetzt nichts mehr entscheiden. Die Turmuhren schlagen. Er geht zum Mantelschrank:
»Scho wieder achte! – Ich muß des morgen noch amal mit der Direktion absprechen. – – Alloa möcht i da, in dem Fall . . . also, jetzt gehnga Sie aa hoam, Grandauer. – Und grüßens ma Ihre Frau . . . gell! Net vergessen!«

Aber die Abfuhr, die ihm der Generalmajor erteilt hatte, wurmte Ludwig Grandauer dermaßen, daß er noch einmal einen Umweg machen mußte, über den Promenadeplatz – mehr aus einem Instinkt heraus als zielstrebig – vielleicht nur, um seinen Scharfsinn zu wetzen an der hochmütigen Betriebsamkeit dieses Nobelhotels, das ihn zuvor so klein und unscheinbar hatte aussehen lassen. Und plötzlich kam ihm eine Idee. Er ging hinein, schon sehr viel selbstbewußter als am Nachmittag, und fragte den Portier:

» . . . die werden doch bestimmt irgendwo notiert bei Ihnen, die Telefongespräche, die der Herr von Hagen vom Hotel aus geführt hat.«
»Nur auswärtige Gespräche.«
»Die interessieren mich auch. Wer notiertn die bitte?«
»Das Fräulein in unserer Telefonvermittlung.«
»Dann möcht ich gern mit der sprechen . . . mit dem Fräulein.«
»Wenn es unbedingt sein muß . . . Sie können gleich hier durchgehen.
– – Aber ich darf Ihnen bei der Gelegenheit noch einmal sagen, daß wir Informationen über unsere Hotelgäste außerordentlich ungerne herausgeben. Es sei denn, es liegt uns ein Gerichtsbeschluß vor.«
»Und für den braucht man halt zuerst die Informationen, net. Ich frag ja net aus Neugier.«
Die Telefonistin hat ihre Eintragungen durchgesehen mit dem Ergebnis:
»Exzellenz haben mehrere Gespräche mit Berlin geführt . . . und einmal mit Hannover . . .«
»Und in der näheren Umgebung?«
»Da haben wir nur einmal Starnberg notiert . . . Freitag vergangener Woche.«
»Starnberg! Des interessiert mi, Fräulein! Wissen Sie den Namen von dem Teilnehmer?«
» – – – Eine Baronin von Wolff.«
»In Starnberg . . .«

Man hatte den Toten auf der Landstraße zwischen Starnberg und München gefunden. Und das war Grund genug für den gedemütigten Kriminalbeamten, diese Spur noch am selben Abend weiterzuverfolgen. Er vergaß darüber sogar seine häuslichen Sorgen und erbat sich, auf dem Weg zurück ins Präsidium, Gottes Beistand einmal ausnahmsweise auch in dieser Angelegenheit, die ihm ganz persönlich und weniger vielleicht von der Sache her so wichtig geworden war.

Baronin Beate von Wolff – im amtlichen Adreßbuch als Heiratsvermittlerin eingetragen – hatte sich aber erst auf heftiges Drängen zu einer telefonischen Auskunft herbeigelassen:

» . . . woher soll ich denn wissen, ob Sie wirklich von der Polizei sind?! Ich kann das ja gar nicht nachprüfen.«
»Dann geb ich Ihnen jetzt die Nummer vom Zentralbüro, und Sie rufen mich bitte zurück, Frau Baronin.«

»Ich habe auch noch immer nicht verstanden, worum es hier eigentlich geht?!«
»Es geht hier lediglich . . . ich hab's Ihnen doch schon gesagt . . . um ein Verkehrsdelikt. Und dazu hätt ich gern gewußt, ob der Herr Generalmajor von Hagen vielleicht am Samstagabend . . . ob er da vielleicht bei Ihnen in Starnberg war . . . oder . . . «
»Warum fragen Sie ihn nicht selber?«
»Sie sollen das ja nur . . . also, quasi bestätigen. Sonst nichts.«
»Ach so, Sie wollen wissen, ob das stimmt, was er gesagt hat? Ja, ja selbstverständlich stimmt das. Ich hatte am Samstagabend Gäste . . . und Herr von Hagen war auch hier. Genügt Ihnen das?«
»Vielleicht nur noch . . . wann is er dann nach München zurückgefahren? Um wieviel Uhr . . . ungefähr?«
»Ach, du lieber Gott . . . wann? Na, so zwischen zwölf und zwei, denk ich.«

*

Am Mittwoch, dem 11. Dezember, gab die Hoffmannsche Korrespondenz bekannt, daß sich das Befinden Seiner Königlichen Hoheit, des Prinzregenten Luitpold, durch das Auftreten eines Bronchialkatarrhs und einer gichtigen Affektion der rechten Hand verschlimmert habe.
In der Kriminalabteilung für unnatürliche Todesfälle indessen war man schon von Berufs wegen mehr mit anderen Schicksalen befaßt. Nur der Wachtmeister Lederer hielt sich an die althergebrachte Rangordnung, in der das Leben des Monarchen ganz oben anstand:

»Freili . . . alt genug waar er. Aber es is ja net bloß der Mensch, sag i allerweil. Er is uns halt doch a guader Hausvater gwen, unser Prinzregent. -- Und wia's na oft weitergeht, wenn so oaner amal nimmer is . . . anders amal gwiß! Da komman dann auf oamoi von überall Sachen daher . . .«
Grandauer hat etwas anderes im Kopf, wenn er fragt:
»Und um was' da geht bei dera Besprechung, des wissens net?«
»Nein, leider, Herr Oberwachtmeister . . . es is irgendwas aus Berlin komma. Aber der Herr Kommissär hat's glei an sich genommen und is los damit zum Herrn Direkter.«
»Aus Berlin?«
»Vielleicht hat's auch was mit der . . . traurigen Eventualität zu tun. Bal er's doch nimmer lang macht, unser Prinzregent.«

Entgegen dieser Annahme hört man von draußen herein das schallende Gelächter des Kommissärs, woraus Grandauer folgert:
»Gar so traurig kann's net gwesn sei.«
»Er is scho manchmal a rechter Liberaler . . . der Herr Kommissär!«
Die Bürotüre wird aufgerissen. Grüner platzt herein. Etwas scheint ihn ungeheuer amüsiert zu haben:
»Grandauer! – Da hams Eahna sauber ins Bockshorn jagen lassen!«
»Wiaso? Guat Morgen, Herr Kommissär.«
»Morgen. – Geh, Lederer, gehngas schnell amal nunter und holns ma an Kaffee rauf!«
»Jawohl, Herr Kommissär. – Für Sie auch einen, Herr Oberwachtmeister?«
»Na, dankschön, i brauch jetzt koan Kaffee. – – Wieso ins Bockshorn, Herr Kommissär?«
Grüner dreht jedes Wort genüßlich im Mund herum, bevor er es ausspricht:
»Der Herr Generalmajor a. D.!! – Die Exzellenz!!«
»Is er gar koaner?!«
»Doch, doch. In gewisser Weise schon! Die Berliner ham uns sein' Personalakt gschickt. Der reinste Karl May! Hockens Eahna erst amal hi! – – – Also: Oisbert von Hagen! Das ‚von' hat er sich amal preisgünstig gekauft, des is hieb- und stichfest. Offizier war er auch, nach Auskunft des preußischen Kriegsministeriums. Hauptmann im Siebzger Kriag . . . Eisernes Kreuz zweiter Klasse . . . alles fabelhaft! – Aber danach! Da beginnt dann sein märchenhafter Aufstieg. Zuerst war er bei die Chinesen. Und die müssen genauso beeindruckt von eahm gwesn sei wia Sie . . . daß'n glei zum kaiserlich-chinesisischen General gmacht ham! – Hat sich aber net lang ghalten. Schwupps, is er nach Peru nüber und hat bei dene ihrer Revolution mitgmischt. Als General, versteht sich! Hinterher hamsn dann nimmer mögn. Is er halt a Häusl weitergangen, in die nächste Bananenrepublik. Nach Honduras! Die san allerdings gar net guat auf ihn zu sprechen, laut Generalkonsulat. Da muß er sich a bißl was aus der Kriegskassa rausgnommen ham! Und anschließend is er mitn Präsidenten seim besten Gaul davogritten!«
»Des gibt's doch alles gar net?!«
»Wenn i's Eahna sag! Das ist die historische Wahrheit, Grandauer! Und wissens, was er jetzt macht? Jetzt duat er Offiziere und reiche Deandl verkuppeln. Oder wenn oaner grad amal an Orden braucht oder einen schönen Titel . . . der Oisbert schafft's her! Gegen Bezahlung natürlich. In der Sache san aa schon einige Verfahren anhängig. Und Sie, Grandauer . . . Sie hätten Eahna wegen dem fast in d' Hosn gmacht.«
Grandauer schluckt schwer an dieser Auslegung:
»Da möcht i liaber nix dazu sagn, Herr Kommissär . . . weil Eahna des sonst vielleicht peinlich waar!«

»Ja, i hab ja net mit eahm gredt! Ihnen hat er doch abblitzen lassen!«
»Wenns mei Aktennotiz glesen hätten . . . betreffs meiner Erkundigungen von gestern Abend . . . i habs Eahna auf'n Schreibtisch glegt . . .«
»Hab ich gelesen, Grandauer. Sehr gut! Und das bestätigt ja bloß, was ich von Anfang an gsagt hab. Aber das Wie, net . . . wia ma solche Leut packt, auf das kommt es an! Und jetzt red i amal mit eahm! Dann sollns sehng, wia kloa daß der werd.«

Herr von Hagen zeigt sich jedoch auch dem Kommissär gegenüber völlig unbeeindruckt, ja geradezu heiter:
»Nee, meine Herrn, es gibt kein Gesetz, das so was verbietet. Damit könnense mir nich bange machen! Und es is auch nicht ehrenrührig, wenn jemand seine Beziehungen zu Fürstlichkeiten oder einflußreichen Behörden und so weiter nützt, nichwahr, um verdienten Leuten zu ihrer Anerkennung zu verhelfen.
Das machen noch ganz andere Persönlichkeiten! Da würdense Bauklötze staunen! Und auch bei Ihnen herunten in Bayern!«
Es gelingt Grüner, ihn kurz zu unterbrechen:
»Ja, ja, aber um das geht's uns im Moment nicht, Herr von Hagen!«
»Und wennse Zweifel an meinen Titeln haben sollten . . . oder hier, an meinen Orden. Das sind keine Kotillonorden, meine Herren! Ich habe die Patente mit, in meinem Hotelzimmer.«
»Sie haben zugegeben, daß Sie in der Nacht von Samstag auf Sonntag mit Ihrem Auto über Forstenried nach München gefahren sind . . .«
»Bin ich, jawoll, ja. Aber 'n Radfahrer, nee, tut mir leid, meine Herren, is mir nich aufgefallen! Wildsäue, ja . . . die laufen ja bei Ihnen noch frei rum. Und mal dacht ich schon, da hat's mal son bißchen gerumst, nichwahr . . . ich hab vielleicht eine erwischt.«
Grandauer, bislang schweigend im Hintergrund, fährt zornig dazwischen:
»Sie wern doch wohl noch an Menschen von einer Wildsau unterscheiden könna, oder?!«

Der Herrenfahrer verliert seinen Humor nicht:
»Ach wissense, das is ja schon bei Tage nich immer ganz einfach. Und erst bei Nacht und Nebel! Geschneit hat's auch! Also, nee! Is ja höchst bedauerlich, das Ganze. Aber . . . ich bin mir keiner Schuld bewußt!«
»Für das hama die Justiz, Herr von Hagen. Die hilft Ihnen dann schon dabei.«

*

Ein leichtlebiger Mensch war Ludwig Grandauer noch nie gewesen. Aber seit es bei ihm zu Hause stiller geworden war und seiner Mahnungen zu mehr Ernsthaftigkeit kaum mehr bedurfte, spürte er allmählich, wie sehr ihm gerade das fehlte, was er früher so oft unterdrückt hatte: die Lebenslust, die er seiner Frau immer als Leichtsinn ausgelegt hatte, ihre Unbekümmertheit, die sie manchmal vielleicht nur zur Schau getragen hatte, um ihn ein wenig zu entlasten.
Er war auch an dem Abend mit keinen Hoffnungen, daß etwas anders oder gar besser sein würde, vom Dienst heimgekommen. Die Agnes schlief. Der Benno war allein mit ihm in der Küche. Nach einer Weile sagte er zu seinem Vater:

»I glaub, daß d' Mama jetzt scho was woaß.«
»Was woaß?«
»Daß' ins Krankenhaus muaß.«
»Hat ihr wer was gsagt?«
»Von uns net.«
»Wia kommstn dann darauf?«
»Heut hats gsagt . . . daß' ihr liaber waar, wenns ins Krankenhaus neikaam. Weils da schneller gsund werd. Und mir solln net so kindisch sei . . . wega Weihnachtn. Nächsts Jahr is aa Weihnachten. Und sie waar froh, wenns amal ihra Ruah hätt.«
– – –
»So . . . hats des gsagt.«
– – –
»Vielleicht, daß' ihr da doch helfa könna, im Krankenhaus.«
– – –
Der Vater nickt nur abwesend, schaut den Buben gar nicht an. Und man merkt, daß etwas in ihm aufkocht:
»Ja, ja . . . bestimmt. – – Und solche . . . Himmelherrgottsakramentshund, die wern steinalt! Und dene fehlt gar nix! Die san gsund und ham eahna Leben lang nix Anständigs net do!«
– – –
»Wer?«
– – –
»A . . . nix . . .«
Die Luise kommt in die Küche und sagt:
»Jetzt is' wach, Baba. – – Obst scho da bist, hats gfragt.«
»Dann geh i jetzt amal zu ihr nüber.«

»Agnes . . . grüaß di Gott.«
Sie ist leiser geworden, schwächer, aber überhaupt nicht wehleidig. Ja, es klingt sogar fast heiter:

»Wig . . . i hab jetzt so fest gschlafa, glaubst. – – I bin no ganz dramhapert.«
»Des is scho guat. – – Der Schlaf is wichtig.«
– – –
»Hast scho was gessen?«
»D' Mädi richt's grad.«
»Hock di a bisserl her da! – – – Hast recht vui Arbat?«
»Na ja . . . as Übliche. – Net so schlimm.«
– – –
»Jetza woaß i's wieder . . . du bist kema, in deiner alten Uniform und mit'm Säbel und hast gsagt: Schutzleut brauchas koane mehr . . . und du bist jetzt beim Theater angstellt . . . zum Türauf- und -zuamacha. – Des war dir aber gar net recht!«
Jetzt lacht er auch ein bißchen mit:
»So . . . na . . . mit'm Theater und so am Zeigl hab i's weniger.«
– – –
»Was i ois zammträum! Und dann gfallt's ma oft so guat in dem Traum, daß i gar net aufwachen möcht. Dann möcht i'n festhalten . . . im Traum no, woaßt. – – Und da denk i dann . . . ganz laut: Net aufhörn! A bißl no! I möcht's doch wissen, wia's weitergeht! – – Aber der laßt si halt net aufhalten . . . so a Traum.«

*

Der Himmel war wolkenlos über München – es sah schon am frühen Morgen alles danach aus, daß dieser 12. Dezember 1912 ein strahlend schöner Tag werden würde.
Aber Ludwig Grandauer hatte dafür keinen Blick. Er war viel zu sehr mit seinen eigenen Angelegenheiten beschäftigt, den häuslichen, die ihm immer größere Sorgen machten, und den beruflichen, die ihn auch nicht gerade aufzuheitern vermochten.
Anfangs nahm er nicht einmal die mächtige Salve-Regina-Glocke, die vom Dom herüber zu hören war, als ein Anzeichen für etwas Bedeutsames zur Kenntnis. Erst als er, auf seinem Weg ins Amt, durch das Isartor ins Tal kam und überall die Leute mit ernsten Gesichtern beisammenstehen sah und auch bemerkte, daß man in einigen Schaufenstern schon eilig am Werk war, die Weihnachtsdekorationen mit schwarzem Stoff oder Papier abzudecken, da wurde ihm mit einem Mal bewußt, was geschehen war.
Kriminalwachtmeister Lederer hatte das Extrablatt schon einmal im stillen durchgelesen. Als Grandauer dann neben ihm im Büro saß, las er es noch einmal laut:

»... sein Verscheiden erfolgte ohne jeden Todeskampf. Es war ein sanftes, friedliches Hinüberschlummern. Der Regent war während seiner letzten Lebensstunden in etwas aufrechter Haltung im Lehnstuhl gesessen, den er infolge des starken Hustenreizes dem Bette vorzog.«
Hier unterbricht er für einen persönlichen Zusatz:
»Weil er allerweil sovui graucht hat!«
Dann fährt er mit der offiziellen Darstellung fort:
»Als der Tod eingetreten war, wurde der Leichnam in das Bett gehoben. Hier liegt der Tote mit dem wallenden weißen Bart friedlich und mild...«
Das Telefon schneidet seinen Vortrag ab. Grandauer greift zum Hörer:
»... ja, das bin ich. – Für meine Frau, ja... jawohl. – Am 19. um neune in der Früh, jawohl. – Ja, sie, und muß sie da irgendwas Bsonders... zum Waschen... und Nachthemden... drei Stück, jawohl. – – Und, bitte, wie is des mit'm Transport? – Vom Roten Kreuz, jawohl... is mir bekannt. – Wiedersehn... und vielen Dank.«
Er hängt ein und schaut zum Fenster hinaus. Lederer wartet einen Moment, dann sagt er mitfühlend:
»Es kommt halt allerweil ois zamm, gell?!«
Er geht auch nicht mehr weiter auf den toten Monarchen ein. Schweigen. Bis die Türe aufgerissen wird und der Kommissär mit seinem nicht immer angemessenen Elan auftritt:
»So, meine Herrn, das Leben geht weiter! Aber nicht ohne uns! – Am 19. ist die feierliche Beisetzung vorgesehen... und was da los is, könnas Eahna denken. Der Kaiser natürlich, und sämtliche Fürstlichkeiten! Da bleibt kein Auge trocken! Man rechnet mit einer kontinentalen Anteilnahme. – Und kommt as Herrl, kommt aa 's Gschwerl! Mit anderen Worten... Is irgendwas passiert, Grandauer? – – Mit Ihrer Frau?«
»Am 19. muaß' ins Krankenhaus.«
»Am 19.?!«
»In der Früah um neune.«
»Dann nehmens an dem Tag frei! Is doch selbstverständlich!«
»Na, na, des geht doch net. Wenn i braucht werd...«
»Nix, kommt überhaupts net in Frage! Des geht vor! – – Und sans froh, Grandauer! Da hats alles, was' braucht. Und die bringas aa wieder auf d' Füaß! – Werns sehng!«

*

Nach dem Reichsgesetz vom 3. Mai 1909 drohte dem Führer eines Kraftfahrzeuges, der sich nach einem Unfall der Feststellung des Fahrzeuges und seiner Person durch die Flucht entzogen hatte, eine Geldstrafe bis zu dreihundert Mark oder ersatzweise zwei Monate Gefängnis.
Für die Zusammenführung eines adeligen, aber mittellosen Leutnants mit einem nichtadeligen, aber bemittelten Fräulein waren, nach rechtmäßiger Kopulation, Erfolgshonorare bis zum hundertfachen der besagten Geldstrafe nicht unüblich.
So gesehen, müßte Herr von Hagen die Haupt- und Residenzstadt München also nicht unbedingt in schlechter Erinnerung behalten haben.

Todestage

Man sagt, daß das Schicksal blind sei.
Ist es nicht eher so, daß es blind macht, daß es seine schrecklichsten Erfolge seit eh und je zustandebringt, indem es sich zwar allen offen zeigt, aber nur von wenigen erkennen läßt?
Die Methode, mit der es dabei vorgeht, ist immer die gleiche. Das große Schicksal arbeitet mit einer Vielzahl von kleinen Schicksalen, von persönlichen, den Einzelnen betreffenden. Und dazu bedarf es gar keiner besonderen Einfälle, dazu genügen Lappalien, kleine Ärgernisse, die man überhaupt nicht als Schicksalsangelegenheiten begreifen müßte, wenn sie nicht dazu angetan wären, die Zeichen der Zeit zu verschleiern. Zwistigkeiten im Beruf, in der Familie oder eine anhaltende Magenverstimmung, ein Loch im Zahn oder Liebeskummer – mehr muß es manchmal gar nicht sein, um den Menschen auf sich selbst zurückzuwerfen und damit blind zu machen für das Weltgeschehen.

Man schrieb das Jahr 1914, den 28. Juni – das war ein Sonntag, schon sommerlich warm – die Sonne schien über der Haupt- und Residenzstadt München vom frühen Morgen an, doch ohne die 645 000 Einwohner alle gleichermaßen aufzuheitern.
Auch in die Grandauersche Wohnung vermochte sie keine rechte Stimmung hineinzutragen. Sie waren nach der Messe noch einmal dorthin zurückgekehrt, um sich für einen Besuch auszurüsten, den sie nun schon an vielen Sonntagen gemacht hatten – der Vater, die Luise und der Lateiner Adolf.

»Also ... könn ma jetzt geh, Kinder?! – As Schäuferl habts?«
»Des hat der Adi.«
»Magst des Blumastöckl net in was neidoa, Mädi?«
»I glaub, des trag i besser in der Hand, Baba.«
– – –
»In Godsnama ...«
Sie gehen schweigend die Treppe hinunter. Auf der Straße kommt ihnen die Hausmeisterin entgegen:
»Morgen, Herr Grandauer ... Morgen beinander!«
»Morgen, Frau Gschmeißner!«
»Geh ma a bißl auf'n Friedhof?«
»Ja ... leider Gottes ...«

»Sagns amal, Herr Grandauer . . . war des net aa im Juni?«
»Ja . . . heut vor einem Jahr.«
»Gellns! Jetzt is des halt aa scho wieder a Jahr! Mei, oh mei, die Zeit rennt dahi.«
Er ist nicht zu einer Unterhaltung aufgelegt und sagt im Weitergehen:
»Für mi brauchts net stehbleim.«
»Net, gell. I glaub's Eahna. Ja sie, und der Benno?! Hat der gar net hoam derfa, zum Todestag von seiner Muater?«
»Na.«
Und die Luise fügt hinzu:
»Der is im Manöver.«
»Im Manöver is er! Ja, was net gar! Des werd eahm aber arg sei. Wo er so an ihra ghängt is!«
»Ja, ja . . . pfüad Eahna Gott, Frau Gschmeißner.«
»Pfüa Gott beinander. Und, gellns, heit auf d' Nacht, da dua i ihra dann scho no a Wachsliachtl aufstelln, in der Kirch!«
Grandauer nickt nur, und wie sie schon weiter weg sind, knurrt er:
»Ja, ja, so schaugst du aus . . . scheinheilgs Luader!«
»D' Mama drehert si im Grab um!«
Der Gymnasiast Adolf kann seine Meinung dazu getrost laut sagen:
»Quidquid id est, timeo Danaos et dona ferentes!«

Für alle, die ihre Heimat im Osten Münchens gefunden hatten, stand als Endstation ein angemessenes städtisches Areal zur Verfügung, der Ostfriedhof, auf dem sich seit ein paar Jahren erstmals auch eine Einrichtung befand, die bei der katholischen Bevölkerung starkes Befremden hervorrief.
Aber in einer Stadt, die sich von jeher den Künsten und in gewisser Weise auch dem Wohlleben geöffnet hatte, konnte es eben nicht ausbleiben, daß davon auch Freigeister, Protestanten und Schlawiner angelockt wurden, die nach ihrem Ableben, statt, wie es Sitte war, begraben zu werden , lieber feuerbestattet werden wollten.

Vor dem Stein mit der Aufschrift: »Agnes Grandauer – geboren 21. September 1870 – gestorben 28. Juni 1913 – Der Herr gebe ihr die ewige Ruhe!«
» . . . und erlöse uns von dem Übel. Amen.«
Sie stehen eine lange Zeit. Grandauer nickt nur immer wieder kaum merklich mit dem Kopf, zu dem, was eben unabwendbar ist. Dann verhalten:
»Und nimmst as nächste Mal was mit, Mädi . . . fürn Grabstoa. Daß ma den Vogeldreck da wegamacht.«
»Ja, Baba.«

Dem Adi wird die lange Andacht schwer. Er schweift ab:
»A Has, Mädi, schau hi! – – Jetzt laaft er zum Bahndamm nüber . . .«
– – –

»Ja, ja Kinder . . . unser Mutter . . . jetzt liegts da. – – I kann's no allerweil net glaubn.«
»Da kommt die Tante Franzi und der Onkel Anderl!«

Der Kriminalbeamte Ludwig Grandauer hatte wenig Talent, sich Freunde zu machen, und auch das Ehepaar Gassner pflegte die Beziehung zu ihm mehr aus alter Verbundenheit mit seiner verstorbenen Frau.
Seinen Gesellen Benno hatte Gassner ja schon im Herbst vergangenen Jahres an die bayrische Armee abgeben müssen, damit er dort eine Ausbildung erfuhr, die einem jungen Menschen – nach der allgemeinen Auffassung nicht schaden konnte. Die Verbindung zu seinem Prinzipal und dessen Frau, der Tante Franzi, war deshalb nicht abgerissen:

» . . . des hat er uns auch gschriebn, der Benno, ja . . . wia arg's ihm is, daß er heut net kommen kann, gell, Franziska!«
»Er tut aber ganz fest an sie denken, schreibt er. A liaber Brief!«
»Doch, mir ham uns sehr gfreut, muß i scho sagn.«
Grandauer sieht bei allem seine Frau:
»Und was hats alles mitgmacht, mit dem Buam! Und immer hats eahm d' Stanga ghalten. Unermüdlich!«
»Zu Recht, Herr Grandauer, zu Recht! Aus solchene Lausbuam wern oft die rechtschaffensten Menschen! – – Und der Adi is dafür der große Lateiner, gell?! Kriagst wieder lauter Oanser im Zeugnis, ha?«
Auf solche Fragen kann der Adi schon ganz bescheiden antworten:
»Glaub scho.«
Aber mit einer Schwäche kann ihn die Schwester aufzwicken:
»Bis aufs Turnen!«
Das ist für Gassner die Gelegenheit, seinen liberalen Humor spielen zu lassen:
»Turnen! No ja, er möcht doch sowieso Kardinal werdn, oder? Des bisserl Rumpfbeugen, was er da braucht, des werd er na scho könna!«
»Also, woaßt, Anderl! Am Grab!«
»Nix für unguat. Aber so wia i die Frau Grandauer kennt hab, derf ma scho auch amal a bisserl an Spaß macha, net wahr. – Und Sie sollten Eahna aa net so vergraben, Herr Grandauer. Des waar ihr bestimmt net recht.«
»Ja, mei . . . mir is halt amal nach nix anderm.«
Die Franzi fühlt mit:
»Ich versteh des guat.«
»Versteh kann i's aa, aber ma derf's net unterstützen. Schau 'n doch an,

wie er ausschaut! Werd höchste Zeit, daß ma den Mo amal rausreißt!«
»Es is guat gmoant, Herr Gassner. I glaub's Eahna scho . . .«
»Mit'm Moana alloa is nix ausgricht. – Heut nachmittag hol ma euch ab, alle drei. Mit meim neuen Automobil. Die Kinder freun si doch aa, wenns amal was anders sehng, gell, Luiserl?!«
»Wenn's der Baba erlaubt.«
Der will sich nicht festlegen lassen:
»Ja, ja, da könn ma ja danach auf'm Weg no amal drüber redn. – Vergiß as Schäuferl net, Adi!«
Gassner legt liebevoll den Arm um die Luise:
»Sie hat's wirklich verdient. Mir sagen's oft, gell, Franziska?«
»So fleißig! Wirklich. Macht an ganzen Haushalt! – Sechzehn bist jetzt?«
»Ja.«
»Vorigs Jahr, gell, war's no a richtigs Kind. Und auf einmal steht da ein junges Fräulein . . . und kann schon die Sachen von ihrer Mama tragen. – Wie ma zerst kommen sind, gell, Andreas . . . da war er direkt verblüfft.«
»Weils ihr auch so ähnlich schaut, ihra Mutter. Wie aus'm Gsicht gschnitten! Findens net auch, Herr Grandauer?«
»Ja, ja . . . as Gwand paßt ihra scho von der Mama.«
»Sie hat ja selber noch ausgschaut wie a jungs Madl! Bis zuletzt. So rosig. Trotz der Krankheit.«
Grandauer sagt es fast vorwurfsvoll:
»Mit dreiundvierzig Jahr!«
Dann wendet er sich ab und geht voraus zum Ausgang. Die andern folgen. Gassner wartet eine Weile, bis sich der Kriminaler geschneuzt und scheinbar unabsichtlich auch über die Augen gewischt hat. Jetzt ist er neben ihm, nimmt ihn am Arm und sagt:
»Wer woaß, was ihr der Himmel damit erspart hat!«
»Des sagt ma immer, Herr Gassner. Uns hat er was gnumma! So vui woaß i.«
»Übrigens, ham Sie's glesen . . . gestern, moan i, war's in der Neuesten, von dera Wahrsagerin? – ,Wer das Jahr 1920 erleben will, braucht einen eisernen Kopf' hats gsagt. I glaub ja sonst net an des Zeug, aber an dem kannt fei scho was dro sei.«
»I woaß net. Das geht doch scho seit Jahren so . . . daß irgendwo zündelt werd. Ma braucht ja bloß die Zeitung aufschlagen. Amoi is was in Marokko. Dann raufas wieder drunt am Balkan . . . mit die Italiener und Türken und dem andern Schlawinerzeug überanand. I sag Eahna was: mi interessiert des nimmer! – Kommt, was mog. I mach mei Arbat. Da habama Mord und Totschlag grad gnua. – Und mein' Frieden . . . den find i da. Auf dem kloana Grundstückl, wo ma vorigs Jahr mei Frau

eigrabn ham. Und da leg i mi eines Tages daneben . . . und dann is a Ruah!«

»Also, gar a so wurscht is mir des fei aa wieder net, was si da politisch duat. Auf unsere Kosten. Und i hab no net amal Kinder . . . so wia Sie.«

Die Franzi kennt ihren Mann schon und ist auch nahe genug, um notfalls dazwischenzugehen:

»Du mußt an Herrn Grandauer doch net ausgerechnet jetzt . . . mit deine politischen Sachen! – Wissens, er is da allerweil ganz . . . «

»Hellhörig! Bloß hellhörig! Sonst gar nix.«

»Du bist aber scho manchmal aa a fürchterlicher Schwarzmaler!«

»Weiberl, komm, halt di da raus! I misch mi ja aa net nei in euer Kaffeekranzl, net wahr!«

Grandauer nützt die Unterbrechung:

»Also . . . Adi, Luise, da gehts her und sagts Pfüa Gott!«

»Zu was denn? Mir fahrn euch doch hoam.«

»Na, na, dankschön, Herr Gassner, aber mir gehnga jetzt schee staad zu Fuaß hoam. So hama uns des vorgnomma. Es is ja net weit.«

»Aber heut nachmittag, gell . . . da hol ma Eahna ab! Da gibt's gar koan Radi! – Fahr ma a bißl ins Isartal. Dean ma a bißl wandern. Bei dem scheena Weder. Und danach hock ma uns no auf a Stünderl oder zwoa zum Flaucher nei, in sein' Garten!«

Frau Gassner rümpft die Nase:

»Also, i woaß net, Andreas! Mir hat's da fei no nie gfalln. Mit der Bumsmusik . . . so laut, und allerweil gsteckt voll. Und die gscherten Leut! Lauter Soldaten und so Kocherln.«

»Ja, ja, mei Franzerle is mehr fürs Feine, wissens! As Café Luitpold, des mags, gell. Aber mir gfallts halt so wo. Weil des no echt is! Gwachsen! Da bin i scho als Bua mit meim Vater nausgfahrn, im Stellwagn. – Und wer woaß, wia lang's so was no gibt. So was Reelles! Wo ma für d' Maß Bier no 28 Pfennig zahlt, gell! Und koane 30, wia anderswo!«

Zu Mittag war auch bei den Grandauers wieder ein wenig Zuversicht eingekehrt, denn es gab Schweinernes mit Kartoffelknödeln, ein Gericht, das der Luise schon ein paarmal beinahe ebenso gut gelungen war wir früher, in den guten alten Zeiten, ihrer Mutter. Der Gymnasiast Adolf hatte zu diesem Mittagstisch auch etwas beizutragen, auf geistiger Ebene – eine Schrift, die den Knaben in der Schule ausgehändigt worden war. Jetzt nahm sich der Vater der Angelegenheit an:

»Was soll na des Heftl kosten?«

»Zwanzg Pfenning. Steht drauf.«

»Ja, und . . . muaß ma des nehma?«

»Es wird empfohlen. Vom Rektorat.«
Die Luise teilt währenddessen aus:
»Du magst liaber des fette Stückl, gell, Baba?«
»Des is ma gleich.«
Adolf mahnt die Schwester:
»Salz is koans da!«
»Mei, dann dua halt du aa amal was! Du feiner Herr!«
»Du bist die Frau!«
Der Vater liest derweil in der empfohlenen Schrift. Die poetische Form macht ihm mehr zu schaffen als der Inhalt:
»In Frohmut, Härte und in Schneid/ bleib, Wehrkraft-Junge, alle Zeit!/ Und hast am Tage du geschafft,/ dann übe abends deine Kraft./ Dann werden wir uns wiedersehen,/ wo stolz des Heeres Fahnen wehen,/ dann ist die Wehrkraft fest vereint/ in heißem Sturme auf den Feind.«
Luise faltet die Hände und sagt:
»Knödl san no mehr da. Also . . . komm, Herr Jesu, sei unser Gast und segne, was du uns bescheret hast.«
»Amen.«
»Laßt's euch schmecken! Baba, du zerst!«
Er nimmt sich einen Knödel aus dem Topf. Aber seine Gedanken gehen weiter:
»Schaden tät dir des nix! Amal a bißl a Abhärtung. Mit fünfzehn Jahr . . . da hab i scho 12, 14 Stunden g'arbat am Dog! Mein Gott, des wißts ja ihr gar nimmer . . . was frühers von die Kinder verlangt worn is!«
»I muaß aa vui lerna.«
»Ja, aber du hockst andauernd! Des wern dann die Leut, die . . . sag amal, die Knedl san aber heut arg fest, Mädi!«
»Du hast ja aa oans ohne Bröckerl derwischt, Baba. Die mit'm Loch drin san fürn Adi. Der mags net mit Bröckerl.«
»So . . . der mogs net! Aber des daatens dir bei dem Wehrkraftverein austreiben! Oder moanst, da kriagst vielleicht Extraknedl?!«
»Die nehma mi sowieso net. Wega der Bruin. – Wenns Kriegsspiele machen oder so was, und oaner haut ma mei Bruin runter . . . bin i machtlos.«
»Was hoaßt des . . . Kriegsspiele?«
»Steht doch drinna, in dem Heftl. Da steht's . . . von die Kriegsspiele.«
»,Reichster Segen quillt für die Jugend aus dem Kriegsspiel. Der Atem geht . . . die Herzen schlagen . . . mit blitzenden Augen streiten die . . . Blasiertesten . . . wer von ihnen zuerst die Hand auf die feindliche Fahne legte . . .'«
Luise wagt den Einwand:
»Uns hast allerweil gsagt, mir solln beim Essen net lesen!«
»I hob halt grad amal Zeit, net. – – Und was sagen eure Professer zu dem?«

»Zerst warns dagegen. Aber jetzt gebns am Rauscher Phipps vielleicht an Dreier im Latein. Weil er die Luitpold-Medaille hat. Und sonst hätt er an Vierer kriagt.«

Grandauer schluckt hinunter, dann liest er weiter:

»,So darf man heute wieder mit voller Überzeugung das Kriegsspiel preisen, das alte, echte, deutsche, herrliche Spiel...'«

Es klingelt an der Wohnungstüre:

– – –

»San des scho die Gassners? Nachmittag hat's ghoaßen!«

Luise steht auf und geht zur Türe:

»Vielleicht is' wer vom Polizeipräsidium, daß' di holn, Baba?«

Sie öffnet. Im Treppenhaus ist ein Soldat. Sie kennt ihn erst gar nicht. Und er ist auch ganz verwirrt, weil er sie anders in Erinnerung hat.

»Der Biwi!«

»Mädi... grüaß di!«

– – –

»So a Überraschung! Komm rei!«

Sie schaun sich an. Die Luise wird rot. Biwi nimmt die Mütze ab und fährt sich mit der Hand über den Stiftenkopf. Ganz verlegen:

»Glaubst, i hätt di jetzt beinah net kennt!«

»I di aa net. – In der Uniform!«

– – –

»Seids grad beim Essen?«

»Des macht ja nix. – – Aber guat schaugst aus!«

»Du aa, Luise. Also, des is direkt... net zum glaubn. – Wia dei Mama!«

»Geh... des moanst bloß.«

»Jo... gwieß. Wia dei Mama schaugst aus!«

– – –

»Hast Urlaub?«

»Ja. – Der Benno aa da?«

»Na, der is im Manöver.«

»A geh... schod. – – I war aa scho am Friedhof draußen. Bei der Mama ihrm Grab.«

– – –

»In der Küch sama. – – Der Baba werd si freun...«

Der Lichtl Biwi war im Haidhauser Franzosenviertel daheim, in der unmittelbaren Nachbarschaft von den Grandauers, mit deren ältesten Sohn Benno er sich schon in der Volksschule und später vorübergehend auch im Wilhelmsgymnasium die erste Bank zu teilen hatte, was ja bekanntlich nichts Gutes bedeutete.

Die Freundschaft hielt auch hinterher, als die beiden dann in die Lehre kamen, und sie hatte sich weiterhin, bei fragwürdigen Unternehmungen ebenso wie bei manchen nützlichen, bewährt – vor allem in der langen Leidenszeit von Bennos Mutter –, bis sie nacheinander, der Biwi im Frühjahr, sein Spezl im Herbst des vergangenen Jahres, unter das Kommando der Königlich-Bayrischen Armee gestellt worden waren.

»Mir liegen in Metz. 2. Bayrisches Fußartillerie-Regiment.«
Grandauer macht gefühlsmäßig ein bedenkliches Gesicht:
»Da seids ja ganz nah bei die Franzosen!«
»Ja, ja, mir lerna scho fleißig Französisch: imoaschoa . . . oder: Schwolesche . . . oder: boa Schuah. So an Schmarrn halt, wissens scho.«
Die Luise sitzt ganz aufgeregt dabei und fragt:
»Was hoaßtn des? Schwolesche kenn i. Aber des anderne.«
»Imoaschoa . . . ich meine schon auch. Und: ein paar Schuhe . . . also, boa schua . . . des hoaßt bei dene sovui wia: grüß Gott . . . auf französisch.«
»Des find i guat! Als a Bayer kannst von selber Französisch! Boschua!«
Grandauer denkt mehr an das, was in der Zeitung steht:
»Paßts nur auf, daß eich die Franzosen net aa no was anders beibringa . . . als wia Französisch!«
Den Adi beeindruckt das alles gar nicht:
»Mir kriang aa Französisch in der 6. Klaß.«
Biwi schaut die Luise an und antwortet ihrem Vater:
»Wegen die Mädchen, moanas? Also, da is bei mir koa Gfahr, Herr Grandauer.«
Die Luise begnügt sich mit dieser Antwort noch nicht:
»A geh, da waarst ja du direkt a Ausnahm!«
»Na, gwieß net. Weil mi des gar net interessiert! Also, bei die Franzosen amoi net!«
Aber Grandauer hat an etwas ganz anderes gedacht:
»I hab gmoant, daß' eich net as Laufen beibringa, die Franzosen!«
Der Biwi ist fast erleichtert:
»A so, daß' an Kriag gibt, moanas?«
»Was sagen denn die Leut bei euch?«
»Des is eigentlich ganz verschieden. Die oana sagen, daß ma's unbedingt bald packen muaß, bevor daß sie uns packen. Und a Hauptmann von uns . . . der fahrt allerwei heimlich nüber. Weil der drüben so a Madam ham soll. Hoaßt's angeblich. Und der sagt zum Beispui, daß des nicht richtig waar. Sogar ganz falsch. Weil ma sich mit die Franzosen wunderbar vertragen kannt. Ehrlich! Die ham nämlich auch in erster Linie ihrere Kultur. Sie wie mir, sagt er. Und die Menschen wäratn bloß aufgehetzt gegenananda. Aber aus ganz andere Gründe . . . von dene bloß a paar ihran Vorteil ham. Und die andern müassn eahnan Kopf

dafür hinhalten, sagt er. – – I woaß ja aa net . . . lang, glaub i, hama den Hauptmann nimmer.«
Für so eine Gesinnung hat der Adi nur Verachtung:
»Dann soll er doch glei zu die Franzosen geh, der Depp!«
Die Luise sagt, schon dem Biwi zuliebe:
»Geh, was woaßt denn du! Schmarrnbene!«
»Mehra scho wia du! Weil die Franzosen unser Erbfeind san. Des is doch geschichtlich. Brauchst ja bloß amoi was anders lesen als wia dei bläds Kochbuach!«
»Ja, ja, streits euch nur. Des is wia in der Politik.«
»Bloß, daß sie nix glernt hat, d' Mädi!«
Der Biwi legt sich für sie ins Zeug:
»Aber dei Schwester hat vielleicht a andere Bildung . . . die wo ma in koam Gymnasium lernt.«
»‚Die wo' . . . hoaßt's aa net!«
Der Vater setzt einen Schlußpunkt:
»Jetzt fangst glei oane, gell! – Frecher Kerl!«
Widerrede wagt der Adi keine mehr. Stattdessen läßt er ganz nebenbei seine Gabel auf den Boden fallen.
»Sag amal! – Was soll denn des?! – Heb sofort die Gabel auf! – – Und jetzt verschwindst! In dei Zimmer! – Krüppel, verzogener! An solchen Aufstand! An der Mama ihram Todestag!«

Es war mehr der allgemeine als der patriotische Trotz, der für Herrn Grandauer den Ausschlag gab, seinen Sohn Adolf zur Strafe von der Landpartie auszuschließen und an seiner Stelle den Gefreiten Lichtl einzuladen.
Und daran änderte auch die Fürsprache der Gassners nichts, die in ihrem neuen Opel genügend Sitzgelegenheiten für alle gehabt hätten.
Daß die Wanderung durchs Isartal dann etwas kürzer ausgefallen war als ursprünglich geplant, wurde von niemandem bedauert, nachdem man in der Waldwirtschaft ein schattiges Plätzchen gefunden hatte, das sich weit genug von der Musikkapelle entfernt, aber dafür näher beim Schenkkellner befand.
Hier konnte sich der Hoflieferant Gassner als ein Mann aus dem Volk zu erkennen geben:

»Sehngs, des is halt für mich noch die echte, Altmünchner Gemütlichkeit! Als ob die Zeit steh blieben waar, net wahr. – Und der Jugend gfallt so was aa! Hab i recht, Herr Gefreiter?«
»Ja, bestimmt, Herr Hoflieferant. Und i möcht mi aa no amal recht sehr bedanken, daß' mi mitgnomma ham.«
»Des brauchts net. Ein bayrischer Fußartillerist hat Anspruch auf den

Dank des Vaterlandes! – – Unds Luiserl, die freut sich augenscheinlich auch, über a solche Begleitung, gell?!«

»Ja.«

»Geh, da brauchst doch net rot werdn!«

»Also, Andreas . . . immer mußt du die Leut in Verlegenheit bringen!«

»Des war ja net bös gmeint. Im Gegenteil.«

Vater Grandauer fühlt sich an seine Aufsichtspflicht erinnert:

»Und bind dir amal des Halstüachl zua, da vorn, Mädi! Im Schatten werd's kühl.«

»Bloß euer Einserschüler brummt jetzt dahoam, in seim Hausarrest.«

»Strafe muß sein.«

Gassner bringt seinen bekannten Humor gelegentlich mit großem Ernst hervor:

»I fürcht halt nur, Herr Grandauer, für des wird er eines Tages über uns alle den Kirchenbann verhänga! Wenn er Papst is! Und des werd er, weils des nächste Mal bestimmt an Bayern nehma. Wenns net der Einfachheit halber überhaupts glei an ganzen Vatikan nach München verlegen!«

Seit die Franzi zur gehobenen Geschäftswelt gehört, ist sie sehr auf Reputation bedacht:

»Hörst jetzt auf mit deiner Lästerei!«

»Aber, Weiberl, des is doch nicht lästerlich! Wenn ma siehgt, wie sich unser Regierung abplagt, solang die Direktion in Rom sitzt.«

Grandauer lacht mehr aus Höflichkeit mit. Als Polizeibeamter benötigt er über solche Zusammenhänge keine eigene Meinung. Die Franzi lenkt auf etwas anderes ab:

»Mir ham nämlich schon gedacht, ob ma net vielleicht an Adi heuer in die Ferien mitnehmen. Nach Berchtesgaden. Da könnt er a bißl mit meim Mann wandern . . . und fürs Luiserl wär's ja auch a Erleichterung.«

»So is es. Und der Grandauer Vater hätt aa amal sein Grüawigen, net wahr!«

»Na, na, des kann ma doch net, Herr Gassner. Sie brauchen ja aa ihrn Urlaub. Und mit die Kinder . . . des muaß ma gwohnt sei.«

»Deans Sie's Eahna in Ruhe überlgn, Herr Grandauer! Am 1. August fahr ma. Und wenn's Pflasterstoaner rengt!«

»Mir täten uns wirklich sehr freun . . . ganz bestimmt.«

Jetzt wagt sich der Biwi schüchtern mit einem Antrag hervor:

»Entschuldigens, Herr Grandauer . . . ich wollt Sie um Erlaubnis bitten, ob ich vielleicht mit der Luise . . . daß mir vielleicht mitanander tanzen dürfen?«

»Tanzen?! – Na, na, die kann ja gar net tanzen. Und zwoatens . . . am Todestag von ihrer Mutter! – – Also, Deandl, da versteh i di fei net!«

Die Luise kann seinen Blick nicht aushalten. Und auch der Biwi setzt sich betroffen wieder hin:
»Ah so, ja . . . entschuldigens. Des is ma jetzt direkt entfallen.«
Da springt der Herr Gassner ein:
»Junge Leut . . . Herr Grandauer! Ma is bloß oamal jung! Was moanas, wie sich Eahna Frau freuen daat, wenns ihr Luiserl sehng kannt! Bei ihrem ersten Tanz! – – Oder hast scho amal tanzt?«
»Na . . . bis jetzt no net, Herr Onkel.«
»Dann, moan i, werd's höchste Zeit. – Weiß der Himmel, wie langs no tanzen könna!«
» – – Na, ja . . . i sag nix. Tanzts von mir aus. Aber benehmts euch anständig!«
»Ja . . . ehrlich, Herr Grandauer. Weil, i kann's nämlich selber net gscheit.«
»Dankschön, Baba.«

Grandauer saß so, daß er nicht zusehen mußte, wie der Gefreite Lichtl seine Tochter auf den Tanzboden hinaufhob. Er hört nur die ausgelassene Musik und das Getrampel hinter seinem Rücken. Das rief Gedanken in ihm wach zum Thema Jugend allgemein:

»Ma hofierts zu viel! Das ist meine Meinung. Des is doch nimmer normal, was heutzutag für Danz gmacht wern um die Jugend! Sagens doch amal selber, Herr Gassner.«
»Künstlich, ja . . . modisch.«
Die Franzi läßt es sich auch nicht nehmen:
»Doch, doch, die sind scho viel freier heut, die jungen Leut.«
»Und vor allem, was die sogenannten Gebildeten anlangt. I siehgs ja bei uns im Präsidium. Plötzlich hama lauter Abiturienten! Und alle wollns zur Polizei! Weil sies woanderst net brauchen könna!«
Franzis Erfahrungen gehen noch weiter:
»Es gibt überhaupts so viel junge Männer, gell. Des is ma frühers gar net so aufgfalln.«
»Da hast di du halt mehr für die Alten interessiert und no net so auf die jungen Männer gschaut!«
»Geh, also, Andreas . . . wie kannst denn so was sagen!«
»Ja, Gott sei Dank, Weiberl! Sonst hättst ja mi net gnomma!«
Aber Grandauer verfolgt einen ganz anderen Gedankengang:
»Mir ham nämlich jetzt aa so oan in der Abteilung . . . so an ganz Siebengscheiten! Frisch von der Polizeischui runter und noch keine Ahnung vom Tuten und Blasen! – Der Herr Dannenberg! Kommt daher . . . schiabt glei als erstes sein' Schreibtisch ans Fenster! – Ohne zu fragen! Nix! – – Kriagt a glei a Schreibmaschin hingstellt! Er muaß sei

Zeigl mit der Maschin schreibn! – Mir schreibn's halt mit der Hand, wia's üblich is. – – I sag's Eahna, des artet alles dermaßen aus . . . da muaß ja amal was komma! Sonst schnappt doch die Menschheit no über!«

»No ja, aber wegen der Schreibmaschin, Herr Grandauer, brauch ma no koan Kriag! – Schaungs, in meiner Jugend hams nach die Photographen Stoaner gschmissn. Weils gmoant ham, in dem Apparat hockt der Teifl drin und malts ab! – Heut deans selber photographieren. Und wegen dem is die Welt aa net unterganga.«

»Sie verstehnga mi falsch, Herr Gassner. Es geht mir net um die Schreibmaschin. Die Ansprüche . . . der Größenwahn . . . des is des Verderbliche! – – Unser neus Polizeipräsidium . . . nur a so a Beispiel: über vier Millionen hat des kost! 395 Amtsräume! Im Frühjahr sama umzogn . . . jetzt jammern scho wieder einige, daß z' kloa is! So schaugt's nämlich aus!«

Mit einem Mal bricht die Musikkapelle ab. Alles schaut. Der Flauscherwirt ist auf das Podium gestiegen, debattiert noch mit einem Herrn, dann versucht er, sich Gehör zu verschaffen:

»Meine sehr verehrten Gäste . . . Bittschön, seids halt amal staad, Leut! – – – Verehrte Gäste . . . ich habe Ihnen eine traurige Mitteilung zu machen.«

»Is da's Bier ausganga?!«

»Na, des is leider koa Schmarrn, Leut! – Unter uns befindet sich ein . . . Wos is er? – – – Korrespondent von einer Wiener Zeitung . . . und der hat soeben erfahren, daß auf den österreichischen Thronfolger . . . Franz Ferdinand . . . Erzherzog . . . und seine Gemahlin . . . die Herzogin Sofie . . . ein Attentat verübt worden ist. – Und san alle zwoa tot. Mit'm Revolver derschossen!«

Es ist kurze Zeit still im Biergarten, daß man die Vögel zwitschern hört. Grandauer nickt betroffen, so, als hätten seine Prognosen eine Bestätigung erfahren. Und Gassner sagt nur:

»Auweh!«

Seine Frau hat sogar einen persönlichen Bezug:

»Die, wo im April in München warn?! Da hab i's noch gsehng! Mein Gott, des is ja furchtbar!«

Einer der Gäste fragt:

»Wo is'n des passiert?«

Der Wirt überläßt es dem Korrespondenten, den fremden Namen auszuprechen:

»In Sarajewo, Hauptstadt der österreichischen Provinz Bosnien, Herzegowina.«

Allmählich kommt wieder Leben auf. Es wird auch wieder getrunken. Dann fliegen Sprüche von Tisch zu Tisch:

»Nieder mit Serbien!«
»Schlagts es zamm, des Balkangschwerl!«
»Es lebe Österreich! Und das österreichische Kaiserhaus!«
»Hörts doch mit euerm Gschroa auf! Des is doch koa Wirtshausdischkurs!«
»Die Musik soll an österreichischen Marsch spuin! Hoch- und Deutschmeister!«
»Da hama koane Notn!«
»Na spuits halt was anders!«
Während die Kapelle nach etwas Geeignetem sucht, geht es an den Tischen um die Weltpolitik. Grandauer zu Gassner:
» . . . und as nächste Mal schiaßns dann auf oan von unsere deitschen Fürsten . . . und scho sama mittendrin im Schlamassl!«
»Deans Eahna fei bloß net täuschen, gell! Mir ham nämlich mit die Österreicher an Beistandspakt.«
»No ja, mit dem Zwerg da drunten, werdns doch in Gottsnama aa ohne uns fertig.«
»Solang die andern staadhalten!«
Und Frau Gassner sagt bekümmert, was viele jetzt empfinden:
»Man weiß halt immer gar nix, als gewöhnlicher Mensch.«
Die Kapelle spielt »An der schönen blauen Donau«. Aber so gemütlich, wie es war, wird es nicht mehr.

*

Lange schon hatte man hierzulande keine Gelegenheit mehr gehabt, das Wort »Schandtat« so einmütig und voller Ingrimm zu gebrauchen wie nach diesem Fürstenmord – Republikaner nicht weniger als Monarchisten. Der Anschlag rührte ja auch an das Fundament, auf dem man die königlich-bayrische Ruhe bis dahin in Sicherheit glaubte.
So waren die Zeitungen zunächst aller Fragen enthoben, was sie ihren Lesern Erstseitiges zu bieten hätten. Der Schock von Sarajewo lieferte Schlagzeilen, wie man sie bis dahin kaum gekannt hatte, und die allgemeine Anteilnahme ließ sich bis in die ersten Julitage hinein mühelos warmhalten.

Im neuen Polizeipräsidium in der Ettstraße. Grandauer betritt sein Dienstzimmer:
»Da braucht ma wirklich an Kompaß, daß ma in unser Archiv findt! Morgen, Herr Lederer.«
»Morgen, Herr Hauptwachtmeister.«

»Und überall muffelt's noch, im ganzen Haus!«
»Ja, mei, a Neubau, gell.«
Während Grandauer das Fenster aufreißt, setzt Lederer seine Zeitungslektüre fort:
»Heit schreibens . . . ham Sie's scho glesen? – : ‚Der Bombe, von serbischen Schandbuben ins Automobil geschleudert, waren die Hoheiten noch durch Geistesgegenwart entkommen. Aber bald darauf hauchten sie, von Revolverkugeln getroffen, ihr edles Leben aus.'«
»Ja, ja, des wiss' ma ja jetzt scho langsam . . . «
– – –
»Aber gell . . . a neunzehnjähriger Gymnasiast hat's abgefeuert! Aus am Browningrevolver!«
– – –
»Und . . . wo is'n unser Gymnasiast!? Der Herr Schreibmaschinenspezialist!«
»Den hams zuvor ins Pressezimmer gholt. Wegen irgendwas . . . !«
»So! – – Des kann natürlich wieder bloß er! Der Gschaftlhuaber! – – Und was is na des da? Der neue Bürostuhl da?! Wo hat er'n den her?!«
»Wegen der Schreibmaschin! Weil er höher sitzen muß . . . sagt er. Daß er die Dinger da siehgt, die Buchstaben.«
»Höher sitzen! Wunderbar! – – I hab vor drei Monat a neue Schreibunterlag beantragt! Kriagt hab i s' bis heit no net!«
»Ja, mei, Herr Hauptwachtmeister . . . Beziehungen muaß ma ham!«
– – –
Grandauer umkreist den Schreibtisch des jungen Kollegen, wobei ihm die Photographien, die er darauf zur Schau gestellt hat, zunehmend ins Auge stechen:
»Und des werd i aa amal zur Sprache bringen, demnächst . . . sein' Hausaltar, den er si da aufbaut hat! Damit a jeds glei siehgt, aus was für a feinen Familie daß er stammt. – – I stellert ma net amal a Buidl von meiner Frau auf'n Schreibtisch! – – Mir san ja net zu unserm Vergnügen daherin!«
– – –
»Ja, ja . . . die Zeiten ändern sich! – Des hängt alles zusammen! Wia i gsagt hab, seinerzeit! Wissen Sie's no . . . beim Tod vom Prinzregent. – Das war das Ende von einer Epoche! Und die Schiaßerei drunt in Serbien . . . und daß er sich vorigs Jahr die Krone aufgesetzt hat, der Ludwig . . . obwohl's gheißen hat: ‚Keiner darf mehr ungestraft die bayrische Krone tragen!' – des hängt eben alles zusammen! Glaubens mas, Herr Hauptwachtmeister!«

Derartige Zusammenhänge mochten sich allerdings nur tiefeingefleischten Royalisten aufgedrängt haben, die es dem Bayernprinzen Ludwig nicht verzeihen konnten, daß er sich im vergangen Herbst eigenmächtig die Königs-

krone aufgesetzt hatte, und das, obwohl der rechtmäßige König Otto – wenn auch geistig umnachtet – noch immer am Leben war.
Eine allgemeine Ablehnung fand in diesen ersten Julitagen nur der Fürstenmord, und die Parole hieß: Sühne für Sarajewo – worunter sich der einfache Mensch manches vorstellen konnte, nur keinen Weltkrieg, von dem verschiedentlich die Rede war. Wer mochte sich dieses Wort ausgedacht haben? Ein Journalist? Und ob er wohl wußte, was er damit sagte? Aber nachdem die Schandtat nicht sogleich in der ersten Aufwallung der Gefühle eine heroische Antwort gefunden hatte, ihre Behandlung sich vielmehr über geheime diplomatische Wege der Allgemeinheit zu entziehen begann, widmeten sich die Menschen wieder nach und nach ihren persönlichen Angelegenheiten, überließen sich dem Alltag.
Militärischerseits gab es in der Haupt- und Residenzstadt zur Zeit eigentlich nur ein herausragendes Ereignis: die Hundertjahrfeier des Königlich-Bayrischen Infanterieleibregiments. Und selbst dieses Schauspiel hatte sich den Münchnern keineswegs kriegerisch dargeboten, sondern eher wie ein Volksfest.
Der Frieden wollte sich offenbar so ohne weiteres noch nicht hinwegprovozieren lassen, ja, er gab sich fast aufreizend stabil. Auch die Sängerrunde der Münchener Schutzmannschaft konnte sich unbedenklich der Harmonie hingeben; denn die Polizeiberichte hatten weniger Sträfliches als sonst zu vermelden – abgesehen vielleicht von den Auswirkungen eines erhöhten Bierkonsums, der seine Ursache einerseits in der frühsommerlichen Hitze gehabt haben mochte, andererseits aber auch in dem Bedürfnis nach patriotischen Bekenntnissen, welchen der Alkohol schon immer förderlich gewesen ist.
Und doch war da etwas von dem ersten Schock zurückgeblieben, etwas, das sich nicht mehr ganz verdrängen lassen wollte, und das sich, wann immer es um weiterreichende Planungen ging, in die Überlegungen hineinschlich. Hauptwachtmeister Grandauer war davon betroffen und ebenso Kommissär Grüner:

»Es kann der Beste nicht in Frieden leben, wenn es dem bösen Nachbarn nicht gefällt!«
»Moanas, daß' doch an Kriag gibt, Herr Kommissär?«
»I hab jetzt mehr an unser direktorale Nachbarschaft gedacht, mit ihrer grandiosen Verwaltungsreform! Bei der ma si hint und vorn nimmer auskennt! Kaum hätt ma amal a bisserl Luft . . . glei muaß alles reorganisiert werdn! Daß ma bloß ja net zum Nachdenken kommt! – – Und überall gärt's und brodelt's! Die solln doch net glaubn, die Gschicht geht so mir nix dir nix an uns vorüber! – Alles Selbstbetrug! Aber so is er, der Mensch. Und wenn eahm as Häusl überm Kopf brennt, dann geht er no hin und kauft si seine Kohlen!«

»Ja, ja . . . i hab ma des nämlich aa scho hin und her überlegt. Weil, mei Kloaner, der Adi, derf doch heuer mit die Gassners in d' Sommerfrisch fahrn. Nach Berchtesgaden. Aber schaungs, da kauft ma jetzt an neuen Anzug und an Haufen Zeug dafür ei und hernach . . . wer woaß, net?! Kost' ja aa alles Geld!«

»Ja, mei, i kann Eahna da aa koan Rat gebn, Grandauer. Mir dean halt jetzt amal alle so weiter. – – Mei Frau hat fürn August an Tapezierer bstellt. Also, tapeziern ma! So Gott will! – Und wenn net, könn' mas aa net ändern!«

*

Julinachmittag, sommerlich warm. Eine Bank im Englischen Garten, nicht weit vom Chinesischen Turm, bei dem alten Karussell. Viele Kinder stehen davor mit ihren Müttern. Man hört das Orchestrion. Alles ist so, wie man es lange kennt. Gemächlich.
Die Luise sitzt dort auf der Bank mit dem Gefreiten Lichtl. Nicht eng, sondern wie es sich gehört. Aber sie halten sich verstohlen an der Hand. Und sie machen sich Gedanken. Der Biwi sagt:

»Dei Mama . . . die hab i gern mögn. Z' letzt hats wia a Engel ausgschaut. So fein. Wia aus Wachs. – – Wo ma drin gwesen san bei ihr im Krankenhaus . . . der Benno und du und i. An dem Nachmittag. – Und sie war no so fröhlich. – Mit'm Fingerring hats immer an des eiserne Bettgstell klopft, weil ma so laut warn und ham denkt, sie is übern Berg. – Und am andern Tag wars tot. – – Es is scho manchmal eigenartig, gell.«
– – –
»Hättst du Angst, Biwi, vorm Sterbn . . . wenn's an Kriag gibt?«
»Vielleicht is' in am Kriag was anders. Vom Gfühl her. Also, Angst, so im allgemeinen, hätt i koane. – – Aa dahoam oft, als Bua, wenn si meine Leut oft . . . die ham si oft fürchterlich grauft und gschlagn . . . da hätt's ma aa oft nix ausgmacht, glaubst.«
»Sans immer no so mitanander, deine Eltern?«
»Der Vader is scho ziemlich ruhiger worn. Der redt bloß no mit'm Hund. – – – Aber sterbn, wenn ma an wos hängt . . . sagn ma, an am Menschen, den wo ma, sagn ma, gern hat . . . da möcht ma dann vielleicht aa net sterbn.«
– – –
»I hätt Angst.«
»Du bist ja auch noch so jung, Luise.«
»Du bist aa jung.«
– – –

Der Biwi kann sie jetzt nicht anschaun, weil es ihm irgendwie zu warm ist. Er schaut herum:
»Des Karussell, gell, des lauft scho ewig. Da sama scho als kloane Kinder damit gfahrn. – – Und laaft no immer.«
»I möcht scho no amal a Kind sei. – – Aber dann aa wieder net.«
»Wenn ma jetzt kloane Kinder waarn, Luiserl, kannt i di bei der Hand nehma . . . daat ma in so a Karussellwagerl steign und furtfahrn. – Weit weg. Weil, Kinder könna si so was vorstelln. Als ob's Wirklichkeit waar.«
– – –
»Wo tät man dann hinfahrn?«
»Vielleicht ins Gebirg. – Oder wost du hinmagst.«
»Du mußt des bestimma!«
»Und du? Tätst du überall mit mir hinfahrn?«
Sie hat Angst, weil es so ist, und sagt ganz leise:
»Ja . . . glaub scho.«
– – –
Biwi läßt ihre Hand los, weil es jetzt kein Gefühl mehr ist, sondern Zuversicht:
»Wenn i . . . sagn ma, daß i mei Militärzeit hinter mir hab . . . nächsts Frühjahr . . . und wann a Kriag kummt, bis dahin is der aa vorbei. Weil heut, mit die modernen Waffen, dauert so was net lang. Dann geh i wieder zum Beissbarth in d' Autowerkstatt und mach bei eahm mein' Meister. – – Und dann, wenn du achtzehn bist, komm i vorgfahrn, mitn Automobil, und dann fahr ma irgendwohin . . . ins Gebirg oder . . . wos du mogst. – – Und dann . . . is des aber die Wirklichkeit, Luiserl, und net bloß so gspuit.«

Die Luise kommt heim. Der Vater schreit nicht, aber es gibt eine Ordnung, und für die ist er verantwortlich:
». . . und wenn i sag, du bist um sechse dahoam, dann bist du um sechse dahoam! Und treibst di net im Englischen Garten umanander!«
Luise schüchtern, ohne Aufbegehren:
»Mir ham uns bloß mit der Uhr verschaugt, Baba.«
Der Adi, hämisch aus dem Hintergrund, weil er dafür noch kein Verständnis hat:
»Und eighängt seids aa ganga, weil i eich gsehng hab!«
»Was is denn des für a Art und Weise?! Wia a so a Kocherl! Dei Mama wenn des wüßt, die drehert si im Grab um! – – Des kannst amal machn, wennst verlobt bist! Aber jetzt bist du noch ein Kind!«
Sie sucht eine Erklärung, auch für sich selbst:
»Der Biwi is doch am Benno sei bester Freund!«
»Um des handelt es sich nicht!«
»Und jetzt is er Soldat, und muß vielleicht in' Krieg!«

»I hab nix gegan Biwi. Aber wenn a jeder moant, er kannt si was rausnehma, bloß weil vielleicht irgendwann amal a Kriag kommt . . . des wäratn sauberne Zuaständ!«

*

Man hatte den Krieg schon zu lange und zu oft in den Mund genommen, um ihn wieder ganz loszuwerden – aber auch zu lange und zu oft, um noch vorbehaltlos an ihn zu glauben.
Inzwischen hatten die großen Ferien begonnen, und damit war auch die Abreise des Gymnasiasten Adolf in die Sommerfrische so nahegerückt, daß sich sein Vater nun doch zu diversen Einkäufen entschließen mußte, schon allein, um sich nicht vor den Gassners kleinlich zu zeigen.

Vater und Sohn in der Neuhauser Straße. Es ist eine Menge Leben in der Stadt. Die Geschäfte gehen gut. Grandauer will nicht mehr als unbedingt nötig dazu beitragen:
». . . und wenn i dir scho Taschentüacherl kauf, gell . . . dann möcht i aber auch, daß d'as hernimmst!«
»Ja, ja, da vorn wär der Laden, Baba . . . wo's die Fahrtenmesser gibt. I möcht d'as bloß schnell amal zoang.«
»Zu was a Fahrtenmesser?! Du wohnst doch da in a Pension.«
»Bloß oschaung!«
»Da gibt's a Besteck und so weiter. Da kannst doch net mit am Fahrtenmesser daherkemma!«
Ein artig gekleideter Bub in Adis Alter kommt ihnen entgegen, zieht den Strohhut und grüßt schon von weitem:
»Servus, Adi!«
»Servus, Heini!«
»Grüß Gott, Herr Grandauer!«
»Grüaß di Gott.«
»Mir san mitnand ins Willipennal ganga . . . der Heini und i.«
»So . . . und gehst jetzt nimmer ins Gymnasium?«
»Doch, aber mir sind nach Landshut umgezogen, weil mein Vater da jetzt Konrektor ist.«
»Ah so . . . ja, da schau her! Und gfallt's da dort besser, in Landshut?«
»Ja . . . ganz gut. Entschuldigens, aber ich muß in d' Michaelskirche, weil, da wartet nämlich mei Tante auf mich.«
»Dann laß di nur net aufhalten, Bua. Pfüat di Gott.«
»Auf Wiedersehn, Herr Grandauer. Adi, servus!«
»Servus, Heini! – – – Der war aa allerweil so schlecht im Turnen.«

»So . . . aha . . . wer war'n des?«
»Der Himmler Heinrich.«
»Aber a freundlichs Bürscherl! Netter Kerl . . .«

Auf dem Heimweg und schon im Besitz der notwendigen Ferienausstattung war Herr Grandauer mit seinem Sohn an der Feldherrnhalle vorbeigekommen, wo gerade die Wachparade aufzog – und sie blieben förmlich in der Menschenmenge stecken, die sich dort mit einem Mal angesammelt hatte. Es schien, als ob sich halb München, wie von einem Magneten angezogen, dorthin begeben hätte. Und ebenso plötzlich wurden alle, die dort standen, von einer Woge patriotischer Gefühle erfaßt und mitgerissen – wieviel oder wenig Sinn jeder einzelne auch von sich aus dafür aufgebracht haben mochte.
In ihrer Wohnung in der Preysingstraße hatte sich indessen eine andere Stimmung breitgemacht, woran das Fräulein Liebknecht – die sich zur Zeit an Beethovens »Wut über den verlorenen Groschen« versuchte – noch den geringsten Anteil hatte. Es war die Luise, die sie verbreitete. Und sie sagte nichts, bis der Vater sie fragte:

»Was is denn, Madl? Hockst da und stierst a Loch in' Tisch.«
– – –
»Der Biwi muaß wieder eirucka. Heut auf d' Nacht.«
– – –
»Ja, mei, Kind . . . denk an dein' Bruader. Der hat net amal hoam derfa, an der Mama ihram Todestag.«
– – –
»Erlaubst mas, daß i'n an' Zug bring . . . an Biwi?«
»An' Zug?! Bei der Nacht?!«
»Um zehne fahrt er.«
»Wo si am Bahnhof allerweil so vui Gsindl rumtreibt! – – Muaß denn des sei?!«
»Bittschön, Baba.«
Er ringt es sich sehr schwer ab:
»Aber danach, gell . . . fahrst ma auf'm schnellsten Weg hoam!«

Für ihre beiden Brüder hatte es früher kaum etwas Aufregenderes gegeben, als wenn der Vater an Sonntagen manchmal mit ihnen zum Hauptbahnhof gewandert war, und sie durften dann durch die Peronsperre hinaus in die riesige Bahnsteighalle, wo es nach Abenteuern roch, nach Ferne, wo es von Menschen wimmelte mit eleganten Koffern, in weltläufigen Garderoben, und wo man Männer sehen konnte, die gewaltige Maschinen beherrschen, Lokomotiven mit türhohen, roten Rädern; Männer, von denen Buben träum-

ten. Die Luise war bei solchen Ausflügen nie dabeigewesen. Das war eben nichts für Mädchen.
Und als sie den Gefreiten Lichtl in jener Nacht zum Zug brachte, nahm sie von all dem auch kaum etwas wahr. Ihre Gedanken gingen nicht hinaus in die Welt, und was da so abenteuerlich lärmte und roch, war für sie kein Anlaß zum Träumen. Es war ihr eher zumute, als sei sie aufgewacht.

»Schreibst ma amal, Biwi?«
»Ja . . . glei, wenn i ankomm in Metz schreib i dir! – – Und denk dir nix, Luiserl. Es werd ois so, wia i's gsagt hab! – – Und im nächsten Früahjahr bin i wieder da! – Spätestens!«

Es war die Nacht des 25. Juli. Als die Grandauer Luise kurz nach zehn Uhr wieder aus dem Bahnhof herauskam, war noch immer ein ungewöhnlich reger Betrieb auf den Straßen – selbst für einen Samstag, mußte man sagen. Die Cafés rundherum waren zum Bersten voll, überall hörte man Musik.
Von den Telegrammtafeln, um die sich die Passanten drängten, nahm sie keine Notiz mehr, auch nicht von den Extrablättern, die an allen Ecken verkauft wurden.
Österreich hatte seine diplomatischen Beziehungen zu Serbien nun endgültig abgebrochen. Aber was war das schon gegen den Abbruch einer Beziehung, wie ihn die Luise soeben hatte hinnehmen müssen.

Gegen Mitternacht kam es im Café Fahrig zu einer regelrechten Schlacht, in der sich die »Kampfbereitschaft« erstmals praktisch bewähren durfte. Ein paar Tage danach stand in der Münchner Post:
»Durch ungeschicktes Benehmen des Kapellmeisters wurde die betrunkene und fanatisierte Menge wild, und demolierte das ganze Lokal. Keine Fensterscheibe des Lokals blieb ganz, kein Tisch, kein Stuhl. Die Hotelgäste glaubten, ihre letzte Stunde sei gekommen, sie flehten von den Zimmern herab um Schonung. Die Polizei hat sich als ohnmächtig erwiesen.«

Grandauer telefoniert von seinem Büro aus mit Herrn Gassner:
». . . also, ehrlich gsagt, mir waar's liaber, der Bua bleibert jetzt dahoam, Herr Gassner. So wia des zur Zeit ausschaut. Also, irgendwas is doch da . . . moanas net? – – Ja, da hams allerdings aa wieder recht. Daß ma Mitte der Woche no amal drüber redn. Is scho recht. Und an schönen Gruaß an ihr Frau, bitte. Auf Wiederhörn, Herr Gassner.«
Er hat seinen Vorgesetzten schon vom Gang her am stürmischen Schritt erkannt und sein Gespräch abrupt beendet. Kommissär Grüner kommt erregt herein:
»Das ganze Polizeipräsidium is wia a Hennastall, in den si a Fuchs gschlicha hat! – – Da hams jetzt scho wieder an angeblichen Serben

halbtot geprügelt! Und der is desmal a Grieche! – Wo is'n der Dannenberg? Der hat doch griechisch glernt in der Schui?«
»Den hama doch an' Streifendienst abgebn, Herr Kommissär.«
»Ah so, ja. – – Also, die Leut san wia wahnsinnig in der Stadt! Der Berliner Handlungsreisende, dens gestern Nacht beinah glyncht hätten . . . weil er in seim Suri »Hoch Rußland« gsagt ham soll . . . Er behauptet: Na! Die andern sagen: Ja! Der hockt jetzt no allerweil drunten im Chauffeurzimmer und traut si nimmer naus auf d' Straß. Der Mo hat vollkommen recht, wenn er sagt: Die Münchner ham sich wie die Vandalen benommen! – Aa wenn's allerweil bloß a paar san . . . aber die plärrn so laut, daß d' moana kunnst, sie wärn as Volk!«
– – –
»Wia so was dann mit einem Schlag da is! Wia wann's der Wind ogwaht hätt?!«
»Na, na, Grandauer, des steckt alles bereits im Menschen drin. Ma braucht eahm bloß an Grund liefern, und scho laßt er d' Sau raus!«

Im Münchner Stadtanzeiger las man heute:
»Weltkrieg oder nicht? Das ist eine hochernste, wichtige Frage, vor welche unsere gesamte Diplomatie gestellt ist – und die Beantwortung kann über Wohl und Wehe von Millionen Menschen entscheiden.
Die helle Begeisterung in den Straßen auch unserer Stadt beweist, daß das Volk heute noch königstreu, gut bayrisch und gut deutsch gesinnt ist. Es will heute noch gerne kämpfen für König und Vaterland. Aber wer beweist, daß dies noch lange so bleibt?«
Den Einzelnen begleitet sie sein Leben lang, und er begegnet ihr oft, indem er sie nicht zur Kenntnis nimmt – die Ungewißheit. Wenn sie ein ganzes Volk in seinem gemeinsamen Dasein berührt, wird sie unerträglich und drängt zur Entscheidung. Hoflieferant Gassner hatte so etwas im Gefühl, als er mit Grandauer am Abend des letzten Julitages in einem Weinlokal saß:

»Die Ungewißheit! Des is des, was oan allmählich aufreibt! – I trink no a Schöpperl, Sie aa?«
»Na, i bin ihn net a so gwöhnt, an Wein. Sans ma net bees, Herr Gassner.«
»Da hams fei was versäumt. – – Die Ungewißheit! Und i sag Eahna was: Auf oamal ertappt ma si nämlich selber dabei, daß' oam liaber waar, wenn endlich was passiert . . . als wia des ewige Hin und Her! Kummt was, kummt nix? Des is des Allerschlimmste! – – Mei Vater, der hat sei Leben lang Angst vorm Tod ghabt. Bei jedem Katarrh hat er gmoant, er muaß sterbn. Und wia er na am Schluß daglegen is, mit'm Milz-

brand . . . und ma hat's eahm nimmer länger verheimlichen könna, daß' dahigeht . . . da war er auf oamal ganz ruhig. – So ähnlich is des.«
»Also, wissens . . . i woaß' net, heit hab i wieder eher den Eindruck ghabt, es geht an uns vorbei.«
»Fragens mi net, Grandauer. I woaß aa nix. I lies aa gor koa Zeitung nimmer! Weil jeden Tag was anders drinsteht.«

Es war der 31. Juli, ein Freitag – die beiden Herren hatten noch vor Einbruch der Dunkelheit das Lokal verlassen, ohne sich im übrigen der geplanten Ferienreise wegen zu etwas Konkretem entschlossen zu haben, sie sollte lediglich um ein paar Tage verschoben werden –, und so begaben sie sich, ein wenig müde vom Wein und einem langen heißen Werktag, in verschiedene Richtungen auf den Heimweg.
Im Tal, kurz nach dem Rathaustor, geriet Herr Grandauer dann plötzlich wieder in eine Menschenansammlung, die von einem Tambour zusammengetrommelt worden war. Und er hörte ihn verkünden:

»Im Namen Seiner Majestät, des Königs, wird hiermit die Mobilmachung der Bayrischen Armee bekanntgegeben! Ebenso hat Seine Majestät, der Kaiser, die Mobilmachung der gesamten deutschen Armee und Marine befohlen.
Das Deutsche Reich befindet sich ab sofort im Kriegszustand!«

*

Nun war der Krieg also da und auch schon etliche Wochen in Gang, so daß man Zeit gehabt hatte, sich darauf einzustellen. Schlimm genug, aber immerhin – es gab auch übertriebene Ängste. Das Trinkwasser in München war zum Beispiel nicht – wie man zunächst befürchtet hatte – von Feindeshand vergiftet worden, und die Franzosen, so konnte man überall lesen, sie waren ohne weiteres zu schlagen.
Freilich, wer einen Angehörigen bei diesem aussichtsreichen Unternehmen wußte, der mochte vielleicht nicht immer ruhig geschlafen haben. Es war eben leider wieder oder immer noch ein Rest von Ungewißheit darüber geblieben, was man glauben durfte und was nicht.

Sonntagmorgen, vor dem Friedhofsbesuch. Grandauer sitzt noch mit Sohn Adolf in der Küche am Frühstückstisch. Der zeigt neuerdings einen unzeitgemäßen Appetit, aber keine guten Eßgewohnheiten, was den Vater oft reizt. So wie jetzt:
»A, schaug her! Die ganze Marmelad . . . auf dein' neuen Anzug! Jetzt

gehst an Ausguß hintri und putz das glei raus! – – Weilst aa immer ois so neischlingst! Statt, daß d' langsam ißt und mit Verstand!«
»Du hast gsagt, i soll mi schicka.«
– – –

»Mir wern no amal jeds Stückerl trocknes Brot mit Andacht essen, mei Liaber!«
– – –

»Aber gell, Baba, nach'm Friedhof gehst scho mit uns zum Armeemuseum, wos die Kanona aufgstellt ham, von die Franzosen. Dies erobert ham?!«
»Ja, ja. Den Anzug hätt ma uns aa erisparn könna. Nächsts Jahr bist drausgwachsn.«
Die Luise kommt in die Küche mit der Sonntagspost. Ihre Freude darüber ist ein wenig gedämpft:
»Vom Benno! A Feldpostbriaf!«
Man sieht es Grandauer selten so deutlich an wie jetzt, daß er erleichtert ist:
»Vom Benno! Hat er endlich gschriebn! – Wo hab i denn . . . Machn halt auf! Wo hab i denn mei Bruin?«
Während er die Brille sucht, sagt die Luise traurig:
»Vom Biwi war wieder nix dabei!«
»Naja, jetzt dua di amal net ab, Mädi . . . da kommt scho no was. Is ja erst vier Wocha her. – Also, laß sehng, was er schreibt. Kommts her, Kinder! Adi, sitz di du aa hin und horch zua! – –
‚Lieber Vater, liebe Geschwister!
Ich will Euch nur schnell ein paar Zeilen schreiben, damit ihr Euch keine Sorgen um mich macht. Ich bin gesund und wohlauf! – – Gott sei Dank! – Unsere Begeisterung ist noch sehr groß, obwohl sie schon etwas kleiner geworden ist, weil die Franzosen sehr stark zurückschießen. Das pfeift einem nicht schlecht um die Ohren, und der eine oder andere fängt dann auf einmal wieder zum beten an! – – Ja, ja. – Ganz so, wie man vielleicht gedacht hat, ist es nämlich auch nicht. Das möcht ich vor allem Dir, lieber Bruder, sagen, daß Du nicht alles glauben sollst, was in Deinen Lesebüchern steht.' – Hast as ghört, Adi?!«
»Ja, ja, des woaß i scho selber, was i glaub und was net.«
Der Vater hört das gar nicht, so fest ist er in Gedanken bei seinem Großen:
‚Aber jetzt muß ich leider schließen. Seid alle herzlich umarmt . . . und legt auch der Mama von mir ein paar Blümerl aufs Grab. Euer Benno!'
– – Wia er auf amal schreiben kann, der Bua!«
Er steht noch eine Weile schweigend da. Seine Hände sind wieder ganz ruhig. Dann gibt er sich einen Ruck:
»Also, dean ma nimmer lang rum! Seids fertig!? Nimm die Giaßkanna, Adi. Geh ma zuvor gschwind bei der Gärtnerei vorbei und kauf ma der Mama fürn Benno no a paar Bleamerl!«

Dann gehen sie ohne viele Worte aus dem Haus, und wie sie auf der Straße sind, kommt ihnen die Hausmeisterin entgegen:

»Morgen, Herr Grandauer . . . morgen, beinander.«

»Morgen, Frau Gschmeißner.«

»Geh ma wieder a bißl auf'n Friedhof?«

»Ja, ja . . . trocknet ja alles aus.«

»Gell, ja . . . jetzt derfats boid amal regna!«

Sie sind schon an ihr vorbei, und die Hausmeisterin bringt noch die übliche Frage an:

»Hams scho was von Eahnan Sohn ghört?«

»Ja, heit hama an Briaf kriagt.«

»Geht's eahm guat?«

»Er lebt, und das is im Augenblick d' Hauptsach.«

»Da hams recht! – – Mei, gell, und was sagns denn zum Lichtl Biwi?!«

– – –

Der Vater und die Luise bleiben wie angepflockt stehen, wenden sich langsam zu ihr um und schaun sie fragend an. Die Hausmeisterin ist sonst weniger feinfühlig, aber jetzt tut es ihr leid, daß sie damit angefangen hat:

»Wissens des no gar net? – – Gestern ham sie's vazählt . . . im Muichladen. – – – Daß er gfalln is. Am ersten Tag glei. – – Der nette Bua!«

In der Hörfunkproduktion des Bayerischen Rundfunks sprachen die Hauptrollen:

Ludwig Grandauer . . . . Karl Obermayr

Agnes, seine Frau . . . . Ilse Neubauer

Die Kinder:

Benno . . . . Stefan Castell

Luise . . . . Julia Fischer

Adolf . . . . Max Krückel

Gendarm Maierl . . . . Peter Pius Irl

Dr. Muggenthaler . . . . Fritz Straßner

Kommissär Grüner . . . . Toni Berger

Franziska . . . . Kitty de Bruyn

Hoflieferant Gassner . . . . Gustl Bayrhammer

Hausmeisterin . . . . Maria Stadler

Metzger-Willi . . . . Werner Asam

Lichtl Biwi . . . . Michael Lerchenberg

Willy Purucker in der Verlagsanstalt »Bayerland« Dachau:

Baum der Erkenntnis

Erzählungen aus der Hörfunkreihe: »Unterwegs in Gedanken«

148 Seiten, Format 14 × 21 cm
ISBN 3-922394-52-3

Um mancherlei nachdenklich stimmende Erkenntnis geht es in den meisten Erzählungen dieses Bandes:
Da sparen Eheleute jahrelang unerbittlich auf ein »Traumhaus« hin – und am Ende gewinnt die Frau über Nacht mehr als die erforderliche Summe im heimlich betriebenen Lotteriespiel (Den Film hierzu brachte das ARD-Fernsehen).
Und den »Entfesselungskünstler«, der sich endlich vom lastenden Erbe des berühmten Sänger-Vaters befreit hat, holt das Schicksal in der nächsten Generation, der *seines* Sohnes, wieder ein. Willy Purucker glaubt nicht an die restlose Programmierbarkeit des Lebens, wie er auch theoretischer Spekulation angesichts einer unberechenbaren Wirklichkeit mißtraut.

Den frei fabulierten Parabelgeschichten gesellt sich Erinnerndes aus naher Vergangenheit zu. Daneben gibt sich auch der Humorist, der schmunzelnd-scharfsichtige Betrachter früherer Zeiten zu erkennen.